Michel COURAT

Die Angst geht um in Locquirec

DEUTSCH VON ASTRID BUNTGE

Reihe

ENQUÊTES & SUSPENSE

Quadri Signe - Editions Alain Bargain
125, Vieille Route de Rosporden - 29000 Quimper
E-mail : contact@editionsalainbargain.fr
Internetseite : www.editionsalainbargain.fr
Facebook : https://www.facebook.com/editionsalainbargain

I

Nicht viel los um die Mittagszeit an der Station Montparnasse Bienvenue, Linie 6 der Pariser Metro. Von den zahlreichen Pendlern lässt sich mitten am Tag kaum einer sehen, und im Februar zieht der anliegende Bahnhof nur wenige Krabbensucher an, die sich im Sommer von hier in die Bretagne aufmachen. Auf dem Bahnsteig in Richtung Nation, Paris-Reiseführer in der Hand, digitalen Fotoapparat um den Hals, versucht eine Gruppe japanischer Touristen den Ausgang zur Tour Montparnasse zu finden, der allen Freunden der Höhenangst und des Asbestbetons so lieb und teuer ist.

Eine tüchtige Hausfrau, offensichtlich noch keine fünfzig Jahre alt, erwartet ihre Metro, eine Plastiktüte von C&A zwischen den Füßen, die Nase in das Fernsehprogramm des heutigen Abends gesteckt.

Ein bisschen abseits hält sich ein Paar alter Leute, oh Verzeihung, ein Paar Senioren, die beruflich nicht mehr aktiv sind, wie es jetzt bei uns in Frankreich politisch korrekt heißt, zärtlich bei der Hand. Neben ihnen steht eine Halogenleuchte aus einem Ramschladen. Eine ungeübte und nicht eingewiesene Praktikantin trägt sicherlich die Schuld an deren schlampiger Verpackung.

Die Ohren von ihrem MP3-Player zugedröhnt, wirft eine ausladende kreolische Mama einen stumpfen Blick auf die riesigen Werbeplakate auf der anderen Seite der Schienen. Einige Meter von ihr entfernt gönnt sich ein Clochard mit verzückter Mine seinen Drei-Sterne Fuselwein, Lohn für einen Vormittag fleißigen Bettelns.

Eine Metro rollt in die Station ein, Richtung Étoile. Charles de Gaulle-Étoile, um genau zu sein. Der Zug fährt ab. Die meisten Fahrgäste hasten dem Ausgang zu oder verschwinden in den Gängen, die zu den Anschlusslinien führen. Einige andere, offensichtlich Touristen oder Tagesbesucher, scheinen sich noch orientieren zu wollen. Verloren sehen sie aus oder eher verstört. In Montparnasse, erstaunt das niemanden ... Auf dem Bahnsteig Richtung Nation wartet man noch. Die Reisenden befinden sich in einem Zustand angenehmer Trägheit, analog der mittäglich verminderten Frequenz der Züge des öffentlichen Personentransports.

Niemand interessiert sich für die junge Frau, die mit zögerlichen Schritten auf den Bahnsteig tritt. Mit ihrer stark abgewetzten Jeans und der dazu passenden Jacke unterscheidet sie sich durch nichts vom Prototyp einer modisch gekleideten Frau des ausklingenden Zwanzigsten Jahrhunderts. Durch nichts, außer durch einen seltsamen und plötzlich einsetzenden Zwang, ihre Schritte bis an das äußerste Ende des Bahnsteiges zu lenken, ihre blaue Denim-Handtasche zu schultern und sich der Bahnsteigkante bis auf einen Meter zu nähern. Sie lauscht aufmerksam, während ihr Gesicht eine Mischung aus Angst und kalter Sicherheit widerspiegelt.

Ein undeutliches Grollen von links. Ein vages Geräusch, das die Aufmerksamkeit der anderen wartenden Reisenden noch nicht weckt. Ein gedämpftes Geräusch. Für den normalen Fahrgast nichts weiter als Reibungslärm von Gummireifen auf Metallschienen, Todesgrollen der Radtrommeln hingegen für die junge Frau mit dem seltsamen Gesichtsausdruck.

Alles geht so schnell. Sie macht nur einen Schritt nach

vorn. Ein kleiner Schritt für die Menschheit, aber ein großer Schritt für sie. Jetzt steht sie unmittelbar an der Bahnsteigkante. Ganz am Rand. Wie eine Kunstspringerin oben auf dem Sprungturm vor dem Finale. Der große Sprung ... Der gelbblaue Zug taucht aus dem Tunnel auf und sie wirft sich davor. In einem verzweifelten Reflex reißt sie noch schützend ihre Handtasche vor das Gesicht.

Der Aufprall ist brutal, dumpf, matt... schrecklich! Ihr Körper wirbelt etwa 10 Meter durch die Luft, fällt schwer auf die Schienen zurück, gleich einer alten Stoffpuppe, die von einem kleinen enttäuschten Mädchen weggeworfen wurde. Es folgt ein furchtbar schmatzendes Geräusch, ausgelöst von etlichen Tonnen auf Gummireifen laufenden Stahls, die über wenige Kilo zartes und zerbrechliches Fleisch rollen. Ein ungleicher Kampf, aus dem die Metro als Sieger hervorgeht. Ruhmlos ...

Auf dem Bahnsteig hat keiner gemuckt. Niemand hat wirklich realisiert, was sich soeben zugetragen hat. Weder die Reisenden in ihrem Dämmerzustand, noch der Zugführer, dessen Gedanken dem vergangenen Wochenende nachhingen. Aus Richtung Étoile hört man allerdings Schreie des Entsetzens. Der leblos verbogene Körper der jungen Frau ruht dort, mitten auf den Schienen, nur ein paar Meter von den Fahrgästen entfernt, die bereits im Begriff sind, diesem unheilvollen Ort zu entfliehen.

*

Weniger als zehn Minuten später ist der Singsang folgender Durchsage auf allen Stationen der Linie 6 zu hören: „Wegen eines Personenunfalls ist der Betrieb zwischen den Stationen Pasteur und Denfert-Rochereau in beiden Richtungen zur Zeit nicht möglich. Bitte entschuldigen Sie die Störung. Wir benachrichtigen Sie, sobald die Strecke wieder frei ist.“

„Verdammter Scheiß, können die sich nicht woanders ins Jenseits befördern?“

„Die sollen das gefälligst bei sich zu Hause tun. Immer auf die arbeitende Bevölkerung, verdammt noch mal.“

„Menschenskind, die sollen das doch am Sonntag machen, dann gehen sie keinem auf den Sack.“

Die Reaktionen der Reisenden sind heftig, ihr Mitgefühl für das Opfer hingegen eher dürftig. Nun, die Pariser betrachten das Leben und den Tod eben aus sehr eigenen Blickwinkeln ...

Wie schon meine Großmutter sagte, wer zuerst kommt, mahlt zuerst! Die Rettungssanitäter sind benachrichtigt. Und in weniger Zeit als Miss France benötigt, einen halbwegs intelligenten Gesichtsausdruck hervorzubringen, sind schon zwei Ordnungshüter am Ort des Geschehens, gefolgt von zwei Rettungssanitätern.

„Brauchst dich nicht zu beeilen, Ernest, die Alte hat kein Feuer im Arsch. Jedenfalls jetzt nicht mehr.“

Sich mit derartigen Sprüchen aufmunternd, die freilich jeden guten Geschmack vermissen lassen, machen sich die beiden Sanitäter an ihre makabre Arbeit. Die beiden Schutzpolizisten, die schon Schlimmeres erlebt haben, schauen ihnen dabei zu und verfolgen belustigt deren Dialog: „Hör mal, die hier hat noch Glück gehabt! Sie ist noch in einem Stück ... Die von Raspail, letzte Woche, von der haben ‘se den linken Arm im Zeitungskiosk wiedergefunden.“

„Sag nur. Da waren die Leute wohl mächtig geschockt, was?“

„Quatsch ... Da war einer, der dachte, das wäre die erste Ausgabe der neuesten Atlas-Sammelzeitschrift `Bauen Sie sich ihre Idealfrau selbst zusammen, das Heft inklusive der ersten Teile für nur 10 Francs!'"

„Sag mal, da redest du doch Scheiß, oder?"

„Was denkst du denn? Natürlich rede ich Scheiß. Und du glaubst das auch noch, Régis!"

*

Inspektor Kader ist nicht zum Lachen zumute. Seine aktuelle Devise: Schaffe, schaffe, doch die blöde Metro-Sache könnt' ihn abhalte' vom Schlaffe – oh, Pardon, Schlafen.

„Hatte die Tote eine Handtasche dabei? Habt ihr irgendetwas gefunden? Gibt es Zeugen?"

„Nein, Inspektor! Wie immer ... Als die Leute gesehen haben, dass hier Stillstand war, sind sie alle abgehauen. Kein Zeuge. Außer dem Zugführer. Er hat gerade erst kapiert, was geschehen ist und steht noch unter Schock. Das ist sein erster Selbstmord!"

„Selbstmord, Selbstmord ... Wenn es keinen Zeugen gibt, dann kann man nicht wissen, ob sie vielleicht von jemandem gestoßen wurde ..."

Die beiden Polizisten schauen sich schweigend an. In die betretene Stille hinein fährt der Inspektor sie mit kalter Stimme an: „Sehen Sie zu, wie Sie das anstellen! Entweder finden Sie mir Zeugen oder Sie überprüfen die Videoaufzeichnungen der Überwachungskameras. Ich habe keine Lust, dass dies zu einer zweiten Affaire Gregory mutiert. Also, ich gebe Ihnen eine halbe Stunde um mir zu sagen, ob dies ein Selbstmord war oder nicht! Ist das klar?"

„Alles klar, Herr Inspektor."

Unzufrieden vor sich hin brummelnd entfernen sich die beiden Polizeibeamten.

Der Inspektor blickt sich um und sucht vergeblich den Blick des abseits wartenden Zugführers. Der arme Mann sitzt etwas abseits auf einer Bank, den Kopf in den Händen vergraben, völlig niedergeschlagen. Der Inspektor bittet ihn, näher zu treten. Da spricht der Fahrer mit zitternder Stimme: „Nein! Ich kann das nicht glauben, Herr Inspektor. Zwölf Monate vor meiner Rente ... Mir so etwas anzutun. Zwölf Monate vor der Rente!"

„Was haben Sie genau gesehen?", fragt der Inspektor.

„Nichts. Ich habe wirklich nicht die Zeit gehabt, etwas zu sehen. Es ging alles so schnell. Ich habe ein Geräusch gehört, eine dunkle Masse an der Windschutzscheibe gesehen, es gab einen starken Ruck und ich habe sofort voll gebremst. Erst später, als ich die Schreie der Passanten auf dem Bahnsteig hörte, wurde mir klar, dass etwas Schreckliches passiert sein musste. Das ist doch alles nicht wahr! Scheiße, ich habe einen Menschen getötet!"

Und er vergräbt erneut den Kopf in seinen Händen.

„Machen Sie sich nicht verrückt, das Ganze ist nicht Ihre Schuld."

Den Blick weit ins Leere gerichtet erwidert ihm der verzweifelte Zugführer: „Vielleicht. Aber ich habe dennoch jemanden getötet! Und ich werde das im Kopf behalten bis ans Ende meiner Tage. Ich weiß nicht einmal, wen ich getötet habe. Wissen Sie es, Inspektor?"

„Noch nicht. Wir wissen nur, dass es sich um eine junge Frau handelt. Aber angesichts ihres Zustandes ... schwer, im Augenblick mehr darüber zu sagen."

Der Inspektor wird von einem der beiden Schutzpolizisten unterbrochen, der sich ihm aufgeregt nähert:

„Inspektor! Inspektor! Wir haben ihre Handtasche gefunden!“

„Ausgezeichnet! Die bringen Sie mir ins Kommissariat. Zum Sichten und Sortieren.“

Und so endet um 12 Uhr 23, an diesem 18. Februar 1998, die Geschichte für Morgane Le Saux, geboren in Morlaix, Finistère. *Finis terra*, Ende der Erde. Ende der Morgane. Ende der Geschichte ...?

*

Locquirec – Finistère. Samstag, der 22. April 2006

Wie an jedem Wochenende wird Philippe Bellec auch heute recht früh wach. Mechanisch streicht seine Hand über den einladenden Oberschenkel seiner Frau Mariette, dann steht er auf. Ohne Bedauern. Im Wohnzimmer streift er sich seine Fahrradbekleidung über: Eine kurze Hose und ein Trikot in den Farben des Crédit Agricole. Der Gipfel für einen Rechtsanwalt, der sein Konto beim Crédit Mutuel unterhält. Ein kurzer Blick aus dem Fenster über den Strand von Pors ar Villec und die Bucht von Lannion, schon ist er auf dem Weg zur Garage, wo das Fahrrad auf ihn wartet. Die Sonne steckt gerade eben ihre runde Nase über die Felsen von Tédrez, als er sein Mountainbike herausholt. Für fast 400 € hat er es bei Décathlon in Morlaix gekauft. Langsam schiebt er es über den groben Kies der Einfahrt und genießt den Blick auf sein wunderschönes neues Haus aus Glas und Beton. Avantgardistischer Bau, gleich einem Ozeandampfer mit Rundfenstern und einer Dachterrasse, deren relingartige Brüstung jedem Schiff Ehre machen würde. Selbstverständlich sind auf dem Dach Sonnenkollektoren installiert. Wer hier wohnt ist cool, mit ökologisch-elitärem Flair umgeben.

In der morgendlichen Stille wirft er noch schnell einen Blick auf die Île-Verte, ein felsiges Eiland, das vor der Spitze der Halbinsel von Locquirec gelegen ist und sich jetzt noch im Halbdunkel befindet. Und schon ist er gestartet, seinen allwöchentlichen Triathlon zu absolvieren. Der Anfang kostet ihn keine Mühe, nur eben die Gefällestrecke der Nouvelle Côte hinabrollen. Er kommt am Friedhof vorbei, bevor er zum Strand Sables Blancs abbiegt. Die Luft ist ein wenig frisch, aber der Himmel ist blau, es ist windstill und alle Sorgen sind ... vergessen. Es schmeckt irgendwie nach Glückseligkeit. Ruhig tritt er in die Pedale, den Tachometer und seinen Herzfrequenzmesser stets im Blick. Wenn man sich der Fünfzig nähert, sollte man anfangen, auf sich aufzupassen ...

Keraël, die Abfahrt zur Moulin de la Rive und dann nach rechts, eine etwas schwierigere Strecke, die lange Steigung der Route de la Corniche, wie man sie hier nennt, immer stetig bergauf. Die Oberschenkel beginnen zu schmerzen, der Atem wird kürzer, Herzfrequenz 135, einen Gang zurückschalten und etwas langsamer fahren, es ruhig angehen lassen. Auch für ihn hat die Saison gerade erst begonnen. Die Sonne steht jetzt mit mehr Kraft über Saint-Michel-en Grève, seine Gedanken beginnen zu wandern. Sein letztes Plädoyer in der vergangenen Woche im Justizpalast von Guingamp. Bei der Gerichtssitzung, die alle nur noch „Pichelprozess“ nennen. Und warum? Sein Mandant, ein Engländer, seit drei Jahren wohnhaft in Plestin. James Winch.

Dessen Problem: Eines schönen Tages ist er mit seinem alten Golf von der Straße abgekommen und im Graben gelandet. Die Polizei hat ihn blasen lassen und ihm wegen seiner beträchtlichen Werte an Ort und Stelle den Führerschein entzogen... Und ihn für einen längeren Aufenthalt in die Ausnüchterungszelle eingewiesen. Die Gendarmen haben ihn am folgenden Morgen nach Hause gefahren. Dort ist ihm nichts Besseres in den Sinn gekommen, als sich eine Flasche Whisky zu genehmigen, in sein anderes Auto, einen Land Rover, einzusteigen und zur örtlichen Polizeistation zu fahren. Nach massiver Beschädigung der Außenmauer stieg er schwankend aus und hatte noch die Stirn, den wachhabenden Beamten zu kontaktieren und die Herausgabe seines Führerscheines zu verlangen. Philippe Bellec könnte sich noch kaputtlachen, wenn er an das Gesicht des Engländers denkt, wie er in seiner Kanzlei sitzt und jammert: „Ich bin unschuldig. Ich habe doch gar nichts getrunken."

Wie soll man einen so aussichtslosen Fall verteidigen? Zum Glück war die Richterin eine gute Bekannte von ihm und hat sich während seines Plädoyers das Lachen verkniffen. Und er hat einen hübschen Scheck kassieren können, denn der Engländer hatte im Voraus bezahlt. Dafür könnte er sich die elektrische Rollreffanlage kaufen, mit der er schon so lange liebäugelt. In Gedanken sieht er sich schon in seinem 22-Fuß-Kleinkreuzer an den Felsen von Triagoz vor Trébeurden vorbeisegeln, auf einem kleinen Törn mit seiner Frau und den Kindern. In seinen Träumen versunken vergisst er die Steigung, seine Herzfrequenz und den Schmerz in seinen Beinen. Mit Genugtuung bemerkt er, dass die Qual ihrem Ende zugeht, nur noch hundert Meter, komm, du schaffst das, ermutigt er sich, bevor er die große Orientierungstafel erreicht, die das Ende der Steigung bedeutet und von wo die Abfahrt zum Weiler Poul Rodou beginnt. Noch ganz beeindruckt von den alpinen Anstrengungen, widmet er dem Mopedfahrer, der, seltsamerweise ohne seinen Integralhelm abzulegen, Fotos vom Meer macht, nicht die geringste Aufmerksamkeit.

*

IHM steht ein Lächeln ins Gesicht geschrieben. Er verstaut den Fotoapparat in einer Tasche seines Parkas und schließt das Visier des Helmes. Er ist zufrieden mit dem Verlauf der Dinge. Bellec war ziemlich pünktlich. Alles läuft wie vorgesehen. *Und nun zu uns beiden, Meister* Bel-*leck-mich-am- Arsch,* denkt er, während er dem sich entfernenden Anwalt hinterherschaut.

Dreimal in die Pedale getreten, und der Motor seiner 103 Peugeot knattert fröhlich vor sich hin, trotz der 25 Jahre, die das gute Moped auf dem Buckel hat. ER fährt langsam, achtet darauf, dass der Anwalt stets einen ordentlichen Vorsprung hat. ER braucht sich ja auch gar nicht zu beeilen, denn er kennt die Route des Anwalts längst auswendig. Immer dieselbe, jeden Morgen, vom 15. März bis zum 30. September, seit zwei Jahren. ER hat den Anwalt schon lange aus sicherer Entfernung beobachtet.

Beim Caplan, dem Bücherei-Café, das zur Gemeinde Guimaëc gehört wie das Wasser zum Meer, wird Bellec rechts die Gefällestrecke zum Strand wählen, sein Fahrrad gegen einen Felsen lehnen, einen Plastikbeutel vom Gepäckträger nehmen und über den Sand auf die berühmte Felsennase Pointe Beg an Fry zulaufen, dabei seine Arme wie Mühlenflügel bewegen und seine Beinmuskulatur hüpfend lockern. Er wird sich eine Badehose und ein Schwimmtop anziehen, bis an den Rand der Brandung traben und etwa zwei Minuten lang das Meer anschauen. Danach wird er entweder ein langes Wellenbad nehmen oder, wenn nicht genügend Brandung herrscht, vier Längen die Bucht entlang parallel zum Strand schwimmen. Auf jeden Fall wird er mindestens 15 Minuten im Wasser verbleiben. Dann, um wieder trocken zu werden, wird er sechsmal über den gesamten Strandabschnitt laufen. Das wird ihn weitere zwanzig Minuten von seinem Mountainbike fernhalten. Und weil derzeit Ebbe herrscht, wird ER mehr Zeit zur Verfügung haben, als für seine kleinen Bastelarbeiten nötig wäre.

Immer noch verhalten fahrend erreicht ER schließlich die Place Léo Ferré, an der das Caplan liegt. Es ist kaum zu erwarten, dass Lan oder Caprini, die beiden Betreiber der Ausflugsgaststätte, sich zu dieser frühen Zeit hier blicken lassen. Zu SEINER Erleichterung sind sie nicht da. Vom Campingplatz her bellt ein großer Hund, aber ER weiß, dass er nicht herauskommen wird. Es ist 08 Uhr 25. Es ist nicht seine Zeit, jedenfalls sonst nicht.

Philippe Bellec folgt seiner Routine. Er ist nun nicht mehr weit vom Wasser entfernt. Und ein paar hundert Meter vom Motorradfahrer. Dieser hat soeben sein Fahrzeug neben dem Fahrrad an einen Granitblock gelehnt. ER holt seinen Fotoapparat hervor und antizipiert zum soundsovielten Mal das kommende Geschehen. *Gleich wird die Frau aus Guimaëc mit ihrem verrotteten Espace hier auftauchen und ihre sechs Spaniel-Mischlinge und den schwarzen Labrador rauslassen. Bis die alle am Strand sind, werden wohl zehn Minuten vergehen. Dann ist es 08 Uhr 40. Der Hund aus dem Haus mit den grünen Fensterläden kommt mit seinem Herrchen erst gegen 09 Uhr 05. Da bleiben mir etwa zwanzig Minuten, um dem Schwein meine Überraschung zu bereiten.*

Zur besagten Zeit erfüllt die Guimaëc'sche Menagerie den

Strand mit fröhlichem Gebell. Weder das Frauchen noch ihre Hunde scheinen überrascht zu sein, einen Fotografen mit Helm Bilder von Poul Rodou bei Ebbe aufnehmen zu sehen. Der Strand liegt übrigens immer noch im Schatten ...

Ein Blick auf den Triathleten, einen weiteren zur Straße hin, dann holt ER blitzschnell ein kleines Werkzeugmäppchen aus seiner Parkatasche. Ein Paar Latexhandschuhe, eine Kombizange aus Titan und einen 10er Schlüssel, das ist alles, was er benötigt, um keine Spuren zu hinterlassen. ER hat sich gut in einem Sportgeschäft in Morlaix umgesehen, hat die Mutterngröße überprüft und sich mit dem Bremssystem auf das Beste vertraut gemacht. ER weiß, es wird ausreichen, die Muttern der Bremsen am Vorder- sowie am Hinterrad um eine halbe Umdrehung zu lösen, dann werden beim ersten starken Bremsversuch die Kabel aus ihren Halterungen springen. *Und wenn du dann anhalten willst, dann kannst du nur hoffen, dass eine Steigung deine Fahrt bremst, dass irgendein Hindernis deinem Lauf Einhalt gebietet, oder dass du dem Schutzengel Josephine begegnest, gespielt von Mimie Mathy ...*

Nach weniger als einer Minute ist die Sache erledigt, das Mäppchen wieder verstaut und das Moped angetreten. Ohne sich noch einmal zum Strand hin umzusehen, fährt ER davon, in Richtung ...

*

Philippe Bellec verlässt eiligen Schrittes das nasse Element. Ein Blick auf seinen Chronometer: *18 Minuten 32, nicht schlecht für den Anfang der Saison!* Und er beginnt, die sechs Strandlängen abzulaufen. *21 Minuten 10, die alte*

Form kommt wieder. Ich sollte vielleicht doch meinen Glenfiddich-Konsum reduzieren. Nach dem Umkleiden und dem erholsamen Zurückschlendern zu seinem Rad fühlt er sich nun wieder fit für seine größte Herausforderung: Den Anstieg der Côte de Poul Rodou bis nach Lézingard. Zwei Kilometer stets bergan, mit zwischendurch einer kleinen scheinbaren Ebene.

Er ist so sehr auf diese Strecke fixiert, dass er kaum den freundschaftlichen Gruß von Lan erwidert, der gerade von dem morgendlichen Besuch bei seinen Eseln zurückkehrt. Schweißtropfen rinnen über sein Gesicht, und ständig ist er auf der Suche nach den passenden Gängen, sobald sich die Steigung verändert. *Ah, endlich, das Waschhaus. Ich schaffe das.* Nach einigen weiteren Minuten intensiven Schwitzens erreicht er den Gipfel, das Plateau von Lézingard. Ein Seufzer der Zufriedenheit angesichts seiner Leistung.

Der Weiler erwacht eben erst aus dem Schlaf. Der erste Rasenmäher zerreißt die ländliche Stille. Er tritt nun mühelos in die Pedale, merkt, wie seine Muskeln wieder weicher und geschmeidig werden. Schon freut er sich auf eine schöne Dusche, die hat er sich redlich verdient, sobald er wieder zu Hause sein wird. Doch zunächst der große Nervenkitzel, die Abfahrt von Lézingard mit ihrem 15- prozentigen Gefälle.

„Da muss man sich ganz auf seine Bremsen verlassen können“, sagt er halblaut zu sich selbst. Und lacht dabei. Gefühlvoll betätigt er die beiden Bremshebel, alles in Ordnung. Scheinbar, jedenfalls. Während der Abfahrt ist er vollständig auf seinen Lenker konzentriert, so dass er nicht bemerkt, dass beide Bremskabel sich bereits ein wenig gelöst haben und nur auf einen erneuten Hebeldruck warten, um vollends ihren Geist aufzugeben. “Hopp, hopp, hopp,

Pferdchen lauf' Galopp, über Stock und über Steine aber brich dir ..." Brutal wird er in seinem fröhlichen Gesang unterbrochen.

„Mist, das kann nicht sein. Was ist los? Die Hinterradbremse, verdammt!", schreit er und versucht, mit seinen Schuhen auf dem Asphalt zu bremsen. Vergebliche Mühe, es bewirkt so gut wie nichts. „Die Vorderbremse, aber vorsichtig! Wenn das Vorderrad blockiert, dann fliege ich über den Lenker." So gefühlvoll wie möglich betätigt er den linken Bremshebel, und ebenso gefühlvoll verlässt auch dieses Bremskabel seinen Sitz.

Sein Gehirn hat bereits begriffen, dass es nun Zeit für den Plan B wäre. Wenn es denn einen Plan B gäbe. Von Panik erfüllt, die Unterarme durchgeschüttelt von den Stößen des Lenkers, sucht der Anwalt verzweifelt nach einer gangbaren Lösung. Er rast jetzt mit 70 Stundenkilometern die Straße hinab. In wenigen Augenblicken könnten es 90 sein. Wie immer er sich entscheidet, er wird sich wehtun – sehr weh! Vom Fahrrad abspringen in Richtung Straßengraben? Mit all den dahinter liegenden Mäuerchen vor den Häusern und den Strommasten wäre das der reine Selbstmord. Sich einfach mitten auf die Straße fallen lassen? Nein! Zu gefährlich ... Die einzige geringe Chance wäre, bis in die Senke durchzufahren und zu versuchen, die Rechtskurve zu schaffen, die ihn in die Steigung der Route de Morlaix führt. Nach links, auf die Route de la Corniche abzubiegen, ist wegen der rechtwinkligen Einmündung unmöglich.

Mit tauben Armen, den Mund nach Luft ringend weit geöffnet und vor Angst wie gelähmt, ist der rasende Radfahrer nur noch 50 Meter von der Kurve entfernt. Die Fliehkraft würde ihn schlimmstenfalls ein Stück nach links tragen. „Hoffentlich kommt jetzt keiner entgegen."

Der Müllwagen ist hinter der Kurve gerade mit dem Leeren einer Tonne beschäftigt. Der Fahrer blickt sich im Spiegel nach seinem Kollegen um. Er ahnt nicht, was da auf ihn zukommt. Philippe Bellec freilich hat noch die Zeit, das massige Fahrzeug vor sich auftauchen zu sehen. Mit einem verzweifelten Lenkmanöver versucht er, eine Lücke zwischen dem LKW und dem Straßengraben zu finden. Vergeblich. Das Mountainbike zerbirst mit unsäglicher Wucht an dem stattlichen orangefarbenen Vorbau des Müllwagens. Der Kopf des Anwalts explodiert förmlich an der Windschutzscheibe und ein schlaffer Körper fliegt fünf Meter weiter, um schließlich an der Mauer eines Hauses mit rosa Fensterläden seinen finalen Schlag zu erleiden.

*

Rechtsanwalt Bellec hat offensichtlich keine Zeit mehr für sein letztes Plädoyer gehabt, um Gott die barmherzige Aufnahme seiner Seele anzutragen. Das scheint jedenfalls ER zu denken, hoch oben von seinem Beobachtungspunkt einen abfälligen Nachruf ausstoßend: „Fahr zur Hölle, du Schwein! Da hast du, was du verdienst: Einen Mülltransporter als Leichenwagen! Ja, Müll bist du, Müll!“

Er steckt das Fernglas in seinen Parka und tastet nach dem Telefon.

„Hallo!“, Eine weibliche Stimme antwortet ihm mit ängstlichem Unterton.

„Nun?“

„Geschafft.“

„Hat er ordentlich gelitten?“

„Das kannst du glauben, er hatte die ganze Abfahrt lang Zeit, sich verrecken zu sehen.“

„Das freut mich, wenn du wüsstest, wie mich das freut!“

„Ich leg‘ mal lieber auf. Die Bullen werden bald hier sein.“

Sie lächelt und legt ihr Mobiltelefon aufs Bett.

Endlich...

*

Am Sonntag Morgen bringt die Tageszeitung Le Télégramme den Tod des Rechtsanwalts groß heraus: Ein Aufmacher auf der Titelseite, dreißig Zeilen im Regionalteil und eine halbe Seite im Lokalteil.

TRAGISCHER FAHRRADUNFALL IN LOCQUIREC. Der in Guingamp tätige Rechtsanwalt ist am Samstag Morgen gegen 09 Uhr 45 tödlich verunglückt. Der 49-jährige Philippe Bellec, ein hoch geschätzter Anwalt, war in Locquirec eine integre und bekannte Persönlichkeit. Als Sohn des ehemaligen Bürgermeisters nahm er aktiv am kommunalen Geschehen teil. Er war zweiter Vorsitzender des Tourismusverbandes Locquirec-Guimaëc, Kassenwart des neuen Nautik-Clubs, Beisitzer im Jagdverein und allgemein sehr beliebt. Ebenso war er auch politisch tätig und sollte als Kandidat bei den kommenden Kommunalratswahlen für die Sozialisten aufgestellt werden.

1957 wurde Bellec nahe Vannes geboren. Die Kindheit verbrachte er in Rennes, blieb aber immer dem Trégor/ Finistère treu, wo er stets seine Ferien verlebte. Anschließend an das Studium der Rechtswissenschaften lässt er sich im Jahre 1981 in Guingamp als Anwalt nieder. Sehr schnell ...

Angewidert von der Flut an Komplimenten wirft ER die Zeitung auf den Couchtisch: „Diese Schmierfinken! Sie haben da was in seinem Lebenslauf vergessen. Aber ich nicht!“

Dennoch fährt er in seiner Lektüre fort, weil ER sich für den Stand der Ermittlungen interessiert. Zu SEINER Erleichterung haben die Polizeibeamten aus Plouégat bereits den Schluss gezogen, es handele sich hier entweder um ein technisches Problem innerhalb der Bremsanlage oder aber um ein medizinisches Problem des Toten. Keine Autopsie, keine weiterführenden Untersuchungen des total zerstörten Fahrrades. ER kann nun ruhig schlafen. Ruhig schlafen? Vielleicht doch nicht. Eine andere Aufgabe wartet noch auf ihn. Heute Abend wird die Île-Verte, die „Grüne Insel“ ihre Farbe wechseln.

*

Guimaëc, einige Tage später.

Vom Innenraum seines grauen Clios aus beobachtet ER aufmerksam die grün-weiße Vorderfront der Tierarztpraxis von Dr. Lepinson. Normalerweise kommen am Mittwoch Morgen nur selten Besucher hierher. Es ist allgemein bekannt, dass der Veterinär mittwochs von Ghislaine, einer Aushilfskraft aus Plouignou, vertreten wird. Also mittwochs keine Operationen und keine komplizierten Behandlungen. Es ist gerade Viertel vor neun, als er, begleitet von dem fröhlichen Bimmeln eines kleinen Glöckchens, die Glastür zur Praxis aufstößt.

„Guten Tag!“, ruft ER mit gespielter Freundlichkeit. Hohl hallen seine Worte in dem leeren Wartezimmer wider.

Mit forschendem Blick nach links fixiert ER unterschiedliche Tüten mit Hunde- und Katzenfutter.

Ohne Eile stellt Ghislaine ihren Becher Nescafé ab und begibt sich in den Empfangsbereich.

„Guten Tag, was kann ich für Sie tun?“

„Ich hätte gerne einen Beutel Wachstumsfutter für meine kleine Katze.“

„In der zwei oder fünf Kilo Packung?“

„Geben Sie mir die Fünfer, bitte. Das Tier ist ziemlich verfressen.“

„Sollen Sie haben.“

Mit sicherer Miene wendet sie sich den Regalen zu.

„Oh, tut mir leid, ich habe nur noch die zwei Kilo Packungen.“

„Nein, nein, ich hätte gern die fünf Kilo Packung. Sind Sie sicher, dass Sie keine mehr davon haben?“

„Warten Sie, ich sehe mal eben im Lager nach“, entgegnet sie, bevor sie durch eine Tür verschwindet.

Mal eben – das ist mehr als genug Zeit, um sein Vorhaben umzusetzen. Entschlossen öffnet er die Tür zum Behandlungszimmer, tritt an den OP -Tisch und öffnet dort eine Schublade mit der Aufschrift „Gift“, in der er fünf Ampullen T 61 findet, ein Mittel, das Tieren einen schnellen und schmerzfreien Tod beschert. Zwei davon reichen ihm. Ein weiterer Griff, und schon verschwinden die Ampullen nebst passenden Spritzen und Kanülen in seinem Parka. Kaum eine Minute ist vergangen, da steht er wieder im Empfangsbereich. Eine enttäuschte Ghislaine kommt aus dem Lager zurück: „Es tut mir wirklich leid, aber wir haben das nicht mehr in der fünf Kilo-Packung. Soll ich es

Ihnen bestellen? Dann hätten wir es morgen gegen zehn Uhr."

„Oh ja, tun Sie das."

„Und auf welchen Namen?"

ER nennt ihr irgendeinen Phantasienamen, dann entfernt er sich, sehr, sehr zufrieden mit dem Verlauf seiner Arbeit. Alles läuft nach Plan! Sein Jubel ist groß.

II

Locquirec, Freitag, der 5. Mai 2006, 23 Uhr 40

Die Sackgasse Impasse du Corbeau vermittelt den Eindruck einer Mini-Champs-Elysées bei Kriegsverdunklung oder totalem Stromausfall. Seit 23 Uhr 30 ist die städtische Beleuchtung ausgeschaltet und die dünne Sichel des Mondes verhüllt mittels dichter Bewölkung ihr bleiches Restlicht. Kurz gesagt: Man sieht die Hand vor Augen nicht, und das Mitführen einer eigenen Taschenlampe ist angebracht. Der letzte Hund hat längst sein Abend-Gassi absolviert, da erscheint ein grauer Renault Clio. Er fährt langsam und nur mit Standlicht.

Sie verstehen sich ohne Worte, SIE und ER, so oft haben sie ihre Rollen bereits in Vorfeld durchgespielt. Am Ende der Sackgasse wird der Wagen wenden. Sie steigt aus, Handy in der Hand. Von Kopf bis Fuß in Schwarz gekleidet, hätte höchstens ein hellsichtiges Kaninchen nach übermäßigem Karottengenuss die Möglichkeit, sie wahrzunehmen. ER hebt vorsichtig ein Paket aus dem Kofferraum, den er, um keinen unnötigen Lärm zu erzeugen, offen lässt. Irgendwo von der Pointe du Corbeau her lässt sich der Ruf eines Käuzchens vernehmen, den zwei Hunde aus Richtung Moguérou echoartig mit Gebell beantworten. IHN stört das nicht. Mit seinem seltsamen Paket erreicht er nach etwa 200

Metern in Richtung Sables Blancs den schicksalhaften Ort am Fuße eines Leitungsmastes. ER lässt langsam seine Last in den Straßengraben gleiten und kehrt zum Kofferraum seines Autos zurück, dem er lautlos einen dicken Zedernast entnimmt. ER hatte ihn nach einer Sturmnacht in der Nähe des Campingplatzes gefunden und in weiser Voraussicht mitgenommen. Der Ast kommt ebenfalls in den Graben. Sollte wider Erwarten doch noch jemand hier vorbeikommen, so wäre auch er vor dessen Blicken verborgen.

ER schließt vorsichtig den Kofferraum, steigt ein und fährt leise, mit geringer Drehzahl, davon. Nach einigen Minuten parkt ER das Auto in der Nouvelle Côte, unmittelbar oberhalb des Friedhofes. Ein kleiner Fußmarsch und, den wunderbaren Abkürzungsmöglichkeiten in Locquirec sei Dank, findet ER sich schon kurze Zeit darauf wieder bei IHR ein.

„Irgendetwas passiert?“, flüstert ER.

„Absolut nichts“, entgegnet sie IHM.

„Okay, dann will ich mal aufbauen. Wir liegen gut in der Zeit. Du gibst mir Zeichen, wie vereinbart?“

„Null Problemo. Und... Toi, toi, toi!“

Wortlos, ohne sich auch nur einmal umzusehen, begibt er sich erneut zu seinem abgelegten Material in der Nähe des Strommasten. Zunächst befestigt er eine Stirnlampe, deren Streuscheibe er mit Krepppapier verdunkelt hat, an seinem Kopf. Er will es nicht riskieren, durch die Bäume und Tore der umliegenden Gärten gesehen zu werden. Mit sicherer Hand greift er nach dem mitgebrachten nachtblauen Seil und geht damit vor dem Strommasten in die Knie. Aus einer Tasche seines unerschöpflichen Parkas zieht er ein Maßband hervor. Er misst 80 Zentimeter ab, um in dieser Höhe ein Ende seines Seiles mit Schlinge und Knoten am Mast zu befestigen. Danach legt er das Seil auf dem Boden ab. Fünf vor zwölf auf seiner Uhr. Bald Mitternacht, Geisterstunde, denkt er grinsend ... Nun heißt es nur noch warten – und hoffen, dass nicht etwa eine Meute motorisierter Jugendlicher auf die Idee kommt, die Pointe du Corbeau bei Nacht sehen zu wollen. Oder dass am Ende doch noch ein Hund sein dringendes Bedürfnis anmeldet.

Vorsichtig bezieht ER Posten in seinem Graben, der guten Wetterfee aus dem Fernsehen dankend, dass sie in den letzten Tagen keinen Regen gemeldet hatte.

*

Patricia Le Guen bewohnt ein kleines gemütliches Haus, nicht weit vom Waschhaus Pors ar Villiec, gleich neben den Sables Blancs. An jenem Abend ist es nicht kalt und dennoch knistert ein Holzfeuer in ihrem Kamin. Man müsste wieder ein paar Scheite nachlegen, aber Patricia hat derzeit alle Hände voll zu tun. Nackt ausgestreckt liegt sie auf dem Sofa, das Gesicht ihres Geliebten zärtlich mit den Fingern liebkosend. François Lebault, der an ihrer Seite auf dem Boden kniet, küsst sinnlich ihre kleinen spitzen Brüste, während seine Hand verlangend an Patricias Schenkeln aufwärts wandert ...

„Nein, sei vernünftig, François. Dafür ist es jetzt zu spät."

„Nur ein bisschen streicheln", quengelt er, wie ein Kind, das noch einmal auf dem Karussell fahren will.

„Nein!" sagt sie nun wesentlich entschiedener und setzt sich hin. „Du weißt doch, dass mein Mann in einer dreiviertel Stunde hier sein wird. Und ich muss noch duschen und unser Chaos hier aufräumen."

„Nun komm schon, meine kleine *Patoune*, einmal noch für ihren *Fanfan*", bettelt er mit kindlich verstellter Stimme, derweil seine Hände eine sehr erwachsene Liebkosung anstreben.

Patricia Le Guen stößt seine unartige Hand heftig zurück, lächelt ihn aber an und beschwichtigt: „Hör zu, ich will es genauso gern wie du, aber du musst jetzt gehen. Sei lieb, ich bitte dich."

Das Feuer erlischt. François Lebault seufzt. Ein letzter flüchtiger Kuss, und er sucht seine Sachen zusammen, die im ganzen Raum verstreut liegen.

„Und nächsten Freitag, darf ich wiederkommen?", fragt er auf der Schwelle ihrer Haustür.

„Weiß ich noch nicht. Hervé hat mir noch nicht gesagt, ob er dann Spätdienst hat."

„Rufst du mich an?"

„Sobald ich es weiß", antwortet sie. Ein letzter Kuss und sie fügt hinzu: „Mach bitte nicht so viel Lärm, wenn du abfährst – wegen der Nachbarn."

François Lebault tritt aus dem Haus, gerade in dem Augenblick als die Katze der Familie Le Guen ihre Chance sucht, vom Garten her kommend durch die Tür zu schlüpfen. Heftig getreten stößt sie einen nachtzerreißenden Schmerzensschrei aus und rettet sich in die Dunkelheit des Gartens.

„Da bin ich in meinem Schmerz nicht so alleine", murmelt François und bringt ein schwaches Lächeln zustande.

Sein Motorrad erwartet ihn zwischen zwei Bäumen in der Nähe des Tores. Kein Geräusch ist zu hören, außer dem Ruf des Käuzchens von der Landspitze her. So leise wie möglich schiebt er die KTM auf den Schotterweg, der das Haus der Le Guens mit der Teerstraße verbindet. Jetzt, da er sich an die Stille gewöhnt hat, kann er die Wellen hören, wie sie sich am Strand brechen.

Im Schutze eines Baumes hat SIE die Katze jaulen hören. Auch wenn das Geräusch derzeit noch schwach ist, so hört sie doch Schritte den Schotterweg heraufkommen. Am Tage wird dieser Weg gern von Wanderern genommen, denn es handelt sich um einen Teil des „Sentier des Douaniers", des Fernwanderweges GR 43, wie er auf Wanderkarten vermerkt ist. Allerdings um diese Zeit...

Seitdem SIE das Auto verlassen hat, hält sie ihr Mobiltelefon stets griffbereit in der Hand. Auf diesen Augenblick hat SIE lange gewartet. Ein Druck auf „Wahlwiederholung" und die Vibrationen seines Telefons bedeuten IHM, dass der Motorradfahrer bald kommen wird.

Trotz seiner 50 Jahre springt ER behände aus dem Graben hervor, überquert mit dem freien Ende des Seiles eilends die Straße und findet dort das Loch im Zaun, das er einige Tage zuvor geschnitten hatte. Dahinter: Der Stamm einer alten Zeder. Es gelingt IHM, das freie Ende seines Seiles um die Zeder zu schlingen. Auch auf dieser Seite noch schnell die Höhe justiert, dann voll auf Spannung gezogen, zwei Knoten drauf, die Biker-Schleuder steht bereit. Erwartungsvoll versteckt er sich wieder in seinem Graben.

*

Derzeit schiebt der Biker noch. Schiebt und träumt. In Gedanken befindet er sich immer noch bei seiner Geliebten und genießt die Erinnerung an ihre sinnlichen Spiele. Schon hat er die Teerstraße erreicht und kann also sein Motorrad besteigen. *Den Helm lasse ich weg – ich brauche frische Luft!* Ein Tritt auf den Kick-Starter und die KTM schnurrt aus verhaltener Kraft.

„Komm, mein Moped, bring mich nach Hause“, raunt er der Maschine zu.

Nach der ersten 90 Grad Kurve, die er mit angepasster Geschwindigkeit nimmt, kommt eine kurze Gerade. Eigentlich zu kurz für hohe Geschwindigkeiten, wenn man verantwortungsbewusst und nüchtern unterwegs ist. Aber nach ein paar Gläsern Wein und drei Cognacs hält man sich leicht für Rocco Sifredi. Im dritten Gang sind 80 Stundenkilometer schnell erreicht. Und das dunkelblaue Seil bleibt dem Auge verborgen ....

Von 80 auf quasi Null im Bruchteil einer Sekunde. Der Körper des Motorradfahrers hebt sich aus dem Sattel, wird von furchtbaren Kräften durch die Luft geschleudert, um etwa 10 Meter weiter aufzuschlagen. François Lebault bleibt nicht die Zeit, das Geschehen zu begreifen. Sein Salto Mortale endet mit dem klatschenden Geräusch zerberstenden Fleisches, als sei er aus der 4. Etage eines Hauses auf den Boden gefallen. Schrecklich anzuhören, aber nicht sehr laut. Kein Hund schlägt deswegen in der Umgebung an. Und auch das plötzlich verwaiste Motorrad verursacht im Fallen kaum mehr Lärm als ein vom Sturm umgestürzter metallener Mülleimer.

ER ist aus seinem Versteck hervorgesprungen. Ein kurzer Moment nur, dann hat er die Kordel über seinen Arm aufgerollt. Den mitgebrachten dicken Zedernast legt er einen halben Meter vor das Vorderrad der KTM. Leicht schräg. ER zögert. Sich umgehend aus dem Staub zu machen wäre jetzt klug, aber er möchte wissen, ob sein Opfer auch wirklich tot ist. Die Neugier ist stärker. Schnellen Schrittes nähert ER sich der dunklen unförmigen Masse auf dem Asphalt. Auf halbem Wege bleibt er stehen, dreht sich um und denkt *Mach‘ jetzt bloß keinen Fehler und lass‘ dich hier erwischen! Ist doch egal, ob er tot ist. Nach so einem Satz werden die Folgeschäden dafür sorgen, dass er keine Freude mehr an seinem Leben haben wird.*

Etwa drei Minuten später treffen sich ER und SIE am Ende der nachtschlafenden Sackgasse. Da ER nicht redet, fragt SIE: „Was ist?“

„Ist alles gut.“

„Ist er tot?“

„Ich bin nicht sicher. Hatte keine Zeit zum Nachschauen. Wir müssen hier weg, komm, los.“

*

Am Steuer seines Twingo sitzt ein ahnungsloser Hervé Le Guen. Er ahnt nicht, dass ihm seine Frau seit mehr als einem Jahr Hörner aufsetzt, wie soll er da erst ahnen, dass er einen menschlichen Körper auf der Impasse du Corbeau finden wird? Und das mitten in der Nacht, 00 Uhr 40, um genau zu sein. Als er das dunkle Etwas dort liegen sieht, hält er es zunächst für eine vom Wind zufällig dort hin gewehte Plane. Er nimmt etwas Gas weg, um nicht so schnell darüber zu fahren. Erst kurz vor dem Hindernis erkennt er im Licht der Scheinwerfer: „Verdammt, das ist ein Typ.“

Er macht eine Vollbremsung und springt aus dem Wagen, eine große metallene Taschenlampe in der Hand. Einige Jahre in der Armee und zwanzig Jahre Dienst als Kontrolleur bei der Eisenbahn haben ihn einiges gelehrt. Sehr vorsichtig nähert er sich dem ausgestreckten Körper. *Wenn das ein Simulant ist und hier seine Komplizen im Gebüsch lauern, dann bin ich geliefert*, denkt er. Und wie um sich Mut zuzusprechen, fügt er mit leiser Stimme hinzu: „Und mein längstes Wort wird *Uiuiuiuiuiui* sein, mit zwölf Buchstaben."

Um sich abzusichern und zu verstehen, was hier los ist, leuchtet er zunächst einmal die nähere Umgebung ab. Keine Wegelagerer in Sicht, weder im Gebüsch, noch im Graben. Okay. Er versucht, die Straße in weiterer Entfernung zu sichten, als er ein schwaches Stöhnen von dem ausgestreckten Etwas vernimmt. Rasch kniet er neben dem Verletzten nieder, der unverständliche Laute von sich gibt: „Aaa... ver... stan..."

„Können Sie mich hören?"

„Aaa... erstan..."

„Tut mir leid, ich kann Sie nicht verstehen. Bitte ruhig liegen bleiben", fügt er hinzu, ohne sich über den Unsinn seiner Aufforderung im Klaren zu sein, „ich rufe Hilfe."

Dies tut er unverzüglich mit Hilfe seines Mobiltelefons, welches sich noch im Wagen befindet. Schnell ist der Notruf abgesetzt und er beeilt sich, dem Verletzten weiter Beistand zu leisten. Obwohl selbst ausgebildeter und geprüfter Erstretter, fühlt er sich angesichts der Verletzungen des Mannes machtlos. Blut läuft ihm aus dem Hinterkopf und die in ungewöhnlichen Winkeln positionierten Extremitäten lassen auf zahlreiche Frakturen schließen. *Primo non nocere*, vor allem keinen weiteren Schaden zufügen, erinnert er sich an das erste Rettungsprinzip. Den Mann zu bewegen kommt nicht in Frage. Das Einzige wäre, ihn warm zu halten. Da er keine Decke im Auto hat, muss er sich eine von den Anrainern der Straße besorgen. Sich nachts eine Haustür öffnen zu lassen unter der Behauptung, es sei ein Unfall passiert, ist nicht gerade ein Geschenk. Und das nicht nur in Locquirec. Beim sechsten Haus wird endlich ein Fensterladen halb geöffnet. Nach einiger

Überzeugungsarbeit kehrt Hervé Le Guen, eine dicke Wolldecke in der Hand, zu dem Verletzten zurück. Der schon kein Verletzter mehr ist.

Ein nicht mehr reanimierbarer warm gehaltener Körper wird von den Rettungssanitätern ins Krankenhaus von Morlaix transportiert.

*

Im Polizeikommissariat von Plouégat herrscht an diesem Samstagmorgen rege Geschäftigkeit. Capitaine Meunier, der Leiter, hat gerade den Bericht seiner Kollegen, die in der vorangegangenen Nacht in Plouigneau im Einsatz waren, überflogen. Neben ihm stehen seine Mitarbeiter, André Galibert und Lauriane Dorchel, voller Erwartung, von ihrem Chef unterrichtet zu werden.

„Das Opfer heißt François Lebault, 49 Jahre, wohnhaft in Plouégat-Guerrand. Er war Lehrer für Geschichte und Geographie am Felix de Dantec Gymnasium in Lannion. Familienstand: geschieden, zwei Kinder."

„François Lebault", stößt die Polizistin hervor, „ist ein Freund meines Vaters. Sie wollten heute Abend zusammen essen."

„Tut mir leid für deinen Vater."

„Ja, das wird für ihn eine böse Überraschung."

„Und was ist über den Unfallhergang bekannt?", will André Galibert wissen.

„Impasse du Corbeau in Locquirec. Er fuhr offensichtlich mit überhöhter Geschwindigkeit auf seinem Motorrad, ohne Helm. Dabei ist er gegen einen dicken Ast gefahren, der wohl von einer alten Zeder abgebrochen war. Das Vorderrad muss blockiert haben und sein Körper wurde nach vorn geschleudert. Er war nicht auf der Stelle tot, ein Zeuge hat ihn noch einige Wörter stammeln hören. Um 00 Uhr 45. Wenig später ist er dann an der Unfallstelle verstorben, noch ehe die Rettungssanitäter und die Kollegen vor Ort waren."

„Was hat er denn an diesem Ort gewollt?", hakt Galibert nach.

„Das entzieht sich unserer Kenntnis. Es gibt keinen Zeugen, abgesehen von dem, der den Unfall entdeckt hat, ein gewisser ... Hervé Le Guen, Kontrolleur bei der Eisenbahn."

„Und was werden wir nun unternehmen, Chef?"

„Tja, Lauriane, Sie bleiben im Kommissariat, und nehmen die Zeugenaussage von Le Guen zu Protokoll. Er wird im Laufe des Vormittages hier erscheinen. Galibert, Sie begeben sich zusammen mit Le Gall zur Unfallstelle und befragen alle Nachbarn, ob vielleicht irgendjemand etwas gehört hat. Dann wüssten wir wenigstens, wann der Unfall sich genau ereignet hat. Und heute Nachmittag ..."

„Heute ist Samstag, Chef!"

„Ach ja, stimmt. Na ja, das hat gewiss bis Montag Zeit. Montag werden Sie dann die Leute aus der Wohngegend des Unfallopfers vernehmen. Um 16 Uhr erwarte ich Ihren Bericht!"

*

In der Bar Chez Tilly gibt es nur noch ein Gesprächsthema. Auch wenn die Nachricht noch nicht die Tagespresse erreicht hat, hat sie sich doch von Mund zu Mund wie ein Lauffeuer verbreitet. Pierrick, ein großer Kenner ausgefeilter Rotweine, spricht eben seinen Nachruf: „François, das sage ich Euch, dem konnte ich nicht aufs Fell gucken. Einen größeren Arsch als den find's du nicht mal im Samaritaine.

„Pass auf, jetzt gehs' du aber zu weit. Nett war der, richtig nett", kontert Dédé, der Côte-Liebhaber. Côte du Rhône.

„Von wegen, ein Arsch war das. Hundert Pro. Der mit seinen politischen Spinnereien und seinen bescheuerten Öko-Ideen. Außer Mist hat er nichts gemacht."

„Nee, nee, der François, das war ein Guter. Früher haben wir schon mal zusammen einen drauf gemacht und sind immer Kumpels geblieben", nuschelt der Blaumann, wie immer mit einem kalten Zigarillo im Mundwinkel. Woher sein Spitzname stammt, das weiß keiner mehr genau. Eigentlich heißt er Édouard. Ist es, weil er stets in seiner verschmutzten Arbeitskleidung in der Kneipe erscheint oder wegen des Zustandes, in welchem er sie gewöhnlich zu verlassen pflegt? Bacchus allein kennt die Antwort.

„Und außerdem sage ich Euch: François hätte verdient, Bürgermeister zu werden", fügt er hinzu, was die Wut von Pierrick auf ihren Höhepunkt treibt.

„Los, Yvan, schenk mir noch einen Roten ein. Und ein Rubbellos nehm' ich noch. Ich kann das nicht mehr hören. Bürgermeister, uns bescheißt er!"

Und voller Stolz auf seinen wundervollen Reim gießt er das volle Glas in sich hinein. Auf ex. Vor den Augen von Jojo, der Bedienung, die sich entrüstet:

„Also hör mal, Pierrick, du hast sie doch auch nicht mehr alle."

*

Auf der Holzterrasse des Hôtel du Port auf der gegenüber liegenden Seite des Platzes herrscht eine ganz andere Stimmung. Um die zehn Personen lassen sich dort mit verdrießlicher Miene von der Mai-Sonne bescheinen. Fast alle sind sie Mitglieder der „Bande“, Kameraden des Unfallopfers dieser Nacht. Alte Kameraden. Durch dick und dünn sind sie gegangen, Mitte der sechziger Jahre, als sie die „Bande“ gründeten. Sie nahmen die Hafenkneipen in Beschlag und teilten ihre Nächte zwischen der Crêperie von Madame Plomellec, dem Privathaus an der Moulin de la Rive und dem Bois de la Roche, der damals angesagten Nachtbar, auf.

Die Augen starr auf ihren Brombeer-Kir gerichtet und mit gebrochener Stimme bringt Isabelle Lebech, eine normalerweise strahlende Endvierzigerin, die allgemeine Stimmung auf den Punkt: „Ich kann es nicht glauben. François, tot! Und so plötzlich! Das ist doch nicht möglich!“, stößt sie hervor, dann rollen Tränen über ihre bereits leicht gebräunten Wangen.

An einem anderen Tisch streichelt Jean-Pierre Jégaden, Englischlehrer an der Gesamtschule von Penker in Plestin, sanft die Hand seiner Ehefrau Claude, deren Augen tiefe Traurigkeit ausdrücken.

„Wenn man bedenkt, dass wir gestern noch zusammen in der Cafeteria gegessen haben ... und heute ist er nicht mehr da...“

„François... noch so jung! Und so zu sterben! Das ist scheußlich, wirklich scheußlich!“, ereifert sich Gérard Dorchel. „Und wenn man daran denkt, dass wir heute Abend zusammen einen trinken wollten.“

Mariette Bellec, die auf dem Geländer Platz genommen hat, fällt es schwer, ihren Schmerz zu verbergen. Ihre Augen sind gerötet.

„Philippe ist kaum unter der Erde, da ist François an der Reihe. Das ist doch ein Albtraum!“

Ihre Stimme ist tränenerstickt, mit der Hand wischt sie sich über das Gesicht. Gérard nimmt sie tröstend in den Arm.

Von der Vieille Côte her nähert sich röhrend ein Triumph TR4, ein Urgestein der 60er Jahre. Er hält vor der Terrasse. Mit seiner Lederkappe und der großen Schutzbrille sieht der Fahrer aus wie ein Rennfahrer aus den dreißiger Jahren. Oder wie ein Pilot aus den Kindertagen der Luftfahrt. Jean-Patrick Gosset, konzessionierter BMW-Händler von Beruf und ambitionierter Angeber in seiner Freizeit, schält sich mühsam aus dem Fahrzeug und schlägt dann mit übertriebenem Elan die Tür zu.

„Habt ihr es schon gehört? Ja, wenn man eure Leichenbittermienen sieht, dann wisst ihr's also."

„Halt' die Klappe, Jean-Pat', das ist echt nicht lustig!", fährt Mariette ihn an.

„Vom Trübsinn blasen wird er auch nicht wieder auferstehen. Komm, Philippe, mach mir bitte einen Panaché. *The show must go on*, oder, wie du als Englischlehrer sagst, *Sancho must go home*!"

Der angesprochene Jean-Pierre Jégaden stößt heftig seinen Stuhl zurück und ist mit einem Sprung auf den Beinen.

„Mein armer Jean-Pat', wenn man den Präsidenten der Blödheit wählen würde, dann bräuchte man bei dir keinen zweiten Wahlgang! Komm, Claude, gehen wir. Diesen respektlosen Kerl ertrage ich nicht länger..." Und dann, zu den anderen gewandt: „Sehen wir uns heute Abend im Algues?"

„Okay! Neun Uhr, Viertel nach neun", antwortet Isabelle.

*

Zur selben Zeit befindet sich ein junges Wanderpärchen auf dem Sentier des Douaniers. Vor etwa zwei Stunden sind sie bei der Brücke von Toul an Héry, einer Schnittstelle zwischen den Côtes d'Armor und dem Finistère aufgebrochen. Sie erkunden die Küste des Petit Trégor, die den geschichtlich interessierten Einwohnern sehr am Herzen liegt. Ohne es zu wissen sind sie am Ort des nächtlichen Unfalls vorbeigegangen. Lediglich den parkenden Polizeiwagen haben sie in der Impasse du Corbeau bemerkt. Ihr einziges Ziel ist es, zu laufen und gleichzeitig die wunderbare Landschaft der Bucht von Lannion in sich aufzunehmen. Hinter dem Strandabschnitt Sables Blancs erreichen sie die Felsen von Poul Cerf. Von dort soll es weiter gehen zu der kleinen Bucht Moulin de la Rive, dem letzten Etappenziel des Vormittages. Von dort aus wollen sie bis zum Café Caplan weiterwandern, in der Nähe des Strandes, den unser verstorbener Rechtsanwalt so sehr liebte, um sich dort genüsslich an einem griechischen Picknick zu laben.

„Hör mal“, bemerkt der junge Mann, „bei Ebbe kann man hier in der Nähe in eine Art Höhle gehen. In der Nähe unseres Weges.“

„Nicht schlecht. Und wo soll das sein?“

Ein Blick in den Wanderführer und schon ist alles klar:

„Ungefähr einen halben Kilometer von hier nach rechts. Wenn wir über die Felsen nach unten gehen, müssten wir den Eingang finden. Es heißt ... Trou du Diable, Teufelsloch!“

„Schau'n wir mal. Eigentlich sollten wir es finden.“

Zehn Minuten später stößt die junge Frau einen Freudenschrei aus: „Hier ist es, ich habe es gefunden!“

„Genial!“

Als der junge Mann sich der kleinen dunklen Öffnung nähert, ist er ein wenig enttäuscht: „Na ja, das ist wohl doch nur ein Loch. Es ist leider nicht die Höhle von Padirac!“

„Warte, das hier ist nur der obere Ausgang. Jetzt heißt es,

die Höhle selbst zu finden. Nach der Beschreibung im Wanderführer ist das eine Grotte wie man sie im Comic ‚Tintin und die schwarze Insel‘ findet.“

„Wie spät ist es eigentlich? Es ist bereits auflaufende Flut. Wir sollten uns beeilen.“

Kurze Zeit später stehen sie vor dem meerseitigen Eingang der Höhle. Vorsichtig und mit einem kleinen Schuss Bewunderung gehen sie an dem bis zum Rand mit Wasser gefüllten Strudelloch vorbei, das den Eingangsbereich markiert und bewegen sich vorwärts in dem dunklen Gefilde so vieler lokaler Legenden. Obwohl die Sonne ihren Höchststand erreicht hat, dringt ihr Licht nur recht spärlich in das Innere der Höhle, lässt nur schwach einen langen Felsengang erkennen, an dessen Ende sich die Öffnung befindet, die sie bereits kennen. Wenn die Flut in die Höhle eindringt und sie ganz gefüllt hat, wird dort das Wasser wie bei einem Geysir herausspritzen, zur großen Freude der Spaziergänger.

Das Teufelsloch beflügelt die Phantasie. Besonders, wenn man darinnen ist. Der Blick ist starr auf den Boden geheftet, auf die großen, von Myriaden von Wellenschlägen rundgeschliffenen Steine, die den Fuß leicht abrutschen lassen. Zur Seeseite hin warten einige Milliarden Kubikmeter Salzwasser, vor ihnen winkt der sichere obere Ausgang mit diffusem Licht.

„Das ist hier zwar nicht Lascaux, aber es war den kleinen Umweg wert.“

„Ja, es ist nicht schlecht. Aber ein bisschen unheimlich. Stell dir mal vor, schwarze Messen bei Vollmond mit Menschenopfern. Schöne Jungfrauen, zum Beispiel, oder kleine Kinder… na?“

„Ach, Mann! Du bist blöd. Jetzt hab’ ich echt Gänsehaut!“

Hinter ihnen wird das Geräusch der ansteigenden Flut allmählich lauter. Der echoreiche Widerhall mit seinem tiefen Grollen im Inneren der Grotte trägt nicht gerade zur Beruhigung der jungen Entdeckerin bei.

„Komm, lass uns rausgehen. Ich fühl' mich hier nicht mehr sicher."

„Okay, gehen wir. Aber wenn ich daran denke, wie sehr du Ingrid Chauvin in „Dolmen" bewundert hast ... Und jetzt hast du Angst vor so einer kleinen Höhle? Wo gehen wir denn raus? Zum Meer zurück oder durch das Loch?"

„Das Wasser steht schon hoch, gehen wir durch das Loch", schlägt die Frau vor.

„Bitte sehr", nach dir.

Und die junge Frau nähert sich dem Sonnenlicht, das ihre Ängste zerstreuen möge. Sie stützt sich mit ihren Unterarmen auf den Felsen ab, um in den Bereich des Ausgangsloches zu gelangen, als sie einen markerschütternden Schrei ausstößt.

„Iiih, ekelhaft, hier hat einer frisches Pech hingekippt! Diese Umweltschweine!"

Mit zitterndem Finger weist sie auf die betreffende Stelle. Ihr Freund nähert sich der klebrigen Masse, dann stellt er fest: „Dein Pech hat eine komische Farbe und Konsistenz. Das ist ... Scheiße, das ist Blut!"

„Ja, Blut. Man sieht, wie es geronnen ist. Ich habe Angst!"

In ihrer Panik klammert sie sich fest an ihren Freund, der nun ebenfalls Angstgefühle in sich aufsteigen fühlt. Das Meer auf der einen Seite, das Blut auf der anderen und dazwischen ein Sarg aus Granit. Der romantische Spaziergang hat sich in einen Alptraum verwandelt.

„So, was machen wir jetzt? Wir müssen hier raus, und zwar hurtig."

„Ich fasse das Blut nicht mehr an!“

Mit schnellen Schritten eilt sie dem Eingang der Höhle zu. Bereits nach ein paar Sekunden rutscht sie brüsk von einem der glitschigen Steine ab, landet langgestreckt auf dem Boden und zerrt sich als Dreingabe gehörig eine Sehne im Knöchelbereich. Schwer humpelnd und mit Hilfe des Freundes erreicht sie schließlich den Eingang der Höhle, der bereits von der Flut umspült wird. Noch eine kleine Kletterpartie, und sie befinden sich in Sicherheit, versuchen, auch ihre innere Ruhe wiederzufinden.

„Dieses Teufelsloch werde ich nie im Leben vergessen“, stöhnt sie. „Eine Zerrung, und eine Mordsangst…“

„Ich glaub’, das war dein teuflisches Schisserloch, oder?“

„Mach keine Witze, ich habe wirklich Angst gehabt, panische Angst.“

„Ehrlich gesagt, war mir auch nicht wohl zumute.“

„Und jetzt? Holen wir die Polizei?“

„Quatsch. Was soll das bringen? Bis die hier sind, hat das Meer alles weg gewaschen. Und dann stehen wir dumm da mit unserer Geschichte.“

„Stimmt. Dann sagen die uns am Ende, wir hätten wohl den Film ‚Dolmen‘ zu oft angeschaut … mit seinen blutenden Hinkelsteinen ...“

„Vielleicht hat sich ja einer verletzt, als er von den Felsen abgerutscht ist ...“

„Und dann hat er gleich literweise Blut verloren?“

„Du hast recht, das ist unmöglich.“

„Außerdem hätten wir bei unserem Eintreffen am Ausgangsloch etwas sehen müssen, aber da war nichts.“

„Vor allem, weil das Blut ja noch relativ frisch war, sonst wäre es ja bereits vom Meer weggespült worden.“

„Ja, seltsam, nicht?“

„Ich vermute mal, da wurde ein Tier in der Nähe des Loches gerissen und anschließend aufgefressen.“

„Ja, das wird es wohl sein.“

„Also, gehen wir weiter?“

„Ja, wir wollen uns doch nicht lächerlich machen.“

„Kannst du denn noch gehen?“, fragt er und betastet vorsichtig ihren Knöchel.

„Das wird sich zeigen, wenn wir wieder auf dem Weg sind“, antwortet sie.

Humpelnd erreicht sie den Wanderweg und belastet ihr verletztes Bein. Sie ist zufrieden. Es tut etwas weh, aber sie kann damit laufen.

„Ist wohl nur eine kleine Zerrung. Ich mach' mir schnell einen Stützverband, dann eine Schmerztablette und weiter geht's.“

„Bist du sicher?“

„Hundert Pro.“

„Dann hätte ich einen netten Vorschlag zu machen ... Damit wir wieder auf die Beine kommen, ein schönes kaltes Fläschchen Roséwein auf der Terrasse vom Caplan!“

„Wunderbar, da sag' ich nicht nein.“

Und eine flexible Binde und zwei Tabletten später setzen sie ihren Weg fort, Richtung Moulin de la Rive und Poul Rodou.

500 Meter von ihnen entfernt macht sich ein Polizeifahrzeug auf den Weg Richtung Plouégat. Darin zwei frustrierte Polizeibeamte. Niemand hatte ihnen etwas über den Tod des François Lebault mitteilen können.

*

In seinem Keller, vor neugierigen Blicken verborgen, öffnet ER den Deckel seiner riesigen Kühltruhe. Speiseeis, Brot, Fisch, Pizza, Gemüse, Hähnchen, nichts als ganz normale Lebensmittel sind darin zu sehen. Erstaunlicher ist, was sich dort ganz unten auf dem Boden unter einer großen Plastiktüte vom lokalen Super U verbirgt: Es sind rechteckig eingefrorene Eisstücke, und alle sind sie rot. Blutrot.

III

Im Fährhafen von Brest, Donnerstag, der 25. Mai 2006, 07 Uhr 30

Wie auf jeder seiner Überfahrten mit Cornish Ferries, verbringt ER seine Zeit mit dem Betrachten der vielen Fahrzeuge, die auf ihre Einschiffung warten. Die meisten Passagiere sind gelassen, wohl weil es sich um Engländer handelt. Und darüber amüsiert er sich. Gelassenheit ist nicht die Eigenschaft eines Franzosen, denkt er. Einige stehen hier bereits seit über einer Stunde und machen ihre Bekanntschaft mit dem allseits gefürchteten französischen Reptil: Der Warteschlange. Die hier auf folgende Weise das Licht der Welt erblickt:

Nehmen wir ein großes Schiff, am besten eine Fähre, drei- bis vierhundert Personenwagen, eine ordentliche Anzahl von Lastwagen, und fünfzig Wohnmobile und Wohnwagen. All diese Fahrzeuge stellen wir auf einen großen Parkplatz, schön in Reihen, mindestens hundert Meter von dem bereits geöffneten Maul der Fähre entfernt. Eine schöne Schlange. Und nun lassen wir sie warten, so lange wie möglich, selbstverständlich ohne den Wartenden irgendeine Information zu geben. Eine Tantalusqual, die einem ungeduldigen Franzosen das Blut zum Kochen bringt. Die phlegmatischen Engländer lässt das hingegen kalt. Hungrig und durstig erreichen sie schließlich das Schiff, woraufhin sie ihre Schritte zielsicher zur nächsten Bar oder zum Bordrestaurant lenken …

ER ist heute davon nicht betroffen, denn diesmal fährt er als Fußgänger mit. Um acht Uhr besteigt er ein seltsames Shuttlefahrzeug in bretonischen Farben, schwarz und weiß, oder *gwen ha du*, wie die Bretonen sagen. Dieses bringt ihn direkt auf die Tintagel, das neue Schiff der Cornish Lines. Kein Gepäck, nur ein kleiner Rucksack. In seiner Hand hält er einen großen Feldblumenstrauß. An Bord begibt er sich zur Rezeption und verschenkt die Blumen an die Hostessen. So kann er sicher sein, dass man sich an ihn erinnern wird. Viele Passagiere werden das sicherlich nicht tun.

Sein nächstes Ziel ist die Erkundung des Schiffes, mit dem er zum ersten Mal fährt. Nach etwa einer Stunde weiß er, was er wissen muss. Nun kann er sich beruhigt zurücklehnen und den Rest der Überfahrt im fahlen Sonnenlicht auf dem Terrassendeck genießen. Mit geschlossenen Augen lässt er wie in einem Film die zukünftigen Ereignisse an sich vorüberziehen, ohne auch nur einen Deut durch die Gespräche der ihn umgebenden Mitfahrer abgelenkt zu werden.

Gegen 13 Uhr 30 britannischer Zeit passiert die Tintagel mit gedrosselter Geschwindigkeit Pendennis Castle, das Fort, welches hoch über der Bucht von Falmouth thront. Im englischen Cornwall. ER hat sich an einen Tisch in der Cafeteria gesetzt. Lautsprecherdurchsagen verkünden die baldige Ankunft des Schiffes, aber das interessiert ihn nicht wirklich. Es geht nun darum, einen besonders schwierigen Teil seines Plans umzusetzen. Mit aufgeregter Miene stürzt er sich in den Gang von Deck fünf, immer in entgegengesetzter Richtung als die anderen Passagiere, die es zu ihren Fahrzeugen zieht. Zwei Minuten später hat er bereits den Kabinenbereich betreten, wo das Reinigungspersonal schon seine Arbeit aufgenommen hat. Bettlaken, Bett- und Kopfkissenbezüge stapeln sich bereits auf großen Rollwagen, die in den Gängen abgestellt sind, bevor sie im Servicebereich ihrer Rückführung nach Brest entgegensehen, wo man sie schließlich in die Wäscherei verbringen wird. Das Servicepersonal steht derartig unter Zeitdruck, dass sich niemand um die Gestalt kümmert, die hinter zwei Rollwagen gleitet, um sich dort zu verstecken. Die Passagiere sind dabei, das Schiff zu verlassen. ER sitzt auf dem Teppichboden, den Kopf gegen die Zwischenwand gelehnt, die ihn vom Dienstzimmer des Servicechefs trennt. Seine volle Aufmerksamkeit gehört nun den ihn umgebenden Geräuschen. Jedes Mal, wenn ein neuer Rollwagen herangeschoben wird, beschleunigt sich sein Herzschlag, und feine Schweißtropfen treten auf seine Stirn. *Hoffentlich lassen sie meine beiden Rollwagen stehen*, denkt er voller Sorge. *Wenn sie mich hier finden, bin ich ohne eine plausible Erklärung dran, und unser schöner Plan fällt ins Wasser*. Nach einer Stunde emsiger Geschäftigkeit um ihn herum scheint sich alles zu beruhigen. Er nickt sogar ein wenig ein, bis er von der Lautsprecheransage aufgeschreckt wird, welche die Abfahrt nach Brest bekannt gibt. Nun muss er nur noch ungesehen aus seinem Versteck auftauchen, sich ganz ruhig zum Deck 6 begeben, sich dort erneut in die Sonne setzen und auf seinen großen Auftritt warten. In ein paar Stunden ...

*

In ihrem ganz neuen blau-weißen Bus, der sie nach Brest bringt, sitzen die Achtklässler des Collège Penker aus Plestin-les-Grèves und sind aufgeregt wie ein Sack Flöhe. Das ist ein Geschrei, Gejaule, Gesinge, welches dem Fahrer bereits vor Morlaix den letzten Nerv raubt. Hilfesuchend wendet er sich an Jean-Pierre Jégaden, den verantwortlichen Lehrer dieser Klassenfahrt: „Bei so einem Krach kann ich nicht fahren. Ich muss mich hier konzentrieren. Entweder Sie bringen sofort ihre Schüler zur Raison, oder ich halte an und Sie verpassen Ihre Fähre."

„Ja, ja. Das kriegen wir schon hin. Haben Sie ein Mikro?"

Der Fahrer weist mit dem Finger auf das gewünschte Objekt: „Sie müssen nur auf den Knopf drücken, dann funktioniert es."

Gesagt, getan. Und schon lässt sich die Stimme des Lehrers im ganzen Bus vernehmen: „Hört einmal zu, Kinder ...", beginnt er mit unsicherem Tonfall.

Protestschreie und lautes Pfeifen sind die Antwort.

„He, Herr Lehrer, wir sind keine Kinder mehr, wir sind schon erwachsen!", protestiert eine junge weibliche Stimme. „Wir sind immerhin fast vierzehn."

„Ach ja, das stimmt. Ich bitte um Entschuldigung. Ich hatte ganz vergessen, dass Ihr schon ‚Alte' seid."

„Buuh!", antwortet die Horde im Chor.

„So, und nun im Ernst! Entweder, ihr seid jetzt sofort leise, oder ich sage dem Fahrer, dass er umdrehen soll, und dann ist unsere Englandfahrt hier vorbei. Also, was wollt Ihr?"

Abgesehen von einigen Schülern, die kurz noch dagegen halten müssen, entsteht bald darauf zwar keine Stille, aber ein durchaus erträglicher Geräuschpegel, und so erreicht der Bus zur vorausgeplanten Zeit den Fährhafen Moulin Blanc.

Zum großen Erstaunen von Jean-Pierre Jégaden und seiner beiden Kolleginnen, Hélène Houat und Marine Douguet, verläuft die Überprüfung ihrer Papiere bei der Einschiffung völlig reibungslos. Noch vor 21 Uhr 15 entsteigt eine Horde erwartungsvoller Schüler ihrem Bus, direkt vor der „Tintagel“.

Hoch oben vom Deck sechs hat ER alles genau beobachtet. Ein leichtes Lächeln umspielt seine Lippen. Ein Blick auf die schwarz-weiße bretonische Flagge, die auf dem Schiff weht, murmelt er voller Freude: „Und außerdem kommt Wind auf ... Perfekt! Genau das brauche ich ...“

Eilenden Schrittes zieht er sich wieder in sein neues Versteck zurück: Mittels einer Decke aus dem Ruhesesselbereich ist unter der Treppe zum Oberdeck ein verstecktes Notbett entstanden. Bevor die Kinder schlafen, ist sowieso nichts zu machen. Also warten, nur noch ein klein wenig.

Wenn er bedenkt, wie lange er schon gewartet hat ...

*

„Wir bitten die Verantwortlichen der Schulgruppen, ihre Schüler anzuweisen, die Plätze im Bereich der Schlafsessel einzunehmen und dort bis zum Ende der Überfahrt zu verbleiben.“

Diese Durchsage, die um 23 Uhr 30 über die Lautsprecher des Schiffes ertönt, ist für IHN wie ein Weckruf. Im Aufspringen stößt er sich fast den Kopf an den Stufen der Treppe, unter der er versteckt ist. Mit leiser Stimme bestärkt er sich in seinem Plan: „Die Zeit ist reif. Mit ein bisschen Glück erwisch’ ich dich, du Mistkerl!“

Trotz der unruhigen See gelingt es IHM, ohne sich am Treppengeländer festzuhalten, das Deck sieben zu erreichen. Von dort aus kann er genau beobachten, wer sich in den Bereich der Bars begibt. Er kennt Jégaden gut und vermutet, dass dieser, sobald seine Schüler ihre Schlafplätze eingenommen hätten, umgehend einen Whisky in der Bar trinken würde. Und dann, wenn er allein ist, wird ER zuschlagen.

ER versteckt sein Gesicht hinter einem Sudoku-Heft, es sieht so aus, als sei er mit dem Lösen von Zahlenreihen beschäftigt. Damit verhindert ER, dass sein „Kumpel" ihn zu früh erkennt.

Von seinem Beobachtungsposten aus sieht er, wie die Schülerinnen und Schüler die ihnen zugewiesenen Plätze einnehmen, gefolgt von Jean-Pierre Jégaden und seinen beiden Kolleginnen. Die sind so sehr in ein pädagogisches Gespräch über den Wert des Bildungsfernsehens vertieft, dass sie den unauffälligen Mann nicht wahrnehmen. Er seufzt erleichtert auf ... und stellt sich auf weiteres Warten ein. Ungefähr 20 Minuten später verlässt der Lehrer aus Plestin ganz allein den Ruhebereich. *Ich schätze, der geht aufs Klo*, denkt sich der falsche Sudokumann. *Das wäre ideal. Bingo!* Jean-Pierre Jégaden stößt die Tür zu den Toiletten auf. ER ist ganz in der Nähe. Einige Sekunden später stoßen zwei nebeneinander urinierende Männer einen Ruf des Erstaunens aus, aber sie fallen sich nicht in die Arme. Weil sie ihre Hände nicht frei haben ...

„Was machst du denn hier?"

„Na, und du?"

„Weißt du das nicht mehr? Hab' ich dir doch neulich im Algues erzählt. Ich bin auf Klassenfahrt mit der 8. Klasse."

„Ach ja, stimmt. Hatte ich gar nicht mehr dran gedacht."

„Und du?"

„Ich musste mal ein paar Überstunden abfeiern. So fahr' ich nun nach Cornwall, ein paar alte Freunde besuchen, in der Nähe von Newquay."

„Hey, das müssen wir in der Bar begießen", schlägt der Englischlehrer vor.

„Alles klar, an die Bar! Das machen wir!"

Und in seinem Inneren sagt er sich: *Und dann machen wir noch ganz etwas anderes.*

Sie sind nicht allein im Polperro, einer der Bars auf der Tintagel. Die nächtlichen Zecher, die meisten von ihnen Untertanen Ihrer erlauchten Majestät, bestellen eine Pinte Bier nach der anderen. Sie nicht. Ihr „Motor" verlangt nach Whisky, und zwar Glenfiddich und sonst nichts. Den trank auch der verstorbene Rechtsanwalt Bellec so gern ...

„Dir kann's ja egal sein, wie viel du trinkst", bemerkt der Lehrer, „aber ich, ich habe schließlich die Verantwortung für die Kinder. Da muss ich mich mit Alkohol zurückhalten."

„Schnickschnack! Hast du mal gesehen, wie wenig die hier einschenken? Da musst du erst dein ganzes Geld versaufen, ehe du davon einen im Kahn hast", sagt ER und schüttet heimlich drei Viertel seines Whiskys in einen neben ihm stehenden Topf mit künstlichen Pflanzen. Nach einer weiteren halben Stunde und je einen Whisky auf jeden ihrer gemeinsamen Freunde ist der Englischlehrer, um es in der schönen Sprache Benny Hills (und ganz nebenbei auch Shakespeares) auszudrücken, *seriously pissed*, also volltrunken. Mit geheuchelter Freundlichkeit schlägt ER nun vor: „Weißt du was, Jean-Pierre, man müsste einen Spaziergang auf der Brücke machen. Die schöne Seeluft wird uns guttun."

„Du hast Recht, Suzy! Luft, das brauchen wir."

Bald schon peitscht ihnen der Nachtwind ins Gesicht. Der fahle Mond vermag das offene Schiffsdeck kaum zu erhellen, und schon gar nicht den benebelten Geist von

Jean-Pierre Jégaden. Der stolpert über einen Plastikstuhl und legt sich flach wie ein Crêpe mit Zucker beim *Chandeleur*-Fest, der beim Wenden neben seine Pfanne gefallen ist. ER hat Mühe, ihn wieder auf die Beine zu stellen. ER dirigiert ihn bis an das hintere Ende der Reling. Der Lehrer, der in der frischen Luft langsam wieder zu Sinnen kommt, hakt sich bei seinem Wohltäter ein.

„Oh, schau mal, man sieht noch die Sables Blancs!"

„Unsinn. Nachts und 70 Kilometer entfernt von der Küste, da siehst du nichts mehr. Besonders bei deinem Vollrausch."

„Aber ich schwöre dir, wenn ich die Augen schließe, dann sehe ich sie."

ER hält die Augen nicht geschlossen, ganz im Gegenteil. Jetzt, da sich sein Blick an das Halbdunkel gewöhnt hat, versucht er, andere Nachtschwärmer auszumachen, die sich ebenfalls auf das Oberdeck verirrt haben könnten. In einer Entfernung von etwa 20 Metern nach Backbord steht unbeweglich ein menschlicher Schatten. Die einzige Bewegung, die von ihm ausgeht, ist das wiederkehrende Aufglühen seiner Zigarette, ein seltsames Glühwürmchen in dieser Frühlingsnacht. Für IHN ist dies eine Katastrophe, für den Lehrer, der voll gut drauf ist, vielleicht eine Möglichkeit, seinem Schicksal zu entgehen ...

ER spielt auf Zeit und beschäftigt seinen „Kumpel" weiter, hält aber stets ein waches Auge auf den Raucher. Er betet zum Gott des Lungenkrebses, dass diese Dosis Nikotin dem Manne für heute genügen möge. Es scheint, als sei er erhört worden, denn die Zigarette sondert seit fast zwei Minuten keine Leuchtzeichen mehr ab. Und der menschliche Schatten entfernt sich, bevor er von einem nachtschwarzen Eingang verschluckt wird.

Endlich allein!

„Ich weiß ja nicht, wie es dir geht", stößt ER nun mit fester Stimme hervor, „aber so allein auf der Brücke, mitten im Meer, mitten in der Nacht, da denke ich an Titanic ..."

„Ja, vielleicht. Aber dem Mädchen in dem Film schiehscht du kein bisch-chen ähnlich."

„Und du nicht Leonardo di Caprio."

„Dasch woll'n wir doch ma' seehn."

Mit unsicherer Hand greift er sich einen Plastikstuhl und stellt ihn gegen die halbhohe gläserne Sicherheitswand im äußersten Heckteil der Tintagel. Mit zögerlichem Schritt hievt er sich auf den Stuhl, hält sich aber dennoch sorgsam an der Reling fest, damit das Gleichgewicht zwischen ein paar Zentilitern Glenfiddich und einigen Milliarden Kubikmetern Ärmelkanal nicht gestört werde.

„Mach keinen Scheiß!", kann sein „Freund" nicht an sich halten. „Du fällst noch ins Wasser!"

„Na,na,na … also! Guck mal, ohne Hände!"

Mit erhobenen Armen, gerade so wie in der legendären Szene des Filmes, streckt er sich vorwärts und erreicht die Grenze seines Gleichgewichts. Der oberste Lauf der Reling befindet sich nun unter seinen Knien. Und er schreit: „ICH BIN DER HERR DER WEEEELT!"

„Okay, dann musst du jetzt singen!"

„Stimmt. Halt dich fest, Céline!", ruft er, bevor er singt, oder eher mit sich überschlagender Stimme brüllt: „MaaaIII ... HaaAAAR-TT .... wiLLL go OOON!"

SEIN großer Augenblick ist gekommen: Seine Hände greifen nach den Unterschenkeln von Jean-Pierre Jégaden. Ungeachtet dessen hohen Gewichts schafft er es mit einer Kraft, die man IHM nicht zugetraut hätte, den Céline Dion-Imitator leicht anzuheben und dessen Waden nach hinten zu ziehen. Trotz einer verzweifelten Bewegung mit den Händen, dem Versuch, sich an der Glaswand festzuhalten, neigt sich der Körper des Lehrers dem Abgrund zu. Ohne auch nur einen Schrei auszustoßen, fällt er schnell und schneller werdend in die Tiefe. Ehe Jean-Pierre Jégaden weiß, wie ihm geschieht, ist sein Körper bereits vom harten Aufprall auf die Wasseroberfläche zerborsten. Sein bewusstloser Leib treibt noch einen Augenblick auf dem Meer, ehe er in den Strudel der Schraube gerät.

Fünfzehn Meter oberhalb der Wasserlinie hat ER versucht, den tiefen Sprung seines Opfers mit den Augen zu verfolgen. Leider war es dafür zu dunkel. Er hatte gehofft, wenigstens ein Aufschlaggeräusch zu hören. Leider Fehlanzeige. Bei dem Geräusch des Windes, der Wellen und dem Lärm der Motoren, musste diese Hoffnung enttäuscht werden. Der Sturz war auch von anderer Seite nicht wahrzunehmen gewesen, weder von der Kommandobrücke, noch von den unteren Decks, dank des speziellen Aufbaus der Tintagel. An die Reling gelehnt, sieht ER voller Freude den Strom von Gischt, der den Rumpf des Schiffes ständig umspielt. Mit jeder Sekunde, die vergeht, sinkt die theoretische Überlebensmöglichkeit des unfreiwilligen Turmspringers. Mit leisem Murmeln sagt ER: „Ich hoffe, du verreckst schön langsam, damit du Zeit genug hast, all die Schweinereien, die du uns angetan hast, vor dir zu sehen. Die du IHNEN angetan hast. Allen beiden."

Als letzten Gruß spuckt er in die letzte Ruhestätte seines Saufkumpans von vorhin.

„Es ist verdammt ungesund, auf Glenfiddich abzufahren, wenn man aus Locquirec kommt", stößt er mit lauter Stimme hervor, ein sadistisches Lächeln auf den Lippen.

ER begibt sich unbemerkt zu seinem versteckten Bett. Um die Bar macht er einen großen Bogen. Kurz vor dem

Einschlafen spekuliert er über die letzten Augenblicke des Mannes, der bis zuletzt geglaubt hatte, sein Freund zu sein: *Nach dem Aufprall ist er sicherlich für kurze Zeit unter Wasser gegangen, bevor sein Selbsterhaltungstrieb und der Auftrieb im Salzwasser ihn wieder an die Oberfläche brachten. Dann hat er die Kälte gespürt. Um diese Zeit hat der Ärmelkanal wohl vierzehn Grad. Nun kommt die Panik. Er versucht zu verstehen, was passiert ist. Dabei schluckt er wieder und wieder Salzwasser. Vielleicht hat er geschrien? Oder nach seiner Mutter gerufen? Wie viele Tassen wird er geschluckt haben, die ihm in der Nase und in den Lungen brannten, bevor er sich aufgab und seinen letzten Zug nahm, seinen definitiv letzten Zug? Na, wie lange wird er wohl gelitten haben? Fünf Minuten? Zehn? Höchstens fünfzehn! Was bedeutet das schon, bedenkt man all die Jahre des Leides, für die er verantwortlich war? Aber er hat seinen gerechten Lohn erhalten, das ist die Hauptsache. Wieder habe ich einen von ihnen zur Hölle geschickt, meine Liebsten.*

Und während ER an seine lieben Verstorbenen denkt, füllen sich seine Augen mit Tränen. Bald darauf schläft er ein.

*

Zur gleichen Zeit biegt ein grauer Renault Clio in die Impasse de l'Île Blanche ein. Er hält auf dem Mini-Parkplatz gegenüber dem alten Hafen von Toul an Hery. Eine schwarze Gestalt steigt aus, blickt sich um und nimmt einen kleinen Rucksack von der Rückbank. Mit einer Taschenlampe in der Hand geht sie die Straße entlang, wendet sich dann nach rechts, entlang des Grundstückes der „Töchter des Heiligen Geistes“, wie man hier die katholischen Ordensschwestern nennt. Kein Geräusch dringt aus dem ehrwürdigen Gebäude. Um diese Zeit schläft man in diesem Hause. Oder man betet. Zu ihrer Rechten ist nur ein schwaches Licht zu sehen. *Wahrscheinlich kommt es aus der Kabine eines Katamarans, der hier heute Nachmittag vor Anker ging*, denkt sie. Auf Höhe des Sportplatzes steigt sie zum Strand hinab und erreicht das grüne Seezeichen, einen grün eingefärbten Betonkegel, der als Navigationshilfe in der Mündung des Douron errichtet wurde. Niemand zu sehen. Die schwarze Person knipst die Taschenlampe aus, um ihre Augen an die Dunkelheit zu gewöhnen. Dann steigt sie die rostige Leiter zur Plattform des Seezeichens empor. Am Tage ist dies ein Lieblingsplatz der Möwen. Oben angekommen öffnet sie den Rucksack und entnimmt ihm einen Kühlbeutel mit drei roten Eisblöcken. Diese legt sie sorgsam auf der ebenen Fläche ab und macht sich umgehend auf den Rückweg. *Heute Nacht ist es mild genug. Morgen früh wird das grüne Seezeichen rot sein*, sagt sie sich mit einem Lächeln auf den Lippen.

Auf demselben Weg, den sie gekommen war, erreicht sie ihr Auto, das sie problemlos nach Hause bringt. Jetzt, um zwei Uhr morgens, kann sie ein wenig durchatmen. SIE hat ihren Teil der Arbeit erledigt. Aber was ist mit IHM? Wie ist es auf dem Meer gelaufen? Wie vereinbart, rufen sie sich nicht an. Damit verhindern sie, dass die Polizei eines Tages bei einer eventuellen Überprüfung ihrer Handys verräterische Spuren finden könnte. Der Nachteil ist die Ungewissheit. Wie soll man da in Ruhe einschlafen?

*

In einigen Minuten wird die Fähre in Falmouth einlaufen. Bereits dreimal wurde Jean-Pierre Jégaden über die Lautsprecher ausgerufen. Ohne Erfolg. Und das aus gutem Grund ... Seitdem sie wach sind, suchen seine beiden Kolleginnen überall nach ihm. Sein Handy reagiert nicht. Keine Spur von ihm auf den Toiletten, in der Cafeteria, auch nicht in den Bordrestaurants. Die Schüler, die noch ganz aufgeregt hinsichtlich ihrer ersten Überfahrt sind, beginnen die Lage durchaus „cool" zu finden.

„Ja, Herr Jégaden, soll auf uns aufpassen und macht sich einfach vom Acker! Super Lehrer!", ruft ein Schüler hämisch aus.

„Wir müssten Suchtrupps losschicken, zu drei oder vier Schülern", schlägt Charlotte, eine kleine Rothaarige mit Brille, vor.

„Nein!", antwortet Hélène Houat mit scharfer Stimme. „Wenn ihr das macht, dann können wir am Ende euch überall suchen. Das wäre noch schlimmer. Nein. Ihr bleibt schön in euren Liegesesseln und bewegt euch nicht von der Stelle, bis alles geklärt ist."

„Wir gehen jetzt zur Rezeption", sagt Marine Douguet. „Und ihr verhaltet euch ruhig, klar?"

ER hält sich versteckt in seiner kleinen Ecke auf Deck sieben. Er wartet nur darauf, dass die Fußgänger die Fähre verlassen. Das Schiff hat nun an der Kaimauer angelegt und die Festmacher haben ihre Arbeit erledigt. Jetzt braucht nur noch die Rampe geöffnet zu werden, normalerweise eine Sache von zehn Minuten.

An der Rezeption geht es drunter und drüber. Die Ausschiffung wird gestoppt, bis neue Anweisungen erfolgen. Die beiden Hostessen sprechen mit Maurice Bouloch, dem Zahlmeister, der wiederum in ständigem telefonischen

Kontakt mit der Brücke und dem Kapitän steht. Der Zahlmeister wendet sich an die beiden Lehrerinnen: „Und wann haben Sie ihn zum letzten Mal gesehen?"

„Gestern Abend, als das Licht gelöscht wurde. Er hat uns gesagt, er würde vor dem Schlafengehen noch kurz in die Bar gehen, um etwas zu trinken."

„Und haben Sie ihn danach wiedergesehen?"

„Nein", antwortet Marine Douguet. „Ich bin innerhalb einer halben Stunde eingeschlafen. Und heute Morgen war er immer noch nicht da."

Hélène Houat wagt eine Hypothese, die zu ganz anderen Aspekten führt: „Vielleicht hatte er einfach zu viel getrunken und ist irgendwo eingeschlafen ..."

Ihre Kollegin bekräftigt: „Und wenn er tief schläft, dann hat er vielleicht die Lautsprecherdurchsagen nicht gehört."

„Sie haben wahrscheinlich recht. Ich werde Anweisung geben, alle Stellen auf dem Schiff zu durchsuchen, wo er eingeschlafen sein könnte."

Er entfernt sich für einige Minuten, um entsprechende Regelungen zu treffen. Um die kleine Gruppe herum, die den Rezeptionsschalter blockiert, wird es unruhig. Die französischen Fahrgäste beginnen, ihren Unmut zu äußern. Und sogar seitens der Engländer, die sich ja bekanntlich in derartigen Situationen eher passiv verhalten, vernimmt man missmutiges Gegrummel.

„Hallo, Rampe? Hier spricht Élodie von der Rezeption. Die Fahrgäste werden langsam ungeduldig. Wann können wir sie von Bord gehen lassen?"

Nach einiger Zeit kommt endlich eine klare Anweisung des Kapitäns an Élodie.

„Okay, danke. Ich werde es ihnen mitteilen."

Die Hostess wendet sich an die beiden Lehrerinnen: „Ich

werde jetzt die Ansagen an die motorisierten Fahrgäste und die Fußgänger zum Verlassen der Fähre tätigen. Der Kapitän bittet Sie, sich mit ihren Schülern zu Ihrem Bus zu begeben. Sie werden dann auf dem Parkplatz auf die Ergebnisse unserer Untersuchungen warten." Dann fügt sie ein wenig befremdet hinzu: „Wenn man die Verantwortung für eine Gruppe von Schülern trägt, dann sollte man sich nicht so stark betrinken, oder?"

Die Lehrerinnen hüllen sich in betretenes Schweigen.

In der organisierten Unordnung, die jede Ausschiffung der Cornish Fähren begleitet, verlassen die 1218 Passagiere, um genau zu sein, die Tintagel, während sich das Bordpersonal auf die Suche nach dem 1219ten macht. Die Autos fahren in einer Schlange aus und warten auf den Zoll, zwecks Identitätskontrolle. Das gehört sich so im Vereinigten Königreich. Außerhalb des Schengen-Raums.

Die Fußgänger müssen sich der gleichen Prozedur unterziehen, und so auch ER, völlig unauffällig. Als der *customs officer*, wie man hier zum Zollbeamten sagt, seine Papiere kontrolliert, schaut er ihn nicht einmal genau an.

Hundert Meter von IHM entfernt, wartet ein Bus aus Plestin auf einen verspäteten Englischlehrer. Es könnte heute etwas länger dauern ...

*

Nach einer Stunde intensiven Suchens muss man der Realität ins Auge schauen: Jean-Pierre Jégaden befindet sich nicht mehr an Bord der Tintagel. Die englische Polizei ist in Kenntnis gesetzt worden und nimmt ihre Untersuchungen auf. Für den Assistant Chief Constable Jason Parker wären vier Theorien denkbar, die er in einwandfreiem Französisch vorträgt, trotz seines furchtbar britischen Akzents:

„Ick dänke, därr Värrmisste hat auf ürrgendeine Ouaise sain Ände im Määr gefonden. Äntweddärr, err is in sälbstmördörischerr Äbsischt ins Määr gesprrongen, ouderr äs ouar ain Onfall, ouderr är is mit Tööitungsabsicht ins Määrr gestoussen ouoarden, ouderr äs ouar Moarrd, ond die Laichä äst zurr Värtouschung äm Määrr äntsorgt ouoarden."

Der Kapitän des Schiffes, Plufur, muss nun eine Entscheidung treffen. Er zögert nicht lange: „Wir fahren nach Plan zurück, die französische Polizei soll dann die weiteren Ermittlungen aufnehmen."

Und die Tintagel legt um 08 Uhr 15 wieder ab, mit einer Verspätung von 15 Minuten. Mit an Bord ist ein ganz normaler Fahrgast als Fußgänger, der dem Personal der Fähre Blumen schenkt. ER!

*

Die Nachricht vom Verschwinden des Lehrers aus Plestin ist keine Schlagzeile auf der Titelseite wert. Nur ein ganz winziger Absatz im Lokalteil, und damit hat es sich. Man erfährt lediglich, dass die Polizei von Brest und ihre englischen Kollegen sich für eine ganz normale Routineuntersuchung kurzgeschlossen hätten.

Was das „Bluten" der grünen Bake angeht, das hat niemand bemerkt außer ein paar Silbermöwen, die sich ihre Füße daran schmutzig gemacht haben.

IV

Locquirec, Samstag, der 27. Mai, 21 Uhr

In der Crèperie Les Algues ist die Stimmung auf dem Tiefpunkt. Die meisten Mitglieder der „Bande" sind da. Außer ... Jean-Pierre Jégaden und seiner Frau Claude.

Thierry Laroche, der neben seiner VW-Vertretung nebst Reparaturwerkstatt die Überwinterungsplätze für Boote in Guimaëc verwaltet, manchmal auch Boote verkauft, und sich zusätzlich mit einem Kollegen aus Locquirec die Konzession der Slip- und Krananlage im Hafen teilt, ist der erste, der sich zu Wort meldet. Mit traurigem Blick schaut er in die Runde und beginnt dann mit scheinbar unbekümmerter Stimme: „So, also was machen wir jetzt? Wollen wir uns den ganzen Abend über anöden oder darüber reden?"

Seine Frau Laurence bleibt stumm und schaut auf ihre Schuhspitzen. Isabelle Lebech aber antwortet ihm: „Du hast recht, reden wir. Ich finde es nicht normal, dass drei von unseren Kameraden, oder eher Freunden, innerhalb von fünf Wochen verstorben sind."

„Moment mal", reagiert Gérard Dorchel. „Du musst nicht alles durcheinander bringen. Philippe und François haben Verkehrsunfälle erlitten. Jean-Pierre ist an Bord eines Schiffes verschwunden. Es ist lange noch nicht sicher, ob er wirklich tot ist. Also ich, für meinen Teil, ich glaube an den Zufall und an sonst nichts."

Martine Guennec, die Frau des Arztes aus Locquirec und Hobbypianistin, schaut ihn skeptisch an und entgegnet: „Also hör mal, Gérard, Findest du nicht, dass da ein bisschen zu viel Zufall zusammenkommt?“

„Nein“, sagt Gérard. Auf seinem runden, von einem Feuermal gezeichneten Gesicht, kann man die Überraschung hinsichtlich Martines Reaktion ablesen. Er fügt hinzu: „Das ist eine traurige Zeit, die wir durchleben, eine sehr, sehr traurige Zeit, das ist klar. Aber ich persönlich kann weder etwas Anormales oder aber Verdächtiges an den beiden Todesfällen und dem Vermissten sehen.“

„Na, da bin ich mir aber nicht so sicher“, widerspricht Isabelle erneut.

„Wie sieht's aus? Wisst ihr schon, was ihr essen wollt?“, unterbricht sie der Gastwirt Jacky.

„Hör' mal, es ist zwar schon ein bisschen spät, aber Daniel musste noch schnell einen Hausbesuch machen. Er hat gesagt, er wird sich beeilen. Stört es dich, wenn wir vorerst noch einen Aperitif bestellen und mit dem Essen etwas warten?“, fragt Martine.

„Hauptsache ihr bestellt vor 22 Uhr. Danach läuft nichts mehr.“

„Das ist nett von dir. Machst du uns dann eine Runde Kir Royal fertig?“

„Moment mal, keinen Kir für mich, bitte. Ich nehme einen Whisky. Glenfiddich, und zwar einen doppelten“, fährt Jean-Patrick Gosset dazwischen, der bislang noch nichts gesagt hatte.

Nachdem Jacky sich hinter seine Bar zurückgezogen hat, versucht Martine erneut, das Gespräch bezüglich ihrer drei auf tragische Weise verschwundenen Freunde wieder in Gang zu bringen. Verlorene Liebesmüh', eine Decke des

Schweigens scheint sich über die „Bande“ gebreitet zu haben. Als ob alle so sehr von ihren eigenen Gedanken vereinnahmt seien, dass sie keine Lust mehr hätten, sie nach außen dringen zu lassen. Aus Angst, vielleicht irgendeine große Dummheit zu äußern.

Auch als Daniel schließlich auf seinem Quad eintrifft, entspannt sich ihre Stimmung nicht. Mit einem breiten Lächeln stößt er energisch die Tür zur Crêperie auf und lässt ein fröhliches „Hallo“ ertönen. Sein schwarz-weißer Bart und seine weißen vom Kopf abstehenden Haare geben ihm das Aussehen eines George Moustaki. Und so hält er sich wohl selbst ein wenig für den Autor des „Métèque“, wenn er seine Gitarre in die Hand nimmt und dazu singt. So schlecht wie von ihm ist Moustaki allerdings selten imitiert worden. Besonders an Abenden, an denen viel Alkohol konsumiert wurde. Und bei der Grabesstimmung der „Bande“ ist es wahrscheinlich, dass dies heute wieder einmal der Fall sein könnte.

„Leute, ich habe schon gedacht, ich käme da heute überhaupt nicht mehr weg. Ich war bei einer Patientin an der Route de Pen ar Guer. Ihr glaubt es nicht, wegen einer banalen Erkältung wollte sie sich unbedingt nackig machen.“

„Und, wie alt?“, will Jean-Pat’ wissen. Seine Augenlider zucken wie zwei Flipperarme, sobald ein Thema etwas schlüpfrig wird.

„So um die 55, schon etwas stärkere Konfektionsgröße aber noch super in Schuss.“

„Das reicht jetzt ... Erspare uns bitte weitere Einzelheiten“, unterbricht eine offensichtlich eifersüchtige Martine.

„Da kann man nichts dagegen sagen, freut sich Jean-Pat’, ihr praktischen Ärzte habt wohl öfters tolle Erlebnisse. Und, wie war sie so? Hatte sie schöne Brüste?“

„Tut mir leid, erstens ist das Berufsgeheimnis, zweitens habe ich jetzt Wochenende und da spreche ich nicht mehr über die Arbeit.“

Mit etwas gedämpfterer Stimme fragt er: „Und was ist mit Claude, habt ihr etwas von ihr gehört?“

„Ich habe sie vorhin angerufen“, antwortet Martine. „Sie sitzt unablässig neben dem Telefon. Die Kinder auch. Sie hofft immer noch auf einen Anruf.“

„Von Jean-Piere? Im Leben nicht“, meint Gérard.

„Nein, nein, das stimmt schon. Sie ist der festen Überzeugung, dass er alles so gewollt und organisiert hat. Und dass er jetzt seine Zeit mit einer jungen Mieze in England genießt. Aber sie hofft, dass er seine Dummheit bald einsieht und sie dann anruft.“

„Ich wusste gar nicht, dass Jean-Pierre seine Frau betrügt“, wundert sich Gérard Dorchel.

„Oh, ich bin sicher, dass er ihr treu war, ereifert sich Laurence. In einem Dorf wie Locquirec verbreitet sich doch alles wie ein Lauffeuer. Die Wahrheit ebenso wie irgendwelche Gerüchte ... Weißt du noch, vor ein paar Jahren, direkt vor den Kommunalwahlen? Da machte das Gerücht die Runde, die Kandidatin der Opposition ließe sich vom führenden Kandidaten der Liste der Geschäftsleute im Pfarrgarten bumsen.“

„Ja, ich kann mich daran erinnern. Verdammt, das hat für Aufruhr im Ort gesorgt!“

„Tja, Gérard, als Claude mir ihren Verdacht über Jean-Pierres angebliche Untreue äußerte, hatte ich sofort große Mühe, es zu glauben. Jean-Pierre doch nicht! Wir kennen ihn schließlich seit mehr als 20 Jahren. Wenn der nebenbei eine Geliebte gehabt hätte, dann hätten wir auf jeden Fall etwas davon mitbekommen.“

„Ich sage euch, wenn Thierry mich betrügen würde, dann wüsste ich das sofort“, bemerkt Laurence. „Die meisten Männer können einfach nicht lügen!“

Einstimmige Unmutsäußerung aus Männerkehlen ist die Antwort.

„Alles was ich euch sagen kann“, unterbricht Gérard Dorchel, „ist, dass sowohl die Kriminalpolizei als auch die Schutzpolizei nicht an ein geplantes Verschwinden glauben. Lauriane hat mich über den Stand der Untersuchungen informiert. Nimmt man die Ermittlungsergebnisse der Engländer und der Polizei in Brest, als auch diejenigen der Polizei in Morlaix, wo der Fall nun weiter bearbeitet wird, zusammen, dann kann man nur sagen, dass man nichts gefunden hat. Jean-Pierre ist wirklich spurlos verschwunden. Und es gibt auch keinerlei verdächtige Spuren an Bord der Fähre.“

„Wenn in Falmouth alle Passagiere von Bord gehen durften“, zweifelt Daniel, „wie können die Ermittler dann behaupten, dass niemandem etwas während der Überfahrt aufgefallen sei?“

„Keine Ahnung“, antwortet Daniel. „Ich glaube, der Kapitän des Schiffes war dafür verantwortlich, die Passagiere von Bord gehen zu lassen. Und weil das Schiff umgehend wieder auslaufen musste, hätte die Reederei mächtig viel Geld verloren, wenn sie eine Tour hätte ausfallen lassen. Überlegt mal, alle darauffolgenden Überfahrten hätten sich dann automatisch verschoben.“

„Wie wäre es eigentlich, wenn du einmal bei Claude vorbeischautest“, wendet sich Thierry an Daniel, „sie könnte in ihrer jetzigen Situation ärztlichen Beistand gewiss gut gebrauchen.“

„Das, mein Lieber, kommt für mich nicht in Frage.“

„Warum das denn nicht? Du bist gemein."

„Nicht doch. Es ist nur weil, nun, ich bin eben nicht ihr Hausarzt", antwortet Daniel lachend. „Ich kenne sie nur zu gut. Sie hat kein Vertrauen zu mir."

„Wenn das mal nicht sie ist, die *dich* zu gut kennt", entgegnet ihm seine Frau mit bitterem Unterton.

„Nun ist es aber gut, lasst uns über etwas anderes sprechen", sagt Isabelle. „Wir sollten jetzt endlich unser Essen bestellen, sonst kocht Jacky noch an seinem Herd – vor Wut."

„Recht hast du. Nach meinem kleinen schottischen Whisky verspüre ich den Hunger eines Pyrenäenbären beim Anblick einer Herde Schweizer Schafe", bekräftigt Jean-Pat'. „Ich glaube, die Spezialität des Hauses wäre das Richtige für mich: Crêpe mit Cassoulet! Jacky! Wo bleibst du denn? Wir wollen endlich bestellen!"

*

Sonntag, der 28. Mai, 13 Uhr

ER hat sich von seinen zahlreichen Überfahrten erholt und freut sich nun auf sein Lieblingsessen, Kaninchen in Estragon-Senfsoße, ein Rezept, das er von seiner Mutter übernommen hat und das er sich fast an jedem Sonntag zubereitet. Die Kaninchen, die er dafür benötigt, sind von guter Qualität. Er zieht sie in seinem Hof heran. Schöne fette Kaninchen, die er selbst tötet und ausbluten lässt ...und deren Blut er sorgfältig auffängt, bis zum letzten Tropfen. Blut, das er in kleine rechteckige Plastikbehälter füllt ... und dann einfriert. Und das schon seit mehr als zwei Jahren.

„Zwei Jahre ...", seufzt er.

*

In den folgenden Wochen geht das Leben in Locquirec seinen gewohnten Gang. Die alte Normalität ist wieder in das Leben der Menschen eingezogen und jeder hat sein tägliches Einerlei ganz wie früher aufgenommen:

Therry Laroche tut etwas für seine Fitness. Dafür hat er ein unfehlbares Mittel: Ein Boot zu Wasser lassen und damit zu Chez Tilly fahren. Allerdings ist es dort dann kein Wasser, das er in sich selbst hineinschüttet, sehr zum Leidwesen seiner Frau Laurence, die sich den ganzen Tag lang mit Kunden und Rechnungen herumschlagen muss, mit Steuersachen und der Sozialversicherung. Das lässt ihr kaum Zeit, sich um ihre drei Kinder zu kümmern, und um den Schäferhund, der im Wohnzimmer die Couch mit ihnen teilt ... Um sich selbst würde sie sich dann in einem anderen Leben kümmern. Mit ihren lachenden Augen, den leicht hervorstehenden Wangenknochen und ihrem wohlgeformten Mund hätte sie die besten Voraussetzungen, einen anderen Mann zu finden. Einen schöneren, wohlhabenderen, einen, der stets für sie da wäre und sich um ihre Angelegenheiten kümmerte. Einen Mann, der ihr ein erfüllteres und angenehmeres Leben bieten könnte. Aber sie ist noch von der alten Schule: Wenn man einen Mann heiratet, dann gilt das für gute und schlechte Zeiten. Und was macht es schon, wenn die guten immer seltener werden ... sie hat ja die Kinder. Noch!

Jean-Patrick Gosset gibt in seiner BMW-Niederlassung in Ploumilliau immer noch den Angeber. Mit seiner fortschreitenden Glatze und seiner teuren Kleidung würde man ihm nicht zutrauen, Schwierigkeiten mit Frauen zu haben. Er wünscht sich, endlich wieder emotional frei zu werden, frei für die Frau seiner Träume, einer Frau, die ihm Catherine ersetzen könnte, seine geliebte Ehefrau, die ihm der verdammte Krebs entrissen hat. Eine Frau, die seinen beiden jungen und traurigen Töchtern ein wenig Mutterliebe vermitteln könnte.

Isabelle Lebech hat ihre Frisur verändert und trägt nun ebenmäßige blonde Löckchen, die ihr Gesicht ein wenig weicher machen. Mit ihrem Schmollmund und ihrem zarten Lächeln hat sie einen Hauch von Femme Fatale, allerdings passt ihre merkwürdige stupsige Hakennase nicht recht ins Bild. Es wäre auch besser für sie, hätte sie nicht diesen fiesen Charakter, mit dem sie bisher alle Männer, die Interesse für sie zeigten, in die Flucht geschlagen hat. Mit fast 50 Jahren ist sie immer noch alleinstehend, zu ihrem eigenen großen Bedauern. Ein Glück, dass ihre Arbeit als Journalistin bei Plestin FM ihr die Gelegenheit bietet, viele Menschen kennen zu lernen und ihre düsteren Gedanken vertreibt ...

Gérard Dorchel verbringt seine Zeit als leitender Straßenmeister zwischen den Baustellen des Départements, den Sitzungen in verschiedenen Rathäusern und in Kneipen und Restaurants, in welchen Geschäftsabschlüsse gefeiert werden müssen. Unterzeichnete wie geplante ... Von Zeit zu Zeit besucht ihn seine Tochter Lauriane, die bei der Schutzpolizei arbeitet, um Neuigkeiten auszutauschen und nach ihm zu sehen. Auch er ist Witwer, auch er hat seine Frau vor mehreren Monaten durch Krebs verloren. Aber der Unterschied zu Jean-Pat' ist, dass er keine zweite Frau mehr will. Sein tägliches Leben ist ihm genug, wenn es denn von kleinen Freuden geprägt ist.

Daniel Guennec teilt seine Zeit auf in Praxisarbeit, Hausbesuche bei Patienten und Präsenz im Rathaus. Er ist stellvertretender Bürgermeister und steht als solcher zahlreichen Ausschüssen vor. Da bleibt ihm nur wenig Muße für seine anderen Interessen und in erster Linie, zu wenig Zeit für seine Frau Martine. Zum Glück gibt es die Wochenenden, wenn nicht gerade Jagd, Wahlvorbereitungen oder Essen im Altenheim angesagt sind ...

Martine tröstet sich über die häufige Abwesenheit ihres Mannes hinweg, indem sie Klavier spielt und im Fernstudium Chinesisch lernt. Außerdem managt sie ihre beiden Zwillinge Christophe und Christiane, kurz Chris eins und Chris zwei, die Mitglieder einer bretonischen Popgruppe sind und regelmäßig auf großen bretonischen Tanzveranstaltungen, den sogenannten „Fest-Noz“ in der Gegend spielen.

Das Leben von Claude Jégaden hingegen hat sich komplett geändert. Sie hofft immer noch, dass ihr Gatte ihr einen bösen Streich gespielt haben möge und lauscht unablässig, ob ihr Telefon nicht klingelt. Für sie gibt es keine psychologische Unterstützung. Sie muss sich mit Tabletten zufrieden geben: Temesta, dreimal täglich eine. Begleitet von uneingeschränkten Mengen Muscadetweins. Ein nicht unstrittiges therapeutisches Gemisch, wenn man an die Nebenwirkungen denkt ... Aber niemand kann ihr in dieser schlimmen Lage etwas vorwerfen, weder die Eltern, noch ihre Freunde und auch nicht ihre Lehrerkollegen. Lediglich den beiden Kindern gelingt es, sie dazu zu bewegen, das Wichtigste nicht zu vernachlässigen: Wenigstens einmal am Tag etwas zu essen.

Fast an jedem Samstagabend treffen sie sich. Da niemand aus der „Bande“ die Mentalität von Kriegsveteranen hat, die bekanntlich auf ihren Zusammenkünften nur alte Erlebnisse wiederkäuen, sprechen sie niemals über die Verrücktheiten ihrer wilden Zeit zwischen 1970 und 1976, als sie in jedem

Sommer „die Sau ’rausließen“. Sie verbringen vielmehr ihre Abende mit gutem Essen und reichlichem Trinken, erfinden sich die Welt neu, kurz, sie verdrängen ihr tägliches Einerlei, indem sie miteinander Zerstreuung suchen.

Und so amüsiert man sich, mal bei Daniel und Martine, oft im Avant-Port oder im Rhino, den angesagtesten Lokalen für nächtliche Ausschweifungen in Locquirec. Ein besonderes Event wirft bereits für den kommenden Samstag, den 1. Juli, seine Schatten voraus: Man erwartet die Ankunft von Jean-Christophe Castier, Spitzname „Jesus“, seines Zeichens Notar im Haute-Vienne, nebst seiner Ehefrau Marilyn, die beide hier ihren Urlaub verbringen wollen. Die „Bande“ hat bereits ein Programm für ihren alten Freund aufgestellt: Zunächst ein Fressgelage im Presqu’île, danach diverse Verdauungsschnäpse im Hôtel du Port und schließlich Absacker und Tanz im Avant-Port. Und als krönenden Abschluss eine heiße Party in dem riesigen Ferienhaus der Guennecs in Rungunay, einem kleinen Weiler oberhalb des Strandes Font de la Baie. Das wird alle wieder kräftig aufmuntern. Es sei denn ...

Es sei denn ...

*

Locquirec, Donnerstag, der 29. Juni, 01 Uhr 30

Bisher war der nächtliche Notdienst des Doktor Guennec ruhig verlaufen. Zwei oder drei Anrufe im Anschluss an den Abendfilm, die sich als Fehlalarm herausstellten ... das war normal. Und seit Mitternacht war alles ruhig. Nun liegt er im Bett in leichtem Schlaf, auf eine lange Ruhephase hoffend und dennoch jederzeit bereit, seinen Dienst zu erfüllen. Als sein Handy beginnt, mitten in der Nacht

„Caravane" zu intonieren, ist er sofort hellwach und hat das Gespräch bereits vor Ende der ersten Strophe angenommen. Er kann verhindern, dass seine Frau, die wie ein Engel neben ihm schläft, davon geweckt wird. Ihr Schlaf ist so tief, man hätte sie wohl wegtragen können und sie hätte selbst nichts davon bemerkt.

„Hallo, hier spricht Doktor Guennec. Guten Abend."

Am anderen Ende ertönt eine weibliche Stimme mit einem englischen Akzent:

„Hello, gute Nackt. Ick wüerde gerne rrreden mit Doktor Gwennek, bitte."

„Ich bin es selbst. Wer spricht denn dort?"

„Ick bin Medam Quinney. Ick haabe irre Telifonnumber von Autoreparrateur in Gwimeg."

„Soso! Und innerlich geht der Arzt die in Frage kommenden Werkstätten durch, um bei Thierry Laroche hängenzubleiben. Da gibt er der Erstbesten doch tatsächlich seine Handynummer!

„Und warum rufen Sie mich an?"

„Ick nicht sprecken gut Fränsosik, sorry. Ick bin Inglisch und meine Sann is kränk."

„Ihr Sohn ist krank?"

„Ja."

„Und woher wissen Sie, dass ich heute Nachtdienst habe?"

„Von Autoreparrateur. Er mir gesackt."

Warte nur, mein lieber Thierry, durchzuckt es ihn, *das erste Auto, das am Sonntagnachmittag eine Panne hat, werde ich zu dir schicken!*

„Welche Symptome hat ihr Sohn denn?"

„Entscholdigen sie mick, ick nickt verstehn, nock einmall biete."

Daniel Guennec befürchtet, dass dieses Gespräch sich

unendlich in die Länge ziehen könnte. Also beschließt er, seine Englischkenntnisse zu bemühen, die zum Teil auf alten Schulerinnerungen und auf beruflichen Vokabeln basieren. Mit der wachsenden Anzahl an Untertanen Ihrer durchlauchten Majestät, die sich in der Bretagne niedergelassen haben, musste man sich wohl oder übel sprachlich anpassen, denn der Engländer hat im Allgemeinen keine polyglotte Ader, selbst wenn er im Ausland ansässig ist. Und als Mediziner muss man sich halt Mühe geben, mit seinen Patienten sprachlich kommunizieren zu können. Außer man wäre Tierarzt ...

Nach einigen Minuten schwierigen Radebrechens beider Gesprächspartner versteht der Arzt, dass Frau Sue Quinney einen zehnjährigen Sohn namens Peter hat, und dass ihr kleiner Engel von schweren Magen-Darmsymptomen geplagt werde, deren detaillierte Beschreibung an dieser Stelle nicht geraten erscheint, weil selbst hartgesottenen Personen davon übel würde. Nicht jedoch unserem praktischen Arzt.

Noch schlimmer als um den Gesundheitszustand des Jungen ist es um die Adresse der Dame bestellt: Sie kann die Lage ihres Ferienhauses nicht benennen. Sie sei erst am Vortage angereist und weiß nur, wie man von der „Route de la Corniche“, einer wunderschönen, hoch über dem Meer gelegenen Uferstraße, über Saint-Jean-du-Doigt dort hingelangt. In London sagt man zu diesem Ort wohl *Saint John of the finger*.

Die Engländerin bittet den Arzt, man möge sich doch auf dem Teilstück der Route de la Corniche treffen, das hinter Beg an Fry nach rechts zum Meer hin abfällt und von dort bis zum Strand von Saint-Jean hinunterführt. Sie würde ihn dort auf dem kleinen Parkplatz erwarten, der wie ein Balkon über dem Meer thront.

Auf solch skurrile Weise ist Daniel Guennec noch niemals zu einem Kranken gerufen worden. Schnellen Schrittes verlässt er sein Ferienhaus. Der Kies auf der Auffahrt knirscht unter seinen Schritten, stört die Stille der Nacht. Er steigt in seinen weißen 307 und schließt die Tür so leise wie möglich, damit, wenngleich wenig wahrscheinlich, seine Frau davon nicht geweckt würde. Jetzt ganz weich anfahren und dann immer Richtung Birée und Guimaëc. Die Nacht ist lind und mondhell, und der Herr stellvertretende Bürgermeister bedauert ein wenig, dass er nicht sein Quad genommen hat. Aber er hat sich über die Jahre eines zum Prinzip gemacht: Das Motorrad ist für ihn bei nächtlichen Krankenbesuchen tabu. Dieses Prinzip wurde ihm schmerzlich bewusst, nachdem er einen ordentlichen Satz mit seinem Quad auf einem dieser Verkehrsberuhigungsbuckel hingelegt hatte, die Straßenplaner insgeheim und allerorten aus dem Boden wachsen lassen, besonders in diesem Teil des Trégor.

*

SIE verlässt die Telefonzelle im Ortskern von Saint-Jean-du-Doigt, einige Kilometer westlich von Locquirec, um wieder in den grauen Clio einzusteigen. ER sitzt hinter dem Steuer. An ihrem Lächeln erkennt ER sofort, dass alles nach Plan läuft.

„Na, wie geht's, Madame Quinney?"

„*Perfect, my dear.*"

Dann schweigen sie. Sie konzentrieren sich auf den schwierigeren Teil der Aufgabe, der in den kommenden Minuten erledigt werden muss. Sie verlassen das Dorf und wenden sich nach rechts, auf die Küstenstraße, die nach Beg an Fry und Guimaëc führt. Sie fahren zunächst einmal am Parkplatz vorbei, der als Treffpunkt mit dem Arzt dienen sollte, bis kurz vor Beg an Fry, wo sie auf die „alte“ Straße stoßen, die zum Weiler Prajou führt. Hier hält der Wagen und SIE steigt aus. Sie trägt wieder ihre schwarze Tarnkleidung.

Sie schließt fast geräuschlos die Tür und begibt sich in ein Artischockenfeld. Die Pflanzen sind zwar noch nicht erntereif, aber doch schon so hoch gewachsen, dass sie ein gutes Versteck bieten und gleichzeitig einen idealen Ausblick auf die vor ihr liegende Straße. Sie kniet sich auf den kühlen Boden und nimmt ihr Handy heraus, es fest in ihrer rechten Hand haltend. Sie wartet, die Augen auf die Straße geheftet, die Doktor Guennec nehmen muss. Ihre Ohren lauschen aufmerksam den nächtlichen Geräuschen. Sie bemüht sich, nicht zu sehr daran zu denken, was ER nun tun wird. Sie will ihre ganze Konzentration darauf verwenden, IHN umgehend anzurufen, sobald der weiße 307 vor ihr auftaucht.

Nachdem ER den Wagen gewendet hat, ist ER auf und davon, Richtung Parkplatz, auf dem Madame Quinney den Arzt treffen wollte. Nun ja, Parkplatz! Eigentlich ist dies nichts weiter als ein großes Dreieck aus Sand und Geröll neben der Straße, wo der Tourist, der eine schöne Panoramaaussicht zu schätzen weiß, mit seinem Blick die Pointe de Primel bis hin nach Trébeurden erfassen kann. Am Ende des Parkplatzes fällt ein etwa fünfzig Meter tiefer steiler Felsen zum Meer hin ab. Naturbelassen und urig ist der Parkplatz und selbstverständlich ohne Leitplanke ...

SEIN Blick geht Richtung Locquirec. Kein Lichtschein ist zu sehen. Vorsichtig öffnet er die Kofferraumklappe seines Wagens und nimmt acht rechteckige Rigipsplatten heraus, die er zu Straßenabsperrungen umfunktioniert hat. Sie sind alle gleich lang, 120 X 80 Zentimeter und jeweils vier sind durch Bänder miteinander verbunden. Zwei

Stunden hat er in seiner Werkstatt damit verbracht, sie herzustellen, sie in die gewünschte Größe zu schneiden, rot-weiß anzustreichen und sie schließlich mit selbstklebenden Spiegeln zu versehen, die man beim Versandhaus „La Redoute“, Katalogseite 1063, Bestellnummer 654/8504 beziehen kann. Drei Wochen Lieferzeit.

Der Mond verbirgt sich gerade wieder hinter einer Wolkendecke. Es ist so dunkel, dass ER gern seine Stirnlampe aufgesetzt hätte, aber die Vorsicht gebietet, jegliche Lichtquelle auf der Straße zu vermeiden. Wenn ein schlafloser Mensch in Plougasnou, Sainte-Barbe oder Rhun Izella ihn entdeckte, könnte ihm dies zum Verhängnis werden. Unter allen Umständen muss SEINE Vorbereitung unerkannt bleiben. Ein Blick auf die Uhr: 01 Uhr 40. Jetzt aber schnell! Nun, da sich seine Augen an die Dunkelheit gewöhnt haben, kann er die Straßensperren zügig auslegen, ohne auf dem unebenen Untergrund zu stolpern. Vier miteinander verbundene Sperren legt er auf der einen Seite der Straße, landseitig, in den Straßengraben. Die vier übrigen platziert er auf gleicher Höhe Richtung Meer. Gut, dass kaum Wind weht, da fallen sie nachher nicht um! Wieder am Clio, entnimmt er dem Kofferraum drei schwere Metallständer mit Fuß. Jeweils einen von ihnen stellt er neben seine Straßensperren und befestigt diese einseitig daran, lässt die Sperrvorrichtungen aber noch auf dem Boden liegen, damit sie von anderen eventuell vorbeikommenden Fahrzeugen nicht bemerkt werden. Den dritten Ständer lässt ER neben dem Wagen stehen. Die Arbeit hat ihm den Schweiß auf die Stirn getrieben. 01 Uhr 46. *Die Zeit reicht gerade so*, denkt er. Vorsichtig zieht er ein weiteres eigenartiges Objekt aus dem Kofferraum: Ein langes schmales Sperrholzbrett, gespickt mit über fünfzig Nägeln, nicht unähnlich einem dünnen, sehr langgestreckten Igel. Selbst ein Fakir auf der Suche nach einem gemütlichen Bett würde bei dessen Anblick erschauern. Etwa dreißig Meter vor der geplanten Straßensperre legt er es ab. *01 Uhr 47, schnell, ins Auto!* Er rennt zu seinem Wagen, startet durch und fährt ein Stück die Straße hinab Richtung Saint-Jean. Hinter der nächsten Biegung ist er gut versteckt ...

*

Guimaëc. Dort ist Doktor Guennec soeben vorbeigekommen und nimmt nun seinerseits die Straße von Beg an Fry, auf Deutsch: Nase des Schweins oder einfach Schweinerüssel. Bis dahin waberten seine Gedanken irgendwo zwischen Traum und Wirklichkeit. Nun aber wird sein Geist wacher und er denkt an seinen bevorstehenden Hausbesuch. Der Arzt hat sich bereits Gedanken darüber gemacht, woher wohl die schlimmen Symptome rühren könnten. *Bestimmt haben sie zu viele Crêpes oder Meeresfrüchte gegessen. Ob der Junge wohl zu viel Cidre getrunken hat? Wenn ein Magen nur an gekochtes Fleisch und gedämpftes Gemüse gewöhnt ist, dann wird er schon mal beim Umstieg auf französische Speisen abgestraft.*

Ganz in Gedanken erreicht er Prajou. Diesen Teil der Straße kennt er gut. Sehr oft befuhr er ihn in den 70er Jahren, wenn sein Vater ihn zum Angeln mitnahm. An der Landspitze von Run Glas haben sie dann *Vieille*, Lippfisch, gefangen. Guennecs Augen sind ganz auf das Fahren konzentriert, während sein Geist in der Vergangenheit weilt. Und so bemerkt er die schwarze Gestalt inmitten des Artischockenfeldes nicht, die gerade ein Telefonsignal abschickt. Ein Signal, das nur ihn betrifft …

*

Auf der Haube seines Autos sitzend, ist ER beim Ertönen des erwarteten Signals förmlich in die Höhe geschossen. Ein schneller Blick in Richtung Saint-Jean: Niemand in Sicht, die Luft ist rein. Mit flinker Hand stellt er den dritten Metallständer in die Mitte der Straße, hängt die zu beiden Seiten positionierten verspiegelten Straßensperren mit den Bändern ein und schaut mit prüfendem Blick, ob sie auch rechtwinklig zum Asphalt hängen. Alle zusammen bilden eine Länge von ungefähr zehn Metern, was der Fahrbahnbreite an eben dieser Stelle entspricht. Eine Wand, die beide Fahrspuren komplett sperrt und keinen Ausweg lässt.

*

Daniel Guennec hat die großen Gewächshäuser mit Tomaten links liegen lassen. Jetzt muss er bremsen, weil es zu der „Steilküstenautobahn" im rechten Winkel rechts ab geht, zur Touristenroute, deren Bau vor mehr als dreißig Jahren begonnen wurde, die Saint-Jean-du-Doigt mit Poul Rodou verbinden sollte, und deren Bau niemals abgeschlossen wurde. Sie endet an einem Erdwall, hundert Meter rechts von der Stelle, an der sich unser Arzt aus Locquirec gerade befindet. Er folgt dem Straßenverlauf westwärts und ist guter Dinge. *Einen guten Kilometer noch bis zum Parkplatz, da will ich nochmal ein bisschen Dampf machen*, sagt er sich, indem er die Gänge hoch schaltet.

In einiger Entfernung sieht er plötzlich vor sich die Lichter eines Fahrzeuges, das ihm offensichtlich auf seiner eigenen Fahrbahn entgegenkommt. Und das bei etwa 100 Stundenkilometern. Die beiden Fahrzeuge sind jetzt nur noch wenige hundert Meter voneinander entfernt. Dem Arzt wird es mulmig. Äußerst rechts fahrend schaltet er das Fahrlicht aus und ein. Augenblicklich tut der andere das Gleiche.

„Der fährt doch links, dieser Arsch!“, ruft er mit besorgten Unterton. Gleichzeitig hebt er den Gasfuß, verlangsamt auf vernünftigere 70 Stundenkilometer und betätigt die Lichthupe. Der „andere“ scheint den gleichen Gedanken zu haben, denn er blendet im selben Moment auf. Jede Zehntelsekunde, die vergeht, bestärkt Daniel Guennec in seiner Annahme: „Verdammt, der muss total besoffen sein, dieser Kerl. Der ist so breit, dass er nicht weiß, wo rechts und links ist.“

Unbeirrbar kommt ihm der andere Autofahrer auf seiner eigenen Fahrspur entgegen.

„Scheint so, als ob der auch langsamer fährt, aber wieso fährt dieser Idiot nicht rechts?“

Im Kopf des Doktor Guennec überschlagen sich die Gedanken. *Wenn ich so weiterfahre, ist der Zusammenstoß vorprogrammiert. Aber wenn ich anhalte, wird er auch in mich reinfahren und bei dem Tempo, das der drauf hat, macht er mich platt. Es gibt nur eine Lösung: Ich weiche nach links aus. Hoffentlich bleibt der auch links.*

Eine leichte Drehung am Steuerrad bringt den Wagen auf die gewünschte Fahrbahn.

Scheiße, Scheiße, der macht das Gleiche. Das kann doch nicht wahr sein! Verdammt, das geht nicht gut!

Vor seinen ungläubigen Augen sind die entgegenkommenden Scheinwerfer nur noch weniger als hundert Meter entfernt. Keine Zeit mehr zu sprechen, kaum mehr zu denken. Daniel Guennec reißt den Wagen nach rechts, was – ein Wunder der Spiegelung – von der Gegenseite gleichgetan wird. Die Ereignisse überschlagen sich derartig, dass er nicht einmal bemerkt, wie er über das Nagelbrett fährt. Beide Reifen auf der rechten Fahrzeugseite zerplatzen fast gleichzeitig. Er nimmt lediglich wahr, dass, für ihn völlig unverständlich, sein Fahrzeug nicht mehr zu kontrollieren ist. Und das „andere“ Fahrzeug ist gefährlich nah. Gleich knallt es, und der Aufprall wird sehr, sehr, sehr schmerzlich sein … In letzter Verzweiflung reißt er das Steuer nach rechts und tritt gleichzeitig das Bremspedal durch. Er schließt die Augen und macht sich auf das Schlimmste gefasst …

*

Der unausweichliche Zusammenstoß findet – zu seinem großen Erstaunen – nicht statt. Mit einem quietschenden Gummigeräusch bewegt sich der 307 unkontrolliert über den Schotterbelag des Parkplatzes. Mit zwei quasi platten Reifen hat der Wagen so gut wie keine Haftung mehr, die Reibungskräfte, die ihn bremsen könnten, sind minimal. Zweimal dreht sich das Auto um seine eigene Achse, rutscht dabei aber immer weiter Richtung Steilküste. Und der Parkplatz ist klein!

Auch wenn der 307 viel Tempo verloren hat, erreichen seine Hinterräder bereits den Rand des Abhanges. Die Hände ans Lenkrad geklammert reißt der Arzt seine Augen weit auf und versucht zu begreifen. Für einen Moment beleuchten seine Scheinwerfer den gesamten Parkplatz. Und er sieht nichts als ganz rechts ein kleines graues unbeleuchtetes Auto. Von „seinem“ Raser keine Spur. Weiter kommt er mit seinen Überlegungen nicht. Der weiße 307 schiebt sich langsam, wie in Zeitlupe, über die Böschung. Er schaukelt noch einmal über dem Abgrund, neigt sich und stürzt in die Tiefe, von Felsennase zu Felsennase, gleich einem Ball, der eine Treppe hinabrollt.

Der Arzt hat noch Zeit zu reagieren. Trotz der heftigen Stöße lässt ihn sein Selbsterhaltungstrieb nach dem Türöffner greifen, um aus dem fallenden Wagen zu springen. Pech für ihn, dass sich der Frontairbag genau in diesem Moment öffnet. Der Seitenairbag tut es ihm gleich, und die ausgelösten Gurtstraffer machen ein Entkommen vollends unmöglich. Das Fahrzeug zerlegt sich mehr und mehr bei jedem neuen Aufschlag, den es erleidet. Von Sekunde zu Sekunde beschleunigt sich der Fall und verschlimmert so den folgenden Aufprall. All dies unter den schrecklichen Geräuschen zerberstenden Stahls.

Das eingedrückte Dach zerquetscht Doktor Guennec den Kopf, die Halswirbel sind zerstört. Der Arzt ist eine leblose Puppe, die nur noch vom Sicherheitsgurt auf ihrem Platz gehalten wird. Die Airbags sind zusammengefallen, von diversen Metallteilen durchbohrt, die auch den Körper des Arztes nicht verschont haben. Als der tiefe Sturz des 307 im Meer endet, sitzt ein Toter auf dem, was einmal ein Fahrersitz war. Die Wellen der auflaufenden Flut decken alles zu. Keine Notärzte werden wegen diesem „Unfall" tätig werden. Es sei denn, jemand würde sie benachrichtigen, was äußerst unwahrscheinlich erscheint ...

*

Hoch oben, oberhalb des Parkplatzes, hat ER die letzten Momente des Daniel Guennec genossen. Zugegeben, ein bisschen enttäuscht ist er schon, hatte er doch insgeheim gehofft, das Auto würde beim Fallen explodieren, wie man dies aus Filmen kennt. Aber er tröstet sich mit dem Gedanken, dass dieser Mistkerl so mehr Zeit zum Leiden gehabt habe. Und die Hauptsache ist doch, dass dieser hier einen ebenso grandiosen Sturz erleiden musste wie seine drei Kumpane.

Nun aber ist höchste Eile angesagt. Der Krach könnte jemanden aufgeweckt haben, wenngleich der Parkplatz sehr abgeschieden liegt. In weniger als drei Minuten haben Pfosten, Sperrschilder und Spiegel ihren Platz im Kofferraum des Clio gefunden. Das Nagelbrett bleibt gut sichtbar auf der Straße zurück. Kein Zweifel, dass die Ermittler darin den potentiellen Auslöser dieses „bedauerlichen Unfalls" erkennen werden. Im Augenblick liegt das Heil in der Flucht. ER steigt ein und fährt die Straße hinab, Richtung Saint-Jean-du-Doigt. Er freut sich, dass sein Plan auf so wunderbare Weise aufgegangen ist. „Und dadurch dass mein Wagen hinter der Sperre stand und ich nun nach unten fahre, überfahre ich nicht seine Bremsspuren, und die Experten werden nicht nach einem Fahrzeug suchen, das zeitnah zum Unfall hier gewesen sein könnte. Nicht schlecht, Herr Specht!" , sagt er lächelnd zu sich selbst. Zehn Minuten später erreicht ER bereits sein Haus.

Und was hat SIE derweil getan? Anders als ER hat sie nicht versucht, das Geschehen zu verfolgen. Unmittelbar nachdem der Peugeot 307 an ihr vorüber gefahren war, hat sie ein anderes Peugeot-Fahrzeug bestiegen: Das Moped, dessen ER sich bedient hatte, als er sich um Philippe Bellec gekümmert hat, und das nun schön versteckt hinter einer Hecke auf sie wartet. Auf dem Gepäckträger sieht man einen Isolierbeutel aus Plastik, der drei rote Barren Eis enthält ...

Heute Nacht wird Beg an Fry rot sehen ... Das Schwein bekommt Nasenbluten!

V

Locquirec, Donnerstag, der 29. Juni, 03 Uhr nachts

„Gérard?“

Eine schlaftrunkene Stimme lässt sich am anderen Ende der Leitung vernehmen.

„Ja, wer spricht dort?“

„Martine. Entschuldige bitte! Habe ich dich geweckt?“

Gérard Dorchel wirft einen raschen Blick auf seinen Radiowecker.

„Hör mal, es ist drei Uhr nachts, also echt, ... ja, du hast mich geweckt. Um diese Uhrzeit schlafen wir hier.“

„Ich weiß. Tut mir auch schrecklich leid, aber ich rufe dich an, weil ich mir so schreckliche Sorgen mache. Ich hab’ schon bei Thierry und Isabelle angerufen, aber die konnten mir nichts sagen.“

„So so, und worüber?“

Gérard Dorchel versucht ganz wach zu werden, fühlt sich aber vom Tiefschlaf noch wie gelähmt.

„Was ist denn los?“

„Pass auf, Gérard, Daniel hatte heute Nachtdienst und hat vor Mitternacht einige Patienten besucht. Als er wiedergekommen ist, hat er sich aufs Bett gelegt und ich bin dann eingeschlafen.“

„Okay. Und dann?“

„Der Notruf 112 hat sich soeben wegen eines Notfalles

bei mir gemeldet, und Daniel sollte das übernehmen, aber er ist nicht da. Und auf seinem Handy kann ich ihn auch nicht erreichen! Ich suche ihn überall. Ist er nicht vielleicht bei dir vorbeigekommen?“

„Tut mir leid, das ist er nicht. Letztes Mal habe ich ihn am Sonnabend mit dir zusammen bei Isabelle gesehen. Warum sollte er denn jetzt bei mir sein?“

„Weiß ich auch nicht, das ist nicht seine Art, einfach so abzuhauen, ohne mir zu sagen, wohin er geht!“

„Ach, reg’ dich nicht auf, er hatte sicherlich irgendeinen Notfall und wollte dich nicht wecken. Vielleicht dauert das länger als er gedacht hatte, und er ist vielleicht an einem Ort, wo er gerade kein Netz hat. Vielleicht ist er auch im Krankenhaus, wo er einen Patienten hingebracht hat.“

„Nein, das darf er gar nicht, wenn er Bereitschaft hat.“

„Vielleicht war es jemand, den er kannte. Vielleicht hat er eine Ausnahme gemacht.“

„Wenn er das getan hätte, dann hätte er mich benachrichtigt, zumindest aber die Notrufzentrale.“

„Notrufzentrale?“

„Na ja, die Nummer 112.“

„Hör zu, es tut mir echt leid, aber ich kann dir mit deinem Problem nicht helfen. Vielleicht solltest du besser die Polizei anrufen, oder?“

„Ich warte noch ein bisschen. Ich kann ja noch Jean-Pat’ anrufen und dann – mal sehen.“

„Okay. Soll ich nicht lieber bei dir vorbeikommen?“

„Nein, nein, das ist nett von dir, aber ich rufe jetzt erst einmal Jean-Pat’ an, und dann die Polizei.“

„Bist du sicher, dass du das alleine schaffst?“

„Ja, ja.“

„Ruf mich an, wenn irgendetwas ist. Aber reg’ dich nicht

auf, ich bin sicher, es gibt bestimmt eine ganz einfache Erklärung."

„Du bist lieb. Ich hoffe, du kannst wieder einschlafen."

„Keine Sorge. Mach's gut."

„Mach du's auch gut. Ich sag dir Bescheid, wenn etwas ist."

„Okay! Tschüss ... Küsschen ..."

Er legt auf. Aber mit dem Einschlafen will es nicht mehr so recht klappen.

*

Trotz zahlreicher Anrufe gelingt es der bedauernswerten Martine Guennec nicht, ihren Ehemann zu erreichen. In der Notrufzentrale wird der Notstand Nummer 1 ausgerufen. Bereits drei Notfälle im Bezirk von Doktor Guennec und niemand ist da, um sie zu versorgen. Da gibt es nur eine Lösung: Man benachrichtigt einen Mediziner, der als Notdienst bereitsteht, falls irgendetwas schief läuft. Und der Gewinner ist ... Doktor Le Cueff aus Plougat-Guérand. Er gewinnt eine schlaflose Restnacht auf dem Lande.

Das ist kein Trost für Madame Guennec. Der Notfallzentrale ist damit geholfen, aber ihr doch nicht! In den 23 Jahren, die sie nun verheiratet sind, hat Daniel ihr noch nie einen solchen Streich gespielt. Und weil er nicht der Typ Mann ist, der sich nachts zu einer Geliebten schleicht, und schon gar nicht, wenn er Bereitschaft hat, bleiben nur noch sehr beunruhigende Vermutungen übrig: Krankheit, ein körperlicher Angriff, ein Verkehrsunfall ... Bei anderen Gründen für sein Fortbleiben hätte er sie längst angerufen. Es sei denn, er hätte ein Handyproblem, wie Gérard ihr eingeredet hat. Hoffentlich ist es das, hoffentlich ...

Hoffentlich, hoffentlich, das klingt wie das Chanson *Si seulement si, si seulement si* von France Gall nach der Musik von Michel Berger. Allein, Martine Guennec steht momentan nicht der Sinn nach Musik. Mit fortschreitender Nacht vergeht die Zeit, ganz langsam, und die einzige Melodie, die man hört, ist der eintönige Klang der Stille. Diese Stille lastet über ihrem großen Wohnzimmer und stört das stete Ticken der roten Designeruhr an der weißen Wand nicht, die nun zehn Minuten vor fünf anzeigt. Über der Landspitze Armorique lässt sich bereits die Morgendämmerung erahnen, ihre Gedanken aber sind düster. Pessimismus hat von ihr Besitz ergriffen. Die Theorie eines Telefonproblems ist vom Tisch, ebenso wie die längere Visite bei einem Kranken. Sie schüttet sich zum x-ten Mal eine Tasse Kaffee ein, den sie trinkt, fast ohne es wahrzunehmen. Auf ihrem Gesicht spürt sie das Brennen all der in den letzten Stunden vergossenen Tränen, denen sie freien Lauf ließ. Die Nase fast an die Scheibe gepresst, die Augen irgendwo im Morgennebel, sucht sie verzweifelt nach entlastenden Gedanken ... Es misslingt. Vor ihrem geistigen Auge tun sich Schreckensszenarien auf: In der Nacht hält der Wagen Daniels an einem Stoppschild. Bevor er wieder losfahren kann, kommen zwei Gestalten aus den Büschen gesprungen, ziehen ihn aus dem Auto und schlagen ihn brutal zusammen. Dann lassen sie ihn bewusstlos zwischen den Büschen liegen und fahren mit seinem Peugeot 307 davon. Ein anderes Mal sieht sie ihn vor einem alten Bauernhof. Autowracks rosten dort vor sich hin. Ein abgemagerter deutscher Schäferhund, der an einer stabilen Kette liegt, jault zum Steinerweichen. Daniel geht in das Haus hinein, wird dort von einer jungen, über und über gepiercten Frau in Hippiekleidung, die offenbar unter Drogeneinfluss steht, empfangen. Sie stürzt sich auf seinen Arztkoffer, der von Daniel heftig verteidigt wird. Ein aus der Küche herbeieilender Freund der Frau stößt Daniel daraufhin ein Messer, das eigentlich zum Zerkleinern von Drogen dienen sollte, zwischen die Schulterblätter …

Kurz, Martine Guennec hat nur noch schwarze Gedanken, die sie gern mit jemandem geteilt hätte, aber ihre Kinder sind zum Kitesurfen auf die Île de Ré gefahren, und ihre Eltern möchte sie nicht beunruhigen. Was die Gendarmerie angeht: Sie wollte sich melden, wenn sich Neuigkeiten ergäben. Aber derzeit meldet sie sich nicht ...

*

Glücklicherweise kümmern sich ihre Freunde um sie. Seien es die Laroche, Jean-Pat', Isabelle oder Gérard. Sie geben sich alle Mühe, ihr in diesem schwierigen Augenblick beizustehen. Sogar Mariette Bellec, die immer noch untröstlich über den Tod ihres Mannes ist, hat ihr in diesen Momenten der Einsamkeit, die sie selbst seit mehr als zwei Monaten durchlebt, ihre Unterstützung zugesagt.

Die anderen sind immer nur auf einen Sprung herbeigekommen, stets in Eile, ihre beruflichen Verpflichtungen zu erfüllen. Nicht so Mariette. Im Türrahmen zur Küche liegen sie sich in den Armen und weinen wie zwei Heulbojen. Das Wort „Schlosshund" kennt man nicht in Locquirec …

Die eine hat ihren Kopf schluchzend gegen die Schulter der anderen gelehnt. So stehen sie da ohne zu reden, denn Worte können in diesem Augenblick nicht ausdrücken, was beide empfinden. Für Mariette ist die Wunde noch ganz frisch. Für Martine beginnt sie sich gerade erst zu öffnen. Und niemand kann derzeit sagen, wie tief und schmerzhaft sie einmal sein wird ...

Nachdem sie einige Minuten lang so gestanden haben, versucht Mariette mühsam, irgendwelche Gründe der Hoffnung zu finden.

„Komm, wir dürfen uns nicht so hängen lassen. Was auch immer passiert sein mag, man wird ihn gewiss bald finden. Wir leben doch hier nicht in der Wüste. Falls er einen Unfall gehabt hat, dann werden die Leute im Tageslicht das Auto sehen und die Polizei rufen. Und dann bekommst du Bescheid."

„Ist lieb von dir, dass du mich trösten willst, aber ich habe da so schreckliche Visionen gehabt, wie soll ich es dir nur erklären, ich habe eine schlimme Vorahnung. Ich habe ein Gefühl, als hätte ich einen Kloß im Bauch, der gleiche Schmerz, wie als Christophe seinen Motorradunfall hatte. Da fingen die Schmerzen genau in dem Moment an, als er verunglückt ist, noch lange bevor wir von irgendetwas wussten. Und jetzt passiert genau das Gleiche, der gleiche Schmerz."

„Aber ..."

„Ich weiß es, hörst du, ich weiß es, ich fühle, dass Daniel etwas zugestoßen ist. Ich bin sicher, absolut sicher!"

Und sie lässt sich tränenüberströmt in Mariettes Arme fallen.

„Hör zu, so kommen wir nicht weiter. Es ist schon fast acht Uhr. Komm, ruf die Polizei an, das ist jetzt deren Job. Wenn ein Arzt mitten im Bereitschaftsdienst verschwindet, dann sollten die sich schon mal besonders ins Zeug legen, oder? Ruf sie nochmal an, oder soll ich es machen?"

„Nein, ich mach' das schon."

Mit zittriger Hand fährt sie sich über das Gesicht, um die Tränen abzuwischen.

*

„Gendarmerie von Plouégat, guten Morgen!“, ertönt eine weibliche Stimme.

„Hallo! Lauriane?“

„Ja!“

„Hier spricht Martine. Hast du Neuigkeiten?“

„Ach, du Ärmste! Nein, es gibt bisher absolut nichts. Einer von unseren Streifenwagen ist von euch zu Hause losgefahren, und er wird Planquadrat für Planquadrat alle Straßen der Umgebung abfahren. Falls Daniel einen Unfall gehabt haben sollte, dann kann man damit rechnen, rein statistisch gesehen, dass dies in einem Umkreis von weniger als zwei Kilometern von zu Hause der Fall ist. In über einem Drittel der Fälle ist das jedenfalls so. Und dann wissen wir bald Bescheid.“

„Und könnt ihr denn nicht, wie soll ich sagen, so eine Art Ringfahndung im ganzen Landkreis organisieren?“

„Hör mal, Martine, alles was ich dir sagen kann ist, von diesem speziellen Fall mal abgesehen, dass man offiziell erst als vermisst gilt, wenn man sich mindestens 48 Stunden lang nicht mehr gemeldet hat. Aber Daniel ist erst seit knappen sechs Stunden verschwunden. Das ist viel zu früh, als dass die übergeordneten Stellen tätig würden. Es tut mir leid, wir tun, was wir können, aber für weiterreichende Maßnahmen sind uns die Hände gebunden. Ich habe es schon auf die eigene Kappe genommen, ohne meinen Vorgesetzten davon in Kenntnis zu setzen, alle Rathäuser des Kreises anzurufen, und habe so alle kommunalen Polizeibeamten erreicht. Falls etwas Auffälliges beobachtet wird, werden wir davon sofort benachrichtigt.“

„Danke. Danke, Lauriane.“

„Ich kann dir auch sagen, dass mein Papa alle Leute in seinem Einflussbereich um den gleichen Gefallen gebeten hat. Er hat mir gesagt, er würde die Ableser der elektrischen Hausanschlüsse, die Außendienstmitarbeiter von France Télécom, die Postzusteller und die Wasserwerke in Kenntnis setzen. Du kannst mir glauben, so sorgfältig wurde unser Landkreis noch niemals unter die Lupe genommen!"

„Danke, du bist lieb."

„Ach was, komm, Kopf hoch. Ich drücke euch jedenfalls allen beiden ganz fest die Daumen."

„Danke, Lauriane, tschüss."

08 Uhr 50

Am Steuer seines Kangoo Express in den Farben der France Télécom, pfeift Gilbert Delerm, ein Mann, der die 35 Jahre bereits weit überschritten hat, voller Freude den letzten Hit seiner persönlichen Top 50-Melodien mit, nämlich „Champs-Élysées" von Joe Dassin, ein Titel aus dem letzten Jahrhundert, der irgendwie zum Evergreen wurde. Neben ihm sitzt Ahmed, neunzehn Jahre alt, der es sich nicht nehmen lässt, dem anderen das Gefühl zu vermitteln, dessen antiquierten Musikgeschmack zu teilen. Nachdem sie Saint-Jean-du-Doigt erreicht haben, wenden sie sich nach rechts oben, die Küstenstraße Richtung Beg an Fry nehmend, auf der Suche nach einem defekten Telefonrelais.

„Hey, hör mal, Ahmed, wir sind zu schnell! Was hältst du von einer kleinen Pause, bevor wir loslegen?"

„Geht klar, Chef. Wenn wir jetzt keine Pause machen, dann machen wir uns noch kaputt vor unserem freien Tag."

„Und was bedeutet das?"

„Na, wenn wir uns jetzt kaputt machen, dann können wir uns von der ganzen Müdigkeit, die sich in der letzten Woche bei uns angestaut hat, nicht richtig erholen."

„Ja und weiter?"

„Dann können wir in der nächsten Woche natürlich keine volle Leistung bringen.“

„Und daraus folgt wiederum?“

„Das ist dann ganz schlecht für die Produktivität unseres Unternehmens!“

„Bravo, du hast das gut von mir gelernt, Abdul.“

„Nicht Abdul, Ahmed.“

„Ach ja, stimmt, tut mir leid. Aber mit euren Namen, da komme ich immer ganz durcheinander! Die klingen doch alle gleich. Und wie wär’s jetzt mit einem kleinen Kaffee mit Blick aufs Meer?“

Ahmed ist diesen unterschwelligen Rassismus bereits gewöhnt, und so reagiert er nicht darauf, sondern entgegnet lächelnd: „Ja, Chef, und wo wollen wir diese Kaffeepause machen?“

„Das wirst du schon sehen. Ich kenne da ein nettes kleines Plätzchen an der Uferstraße, nicht weit von hier.“

Als sie oben auf der Küstenstraße ankommen, will der eifrige Telekom-Mitarbeiter sein Fahrzeug auf den Parkplatz fahren, der in der Nacht zuvor dem Doktor Guennec zur Todesfalle wurde. Vor sich sieht er quer zur Straße ein großes Brett, das Fahrzeugen aus Richtung Guimaëc gefährlich werden könnte. Ohne auf den Parkplatz abzubiegen, hält er auf der Straße an, betätigt die Warnblinkanlage und lässt seinen Beifahrer aussteigen, damit dieser das Hindernis beseitigen möge. Während Ahmed noch mit dem Brett beschäftigt ist, schweift sein Blick über den Belag des Parkplatzes. Eine lange Bremsspur, ausgehend von der Stelle, an der das Brett gelegen hatte bis hin zur Abbruchkante Richtung Steilküste, scheint sich darin eingearbeitet zu haben.

„Da schau her“, denkt er, „wer so viel Gummi gelassen

hat, muss einen höllischen Schiss gehabt haben.“ Und er ruft seinen zweisilbigen Mitarbeiter herbei: „Ahmed, hast du die Bremsspur gesehen? Sieht aus wie von Sebastian Loeb auf der Argentinienrallye, oder?“

Nun erst wirft der Praktikant, der bis dahin mit dem Wegräumen des Nagelbrettes beschäftigt gewesen war, einen Blick auf die Reifenspuren. Er pfeift bewundernd durch die Zähne und entgegnet: „Donnerwetter, die Spuren scheinen noch ganz frisch zu sein.“

„Genau. Das seh’ ich auch so.“

Die beiden Männer gehen nun schnellen Schrittes bis zum Ende des Parkplatzes. Von weit oberhalb des Meeres versuchen sie, etwas Ungewöhnliches entlang des steilen Gefälles zu entdecken. Sie finden nichts. Auf den ersten Blick. Doch als sie genauer hinsehen, können sie doch eine Schneise in dem kleinen Buschwerk ausmachen, das sich an den Felsen festgesetzt hat. Bis in eine Tiefe von ungefähr 20 Metern sind die Pflanzen über eine Breite von zwei Metern zerbrochen, zerdrückt oder gänzlich ausgerissen. Die Spuren der Zerstörung führen genau zum Ende des Parkplatzes. Sehr frische Spuren. Und sie beginnen genau dort, wo die Bremsspuren enden ...

Beide sind verstummt, als sei ihnen plötzlich klar geworden, dass wohl etwas Schreckliches passiert sein müsse, an dem Ort, an dem sie sich gerade aufhalten. Ihre Augen suchen Meter um Meter die Flanke der Steilküste ab, bis hinab zum Meer. Die Dünung ist nicht sehr stark, und die Wellen, die sich am felsigen Ufer brechen, haben deshalb längst nicht die Höhe, wie dies bei Westwind der Fall wäre. Man sieht weiße Schaumkronen in der Brandung, die sich mit dem Spiel der Wellen hin- und herbewegen. Wenn man aber ganz genau hinsieht, dann erkennt man innerhalb dieses wogenden Weiß einen anderen hellen Fleck, der seltsam starr dort liegt. Gilbert Delerm fixiert dieses Phänomen, dann weist er mit dem Finger darauf und ruft aus: „Sieh mal, da! Ist das nicht ein Autodach?"

Nach einigen Sekunden des Beobachtens stimmt ihm Ahmed zu: „Du hast recht. Das sieht so aus. Wollen wir mal gucken gehen?"

„Nee, nix da! Ist mir zu gefährlich, Junge, ich will noch ein Weilchen leben. Nee, nee, komm, lass uns die Polizei verständigen. Sollen die sich drum kümmern."

*

Die eintreffenden Polizisten erkennen schnell die Bedeutung der Lage. Capitaine Meunier nimmt sofort die Sache in die Hand. Mit dem Feldstecher vor Augen fixiert er den verdächtigen weißen Fleck, der immer nur in Wellentälern sichtbar wird. Sehr schnell gelangt er zu der Überzeugung: Ja, hier handelt es sich um das Dach eines Autos. Eines weißen Autos, wie das eines 307, des angezeigten verschwundenen Wagens von Doktor Guennec. Eine fürchterliche Übereinstimmung, die ihm ganz und gar nicht behagen will.

„Galibert, wir brauchen jetzt kräftige Verstärkung. Setzen Sie alle Hebel in Bewegung: Die Feuerwehr mit THW-Ausrüstung für gefährliche Bergung, Krankenwagen, und fordern Sie außerdem die Spurensicherung von Plourin an. Die werden wir brauchen. Ist der Landschaftsabschnitt hier abgesperrt?"

„Jawohl, Chef, alles Absperrband markiert, und die Straßen Richtung Saint-Jean und ebenso nach Prajou blockiert. Ich kümmere mich um das alles Weitere."

Galibert will sich entfernen, hat aber kaum fünf Meter

zurückgelegt, als der Capitaine ihm hinterherbrüllt: „Galibert! Lebracq und Dorchel sollen sich sofort hierher auf den Weg machen. Le Gallou bleibt allein in der Dienststelle. Und Sie rufen mir den „Lustigen Matrosen“ an! Wir werden sicherlich einen von ihren Hebekränen benötigen.“

„Und Frau Guennec? Sollen wir sie auch benachrichtigen?“

„Nein!“, antwortet er in scharfem Ton. „Noch nicht. Dazu ist später immer noch Zeit. Später ...“

Bis alles organisiert ist, ist es fast 11 Uhr. Die ersten Taucher können, wenn auch nur sehr langsam und vorsichtig, das bezeichnete Gebiet erkunden. Der heftige Wellengang der auflaufenden Flut macht ihnen das Arbeiten schwer. Etwa zehn Meter von ihnen entfernt gleicht das Schlauchboot der Feuerwehr mit seinem starken Außenbordmotor die steten Brandungsbewegungen aus, um nicht wie eine schnöde Plastikflasche gegen die Felsen geworfen zu werden.

Kaum fünf Minuten später erscheint bereits der erste Taucher am Schlauchboot, um über Funk seinen Bericht an Capitaine Meunier zu übermitteln.

„Capitaine Meunier?“

„Ja. Ich höre Sie klar und deutlich.“

„Haben unter Wasser eindeutig ein Fahrzeug ausgemacht, Marke Peugeot, Modell 307, Farbe Weiß, Zulassung 647 XU 29. Fahrer tot, sitzt noch angeschnallt auf seinem Sitz. Keine weiteren Personen an Bord, suchen die Umgebung nach möglichen weiteren Opfern ab.“

„Danke, Ende.“

Für Capitaine Meunier ist die Sache nun klar: Das Kennzeichen des Fahrzeuges passt, es handelt sich also um den Wagen des Doktor Guennec, und es besteht kaum ein

Zweifel, dass es sich bei der hinter dem Steuer sitzenden Leiche um den Arzt aus Locquirec handelt ...

„Lauriane! Ich meine, Sie kennen Frau Guennec recht gut. Fahren Sie doch bitte zu ihr und bringen Sie sie hierher. Sie soll ihren Mann identifizieren."

„Wird erledigt, Chef."

„Aber bitte mit Fingerspitzengefühl ..."

„Ist doch klar, mein Capitaine."

*

Auf einem Sessel im Wohnzimmer sitzend, das Gesicht dem großen Steinkamin zugewandt, ein Häuflein Elend mit ausdruckslosem Gesicht, das ist von Martine Guennec noch übrig. Seit fast zwei Stunden sitzt sie so da, unbeweglich und stumm. Auf ihrem blassen Gesicht haben die Bäche von Tränen, die sie vergossen hat, Spuren hinterlassen, Jammertäler. Aber sie weint nicht mehr, nein, ihr Leid ist inzwischen jenseits des Weinens. Sie fühlt sich leer, leer, leer.

Die Identifikation ihres Mannes war für sie eine fürchterliche Prüfung. Sie konnte sich nur dank der Unterstützung Mariette Bellecs auf den Beinen halten, sonst wäre sie komplett zusammengebrochen. Die polizeilichen Formblätter hat sie wie im Traum ausgefüllt; wie in einem schrecklichen Alptraum. Um sie herum haben sich nun ihre Freunde eingefunden. Da ist natürlich Mariette, die hinter ihr steht und ihr die Hände zärtlich auf die Schultern legt. Von Zeit zu Zeit streicht sie ihr sanft über das Haar, ein Versuch, das Leid der Freundin ein wenig zu lindern. Ihre jüngste Erfahrung hat sie allerdings gelehrt, dass nichts und niemand einen derartigen Kummer zu lindern vermag. Einzig und allein die Zeit, vielleicht ...

Einige Meter weiter spricht ein ernst blickender Gérard Dorchel mit Thierry Laroche und Jean-Pat' Gosset, die beide ebenso betroffen sind wie er.

In der Küche kochen Isabelle Lebech und Laurence Laroche Kaffee. Sie haben Gesellschaft von Joëlle Le Bihan, der Bürgermeisterin von Locquirec. Die Eltern von Martine müssten bald eintreffen, und die Kondolenzreihe von Freunden, Bekannten und lokalen Persönlichkeiten steht ihr in voller Länge ins Haus. Wenn man sowohl Arzt als auch stellvertretender Bürgermeister ist, dann kennt man eine Menge Leute ...

Martine hatte nicht die Kraft besessen, ihre Kinder zu benachrichtigen und so ist diese undankbare Aufgabe an der Bürgermeisterin hängen geblieben. Ebenso wie den Eltern von Daniel auf ihrer Rheinkreuzfahrt Bescheid zu geben. Alle setzen sich sofort Richtung Bretagne in Bewegung; voraussichtliche Ankunft irgendwann mitten in der Nacht ...

Vor Martines geistigem Auge ziehen unzählige Bilder ihres Lebens mit Daniel vorüber. Schöne und schmerzhafte Erinnerungen verdichten sich zu einem Flickenteppich der Gefühle, der sich ständig verändernd neu erschafft. Da kann sie sich noch so sehr einreden, dass sie womöglich träume. Die schreckliche Wahrheit der neuen Lebenssituation hat in ihrem Geist noch nicht richtig Fuß gefasst, und sie fühlt sich nicht in der Lage, mit wem auch immer, über ihre momentane Gefühlslage zu reden. Daniel war nicht der ideale Ehemann, der, von dem sie als junges Mädchen geträumt hatte. Nein! Davon war er weit entfernt. Aber er war der Begleiter ihrer guten und schlechten Tage, der Vater ihrer Zwillinge und sie hatte ihn geliebt. Wirklich. Klar, das tägliche Leben mit seinen beruflichen und sozialen Aufgaben hatte die Intensität ihrer Gefühle vermindert, aber dennoch fühlte sie sich stets mit ihm verbunden. Tief und für die Ewigkeit ...

Sie spürt Mariettes Hände auf ihren Schultern, Mariettes Verlangen, sie zu trösten. Ihr ist klar, sie muss irgendwie reagieren. Bezüglich ihrer Kinder, ihrer Eltern und der Eltern ihres Mannes. Auch um sich selbst aus der Erstarrung herauszuholen! Aber wie sie sich auch bemüht, sie schafft es einfach nicht. Noch nicht, noch nicht ...

*

Im Polizeikommissariat von Plouégat hat Capitaine Meunier zur gleichen Zeit Besuch zweier Beamter der Spurensicherung aus Plourin. Kommandant Brissac und sein Leutnant Dufresne haben den ganzen Tag damit verbracht, den „Unfallort“ akribisch abzusuchen. Kommandant Brissac zieht mit ernster Miene und professionellem Unterton seine ersten Schlüsse:

„Meunier, lassen Sie uns Klartext reden. Natürlich müssen wir noch die Ergebnisse der mikroskopischen Untersuchungen, sowie der digitalen und genetischen Daten abwarten, aber der Hergang scheint leicht darstellbar zu sein. Das Fahrzeug des Arztes, wie hieß er nochmal?“

„Doktor Guennec.“

„Ach ja, stimmt. Also, das Fahrzeug des Doktor Guennec kam aus Richtung Guimaëc mit einer Geschwindigkeit von etwa 50 bis 60 Stundenkilometern. Es ist über das Nagelbrett gefahren, das von den Telekom Außendienstlern gefunden wurde, der Fahrer hat daraufhin die Kontrolle über sein Fahrzeug verloren, hat noch eine Notbremsung versucht, was an den Spuren auf dem Parkplatz ersichtlich ist, konnte aber das Fahrzeug nicht stoppen und ist so über die

Abbruchkante in die Tiefe gestürzt, wobei er sich tödliche Verletzungen zugezogen hat."

„Das heißt also, für Sie, Herr Kommandant, haben wir es zweifelsfrei mit einem Unfall zu tun?"

„Das steht für mich außer Frage. Es sei denn, wie ich vorhin bereits ausführte, es ergäben sich weitere Hinweise bei den noch ausstehenden Untersuchungen oder bei der Autopsie des Verstorbenen."

„Und Sie, Dufresne, was meinen Sie zu unserem Fall?"

„Tja, ein Unfall ist die wahrscheinlichste Erklärung, Capitaine Meunier."

Capitaine Meunier hebt langsam den Kopf und entgegnet: „Ich hatte vorhin den Gerichtsmediziner am Telefon. Er hat die Autopsie für morgen früh anberaumt. Morgen Nachmittag bekomme ich seinen Bericht."

„Ausgezeichnet. Ich für meinen Teil", erklärt der Kommandant, „ich müsste alle Ergebnisse bis Samstag Abend auf dem Tisch haben. Ich rufe Sie Montag Vormittag an, bis Montag Abend haben Sie dann auch alles schriftlich. Aber glauben Sie mir, mein Lieber, hier handelt es sich klar um einen Unfall!"

„Aber dieses Nagelbrett, das könnte doch von jemandem extra dort abgelegt worden sein ..."

„Von jemandem, der wusste, dass der Doktor Louedec ..."

„Guennec, Herr Kommandant!"

„Ja, richtig, Guennec! Von jemandem, der wusste, dass Doktor Guennec mitten in der Nacht auf eben dieser Straße und mit 60 Stundenkilometern hier ankommen würde!"

„Na, na, Meunier, Sie lesen mir zu viele Kriminalromane! Machen Sie die Sache doch nicht komplizierter als sie ist: Irgendein LKW hat auf seinem Rückweg von der Baustelle hier dieses Brett verloren, und wie der Zufall es wollte, war

Doktor Guennec der Erste, der es überfuhr. Das ist traurig, aber einfach. Ganz einfach.“

„Okay, also nehmen wir das einmal an. Aber, Herr Kommandant, finden Sie es nicht eigenartig, dass drei Einwohner von Locquirec in den letzten fünf Wochen eines gewaltsamen Todes gestorben sind, und dass ein weiterer vermisst wird? Und alle hatten ungefähr das gleiche Alter und kannten sich gut! Also ich finde das äußerst mysteriös.“

„Hat denn Ihre Dienststelle bei jedem Fall die Untersuchungen geführt?“

„Außer bei dem Vermissten von der Fähre, ja.“

„Und zu welchen Schlüssen sind Sie gekommen?“

„Unfälle.“

„Jedes Mal?“

Ein wenig verlegen senkt Capitaine Meunier den Blick und antwortet kleinlaut: „Jedes Mal, ja.“

Der Kommandant entgegnet mit lachender Miene: „Na sehen Sie, Meunier, machen Sie also hier nicht die Pferde scheu. Sie haben ihre Hausaufgaben gemacht, und alles war nichts weiter als tödlicher Zufall. Nichts als Zufall! Sie hätten es wohl gerne mit einem Serienmörder zu tun, was? Kommen Sie, geben Sie es doch zu! Aber träumen Sie nicht! Hier befinden wir uns mitten im wahren Leben und nicht im Fernsehen in einer Krimiserie. Zum Glück.“

Und Leutnant Dufresne fällt fröhlich ein: „Ohne respektlos sein zu wollen, mein Kommandant, aber in einer Krimiserie im Ersten verdient ein Schauspieler, der unsere Rolle übernimmt in zehn Minuten das, was wir im ganzen Jahr verdienen.“

Die drei Männer brechen daraufhin in ein befreiendes Lachen aus, in dem sich die angestaute Spannung des Tages entlädt. Capitaine Meunier ist der Erste, der wieder ernst wird: „Wahrscheinlich haben Sie Recht, Herr Kommandant, das muss wohl der Corinne Touzet-Effekt sein: Alle Polizisten Frankreichs wollen auch in harmlosen Ermittlungen gern zu Helden werden."

„Natürlich habe ich Recht! Nun kommen Sie schon, machen Sie sich mal keinen Kopf! Tun Sie einfach nur Ihren Job! Ich verschwinde jetzt hier, weil ich noch weitere Arbeit habe, und Sie ja wohl auch. Montag rufe ich Sie an."

VI

Wie es die Polizisten vorausgeahnt hatten, kommt die Autopsie zu dem Schluss, dass der Tod durch Bruch der Schädeldecke eintrat, ausgelöst durch totale Deformation der Fahrgastzelle des 307. Nach den Worten des Gerichtsmediziners war Doktor Guennec bereits verstorben, noch ehe sein Auto den Sturz im Wasser des Ärmelkanals beendete. Schwacher Trost für die trauernden Angehörigen ...

Alle weiteren Untersuchungen hatten keine Indizien für ein eventuelles Fremdverschulden erbracht. Ein Unfall also, der die kleine Gemeinde im Tregor stark berührt. Die Erlaubnis zur Bestattung des Arztes ist erteilt und die Feierlichkeiten werden am darauffolgenden Mittwoch in einer emotional aufgeladenen Atmosphäre stattfinden.

Die kleine Kirche von St. Quirec ist viel zu klein, um alle Trauergäste, die von nah und fern zu Daniel Guennecs Bestattung kommen wollen, aufzunehmen. Da sind selbstverständlich die Eltern und die Freunde, wahre oder angebliche. Aber es kommen auch alle politischen Persönlichkeiten des Landkreises jeglicher Couleur, die dem Verblichenen noch ein letztes Mal ihre Ehre erweisen wollen. Ihm, der stellvertretender Bürgermeister war, Vorsitzender verschiedener kommunaler Ausschüsse und Mitglied zahlreicher Vereinigungen Locquirecs, wie zum Beispiel der Jagdgenossenschaft, ebenso wie sein Freund Philippe Bellec es gewesen war. Und ebenfalls François Lebault und Jean-Pierre Jégaden ...

Sogar die ehemalige Arbeitsministerin, Marie Guivarch, eine Pesönlichkeit aus Morlaix, hat unbedingt teilnehmen wollen, um jener lokalen Größe, die von allen hoch geschätzt wurde – zumindest nach seinem Tod – ihre letzte Ehre zu erweisen.

Alle Mitglieder der lokalen Opposition, ebenso wie die des Landkreises, sind ebenfalls anwesend, angeführt von ihrem Vordenker, dem Unternehmer Erwan Kerjean aus Rennes, und alle haben sie ein reuevolles, dem Anlass entsprechendes Gesicht aufgesetzt. Vergessen sind die Tiernamen, mit denen sie ihren Gegner häufig titulierten, als er noch am Leben war.

Selbstverständlich fehlen auch weder das Wahlvolk noch die Patienten, die sowohl die politischen als auch die professionellen Fähigkeiten des Verstorbenen zu schätzen gewusst hatten. Und die so ein Ereignis keinesfalls verpassen möchten. Und die froh sind, dass in Locquirec überhaupt mal etwas los ist, egal was.

Die Trauerfeier, die in aller Nüchternheit von Pater Roland, dem Geistlichen des Landkreises, gehalten wird, wird allen Teilnehmern im Gedächtnis bleiben. Zunächst einmal, weil der Pfarrer im Vorfeld diesmal nur moderaten Alkoholmissbrauch mit dem Messwein trieb. Des Weiteren, weil der ex-stellvertretende Bürgermeister es zu seinen Lebzeiten nicht so sehr mit der Religion hatte und das Kirchenschiff deshalb von einer aus religiöser Sicht derart ungewöhnlichen Musik widerhallt, dass es Benedikt XVI arg gegraust hätte: Dire Straits, Rolling Stones oder aber Red Cardell aus der Bretagne. Die Lautsprecher verbreiteten unerwartete Klänge an einem Ort, der eher St. Jacques als St. Rock geweiht ist, St. Rock and Roll, versteht sich. Oder aber George Brassens, dem größten Atheisten vor dem

Herrn. Dessen *Trompettes de la renommée* begleitete dann auch den Sarg aus der Kirche heraus, wodurch sich die Trauerfeier in die Erinnerung vieler Trauergäste, die noch niemals an einer derartig schrägen Messe im Sinne des auf tragische Weise Verstorbenen teilgenommen hatten, besonders tief einbrannte.

Auf dem Friedhof hingegen lässt die republikanische Tradition keine Überraschungen mehr zu. Einer nach dem anderen ziehen die letzten Begleiter der sterblichen Hülle des Gemeindezweiten am Grab vorüber, und so kommt jeder einmal an die Reihe, ein Sträußchen roter, rosa oder weißer Rosen als letzten Gruß auf den hellen Eichenholzsarg zu werfen. Eine lange, sehr lange Menschenschlange baut sich auf, deren Anblick die Traurigkeit der Witwe noch vergrößert. Ihr Gesicht hat sie hinter einem schwarzen Schleier verborgen und ihre Augen haben schon lange keine Tränen mehr. Zu ihren Seiten stehen würdevoll und dennoch irgendwie losgelöst vom Geschehen, ihre beiden Kinder. Man könnte meinen, sie nähmen die Realität noch nicht wahr und sie durchlebten diese für alle anderen Teilnehmer bewegenden Momente wie Fremde, die nicht dorthin gehörten. Diese scheinbare Gleichgültigkeit, die sie nach außen hin ausstrahlen, ermöglicht es ihnen, Kräfte freizusetzen, um ihrer so hart geprüften Mutter in der Not beizustehen.

Als der lange Trauerzug schließlich ein Ende findet, bleibt Martine Guennec wie benommen zurück. Ihr von den schlaflosen Nächten gezeichnetes Gesicht nimmt plötzlich starre Züge an. Ein leichtes Taumeln ihres Körpers, das sofort von den starken Armen ihres sportlichen Sohnes aufgefangen wird, lässt erahnen, wie groß ihre Verzweiflung ist. Jetzt, wo die „anderen“ weg sind, ist sie allein. Allein! Und daran können weder die Kinder, noch die Eltern, noch die Freunde etwas ändern. Ihr Leben wird niemals wieder so sein, wie es vorher war. Und angesichts dieser Leere, die vor ihr steht, müsste ihre erste Reaktion Traurigkeit heißen. Aber ein ganz anderes Gefühl ergreift von ihr Besitz: Angst … Eine unsägliche und unkontrollierbare Angst, die ihr plötzlich durch Mark und Bein geht.

*

Mittwoch, der 5. Juli, 19 Uhr

Während die junge Witwe versucht, angeleitet von Mariette Bellec, unter inbrünstiger Fürbitte an den Heiligen Baldrianus ihren Schmerz zu bekämpfen, sind alle Freunde des Verstorbenen im Hause von Gérard Dorchel versammelt. Auf der Terrasse, die den Blick auf den Obstgarten freigibt, sitzen sie bei Aperitif und intensiven Gesprächen. Hauptthema ist Martines Reaktion auf dem Friedhof, denn ihre plötzliche Panikattacke hat zu einer Kettenreaktion inmitten der „Bande" geführt. Anwesend sind, außer dem Hausherrn, Thierry und Laurence Laroche, Isabelle Lebech und Jean-Pat' Gosset. Zwei weitere Mitglieder der „Bande" sind zu ihnen gestoßen: Jean-Christophe Castier und seine Frau Marilyn. Der Notar mit dem Spitznamen Jesus, wegen seiner Initialen und seiner regelmäßigen sonntäglichen Messebesuche, hat sich ihnen am letzten Samstag wieder angeschlossen. Er, der normalerweise immer zum Lachen aufgelegt ist, beißt nun ebenso in den sauren Apfel wie seine Freunde, zu deren Hauptmahlzeit sich der sprichwörtliche Trauerkloß entwickelt hat. Sogar Claude Jégaden hat es sich nicht nehmen lassen zu erscheinen, und hat tatsächlich ihre ständigen Überdosen an Muskatellerwein in den Griff bekommen. Den Rücken an einen Baum gelehnt versucht Mariette Bellec, ein wenig Ordnung in das Durcheinander der Einzelgespräche zu bringen.

„Hey! Ruhe bitte! ALLE MAL HERHOREN!!!“

Nichts zu machen, jeder redet weiter mit seinem Nachbarn und ignoriert die nicht besonders durchdringende Stimme Mariettes. Sie muss ihren Versuch noch zweimal wiederholen und dabei laut in die Hände klatschen, bis einigermaßen Ruhe einkehrt.

„Okay, hört mal alle her! Philippe, François, Jean-Pierre, und auch du, Daniel! Das ist nicht möglich, NICHT MÖGLICH!!! Ich kann nicht mehr an Unfälle glauben!“

Ihre sich hysterisch überschlagende Stimme sorgt schließlich für Ruhe.

„Wir auch nicht! pflichtet ihr Laurence Laroche bei.“

„Vier tödliche Unfälle in weniger als zwei Monaten, das ist nicht zu glauben“, ruft Gérard Dorchel aus, der bisher eher an tragische Zufälle geglaubt hatte.

„Ich weiß nicht, wie ihr es seht, aber ich habe echt Schiss. Einen Heidenschiss!“, stößt Isabelle mit angstverzerrtem Gesicht aus.

„Na, na, Freunde, nun bleibt mal schön cool“, wirft der Notar ein. „So schnell schießen die Preußen auch wieder nicht!“

„Du hast leicht reden“, wird er brüsk von Isabelle unterbrochen, „du warst ja nicht hier! Du hast das alles ja nicht mitgemacht, was wir hier durchmachen mussten.“

„Das kannst du so nicht sagen, Isa. Das waren schließlich auch meine Freunde und mir tut das genauso weh wie dir!“

„Da sag' ich ja gar nichts dagegen, aber du hast das Ganze mehr von außen erlebt, und wir waren mitten drin. Täglich, verstehst du? Jede Todesnachricht hat uns voll erwischt, aber so was von voll...“

Vor lauter Schluchzen kann die Journalistin nicht mehr weiter reden.

„Mensch, Jesus, Isa hat Recht“, übernimmt Jean-Pat’, „wir können alle nicht mehr. Man hat den Eindruck, mitten in ‚Zehn kleine Negerlein‘ von Agatha Christie zu stecken. Und ich habe keine Lust, der nächste Schwarze auf der Liste zu sein.“

„Herrgott nochmal! Hört endlich mit eurem Affentheater auf! Wer sagt euch denn, dass es keine Unfälle waren? Mehrere Polizeiorgane haben ermittelt, ...“

„Und sie sind zu der Erkenntnis gekommen, dass es alles Unfälle waren, jawohl“, fällt ihm Gérard Dorchel ins Wort.

„Ja und?“

„Darüber haben wir schon vor dem Tod von Daniel ausgiebig gesprochen. Du kannst uns nicht daran hindern, dass uns all diese Todesfälle nicht ganz koscher erscheinen ... Wir brauchen Gewissheit.“

Nun übernimmt Laurence Laroche das Wort:

„Ich habe die Schnauze voll, mehr als voll. Seitdem Daniel tot ist, kann ich nicht mehr schlafen. Ständig habe ich Angst vor dem nächsten ‚Unfall‘. Und wer wird wohl der Nächste sein? Oder die Nächste? Du? , sagt sie mit zitternder Stimme, die Hand Richtung Jean-Pat’ gestreckt. Oder du, Isabelle? Oder du, Gérard? Oder vielleicht ... ich?“

Und sie bricht in Tränen aus ... Eine drückende Stille ist die Antwort und alle betrachten mehr oder weniger ihre Fußspitzen.

Claude Jégaden befreit sich als Erste aus dieser Schockstarre: „So können wir nicht weitermachen. Ich will euch was sagen, ich habe den Eindruck, wir sind ... verflucht.“

„Donnerwetter, das ist starker Tobak! Verflucht! Findest du nicht, dass das ein bisschen zu weit geht?", meint befremdet der Notar.

„Hör zu, Jesus", springt Isabelle ein, „Claude hat vielleicht nicht ganz den richtigen Begriff getroffen, aber ich kann mir vorstellen, dass ihr meinem Eindruck folgen könnt, dass nämlich alles irgendwie geplant zu sein scheint, und dass einer hinter uns her ist, hinter UNS, versteht ihr?"

„Hinter uns? Was meinst du damit?", fragt Jean-Pat'.

„Hinter uns halt, hinter unserer ‚Bande', hinter allen, die heute hier sind, du, ich, wir alle."

„So geht das nicht, Leute, kommt mal wieder runter! Wenn das alles Unfälle waren, wenn die Polizei sagt, das seien definitiv UN-FÄL-LE, wer sollte die denn hervorrufen? Die Vorbestimmung? Gott? Der Teufel? Der Rächer mit der schwarzen Maske? Bin Laden? Ja, das ist es! Al Quaïda versucht, das Bürgertum in der französischen Provinz zu destabilisieren."

Mit düsterer Miene antwortet Thierry Laroche: „Aber Jean-Christophe, kapierst du das denn nicht? Kapierst du nicht, dass du vielleicht der nächste auf der Liste bist?"

„Auf der Liste vom Serienkiller?"

„Und wenn es so wäre? Wenn jemand den Plan gefasst hätte, uns einen nach dem anderen umzubringen und unseren Tod wie Unfälle aussehen zu lassen?", fragt Thierry.

„Und wieso?"

„Weiß ich nicht. Vielleicht, weil er oder sie verrückt ist?"

„Ihr habt sie doch nicht mehr alle. Aus welchem Grund sollte jemand uns etwas antun wollen? Und wie kann man vier ‚Unfälle' provozieren, ohne dass die beiden eingeschalteten Polizeiorgane nur den leisesten Verdacht schöpfen? Nee, ihr leidet doch alle unter Verfolgungswahn! Tut mir leid, aber ich kann euren Gedanken nicht ganz folgen ... Komm, Marilyn, ich glaube, unsere Freunde sind gerade etwas abgehoben. Hier haben wir nichts mehr verloren. Wir kommen wieder, wenn sie erneut festen Boden unter den Füßen haben!“

Mit einem Ruck ist „Jesus“ auf den Beinen und wendet sich eiligen Schrittes der Vorderfront des Hauses zu, wo sein Wagen geparkt ist. Nach einigen Metern dreht er sich um und spricht in autoritärem Ton: „Was ist nun? Kommst du, Marilyn?“

Der Blick der armen Marilyn sucht nach irgendeiner Unterstützung am Tisch, erntet aber nur Schulterzucken oder niedergeschlagene Blicke. Dann, als fiele es ihr schwer, erhebt sie sich von ihrem Gartenstuhl und geht auf ihren Mann zu, mit dem Ausdruck einer Provinzbürgerin, die weiß, dass sie ein Nichts ist ohne das Geld von „Monsieur“ ...

Aber ganz tief in ihrem Innersten murmelt eine leise Stimme „Und was, wenn J-C diesmal Unrecht hat ... und der Nächste auf der Liste wäre?“

Nun, da der vehemente Zweifler das Feld geräumt hat, sind die „Zehn kleinen Negerlein“ wieder unter sich, allein mit den düsteren Geschehnissen der Vergangenheit und den ebenso dunklen Ausblicken auf ihre Zukunft. Isabelle blickt in die Runde und spricht mit fester Stimme: „Morgen früh gehen wir auf das Polizeirevier und verlangen ganz offiziell die Wiederaufnahme der Untersuchungen der vier ‚Unfälle‘! Falls die Beamten nichts tun können – oder wollen, dann habe ich schon eine andere Idee ...“

*

Montag, der 10. Juli, 09 Uhr 12

Der erste TGV aus Richtung Paris wird im Bahnhof von Morlaix erwartet. Mit an Bord ist die „Idee“ von Isabelle Lebech. Auf dem Bahnsteig steht, um sie zu begrüßen, Thierry Laroche. Er trägt exklusive violette Bermudas und ein orange-weißes Hawaiihemd. An seiner Seite steht, mit etwas dezenterer Kleidung, Mariette Bellec, blaues tief ausgeschnittenes Trägerkleid, der Jahreszeit entsprechend. Sie ist ebenso ungeduldig wie ihre Freundin, die Journalistin.

„Und du glaubst, sie wird uns helfen können?“

„Ach, Mariette, ich hab’ dir das doch schon hundert Mal gesagt, Laure ist die Frau, die wir brauchen“, antwortet ihr die Moderatorin von Plestin FM.

„Aber was genau ist sie denn nun? Polizistin, Journalistin, Privatdetektivin oder Schriftstellerin?“

„Ein wenig von allem. Sie war mal Polizistin, bei der Kriminalpolizei in Paris, aber sie hat dort den Job geschmissen, weil sie davon die Nase voll hatte. Jetzt macht sie, was sie will. Sie führt Ermittlungen im Auftrag von Privatpersonen oder aus eigenem Interesse durch, findet so Stoff für Zeitungsartikel, oder schreibt sogar Romane. Man sagt, sie sei die erste gewesen, die in der Nähe von Rennes-Le-Château schon lange vor Dan Brown und dem Da Vinci Code herumgeschnüffelt hat.“

„Was? Du willst mich wohl veräppeln?“

„Nein, nein, das habe ich aus dem Umfeld der Presse erfahren.“

Mariette pfeift bewundernd durch die Zähne.

„Also echt, wenn du uns da DIE Detektivin des XXI. Jahrhunderts an Land gezogen hast, ... die Miss Marple moderner Zeiten, Professor Langdon und Audrey Tautou in

Personalunion, dann können alle anderen Schnüffler einpacken. Und ... diese seltene Pflanze ... wie viel wird sie uns kosten?“

„Das möchte ich auch gern wissen“, ereifert sich der Pseudo-Hawaiianer.

„Das weiß ich auch nicht, sie verlangt ihr Honorar immer erst am Schluss, abhängig von ihren erzielten Erfolgen.“

„Alles klar“, unkt der Werkstattbesitzer aus Guimaëc, „wenn ich richtig verstehe, dann werden wir am Ende ganz schön zur Kasse gebeten ...“

„Lass sie doch erst einmal ankommen, dann können wir alles andere schon mit ihr klären. Das Wichtigste ist doch, dass sie uns hilft, Licht in die Sache zu bringen, oder?“

„Da hast du recht“, pflichtet Thierry Laroche ihr bei, „wir müssen die Wahrheit herausfinden, und die Polizei hilft uns ja nicht.“

Mariette, die mit den Möglichkeiten der Polizei bei der Bearbeitung ihres Problems vertraut ist, versucht die Behörden zu verteidigen: „Die Polizeibeamten haben keine Schuld. Ich habe lange mit dem Chef der Brigade gesprochen. Der Mann ist echt in Ordnung. Aber wenn seine Vorgesetzten ihn ausbremsen und die Staatsanwaltschaft seine Ermittlungen blockiert, dann sind ihm die Hände gebunden. Besonders deshalb, weil es kein neues Indiz gibt, das den Verdacht untermauern könnte, es hätte sich nicht um Unfälle gehandelt. Also, was soll er machen?“

Die lange, eindrucksvolle marineblaue Stahlschlange namens TGV kommt sanft auf Bahnsteig 2 zum Stehen. Es entsteigen ihr wohl an die 50 Fahrgäste, meistens Familien, die hier Ferien machen wollen. Man erkennt das an der großen Menge an Gepäck, das sie mit sich führen, und besonders an den Krabbennetzen, die von den jüngeren Kindern stolz geschultert werden. Die bunt gemischte Gesellschaft entschwindet langsam über die Treppe abwärts in die Unterführung, die zum Ausgang führt.

„Und wie sollen wir nun deine Laure erkennen?“, fragt Thierry beunruhigt.

„Keine Panik, mein Junge! Ich kenne ihr Bild aus den Zeitschriften.“

Beeindruckt begnügt sich der Werkstattbesitzer und Bootsverkäufer mit einem „Ah“ und einer bewundernden Grimasse als Antwort.

„Hey, da ist sie ja!“

Mit einer kurzen Kopfbewegung weist sie auf eine Person, die ganz gemächlich dem letzten Waggon entsteigt. Ein zuvorkommender Mitreisender reicht ihr einen dicken türkisfarbenen Koffer und eine Reisetasche heraus. Sie dankt ihm mit einem bezaubernden Lächeln, ergreift das auf Rollen gelagerte Gepäck und schreitet eleganten Schrittes ihrem Empfangskomitee entgegen.

Thierry Laroche nutzt diese Gelegenheit und beobachtet ihr Nahen mit dem abschätzenden Blick eines Mannes, der gerade von einem kleinen Teufelchen geritten wird. Ein Blick, halb Pferdehändler, halb Sexfilm-Regisseur beim Casting. Seine Analyse ergibt: Schlanke Frau, etwa 1,70 Meter groß, inklusive Absätzen, sandfarbene Kombination aus einem Plisséerock, der oberhalb des Knies endet und einen Blick auf wohlgeformte, wunderbar gebräunte Beine freigibt. Ihre offen stehende Jacke erlaubt einen Blick auf das darunter getragene Top in altrosa, dessen V-Ausschnitt recht beachtliche Rundungen erahnen lässt.

Nun sieh mal an, denkt der Werkstattbesitzer, *nicht schlecht, unsere Detektivin. Die würde ich nicht von der Bettkante schubsen. Ungefähr vierzig Jahre, schätze ich mal. Die hat bestimmt 95 C, ein bisschen was auf den Hüften, aber nicht zu viel, und ein Gesicht ...*

Als er das näher kommende Gesicht genau beobachtet, fällt Thierry Laroche etwas auf. „Ein erstaunliches Gesicht!“, bemerkt er. Und wirklich, das wohlgeformte Antlitz von Laure Saint-Donge wäre äußerst verführerisch, mit den kastanienbraunen, kurz geschnittenen Haaren, ihren großen wassergrünen Augen, den fein geformten Augenbrauen und ihrem Mund mit schmalen, leicht geschminkten Lippen ... Wäre verführerisch, mit ihrem einnehmenden Lächeln und ihrem gebräunten Teint, Ergebnis vieler verantwortungsbewusster Sonnenbäder ... Wäre verführerisch, wenn ihre rechte Wange nicht auf halber Höhe von einer langen, waagerecht verlaufenden Narbe entstellt wäre, die eine tiefe Mulde in die Haut drückt und vom Nasenflügel bis zum Ohrläppchen reicht. Zwar hat die Frau Schminktechniken erlernt, um den Effekt abzumildern und diese auch angewandt, dennoch bleibt die Narbe sichtbar, was auf den armen Thierry Laroche wie eine kalte Dusche wirkt. *Es ist ein Jammer*, denkt er. *Wenn man sie bumst, muss man wohl vorher das Licht ausmachen*.

Während derartig pikante Gedankenspiele in Thierrys Kopf herumspuken, erreicht Laure die Freundesgruppe. Die beiden Frauen sind unbedarft und empfangen „ihre“ Detektivin mit einem warmherzigen Lächeln.

*

Im Anschluss an das übliche Begrüßungszeremoniell erreichen alle zusammen Isabelles Citroën Picasso, mit dem sie schon bald in Locquirec sein werden. Die beiden Frauen nutzen die Zeit, um ein ungefähres Bild von dem kleinen Badeort zu zeichnen, das gespickt ist von topographischen, politischen und zwischenmenschlichen Informationen. Laure hört aufmerksam zu, ohne Zwischenfragen zu stellen. Sie sitzt auf dem Beifahrersitz, einen kleinen goldenen Stift in der Hand und notiert, was ihr wichtig erscheint, in ein kleines, schwarz eingebundenes Heft.

„Wir bringen Sie zu Ihrem Hotel, oder möchten Sie lieber erst eine kleine Rundfahrt machen?", schlägt Mariette am Ortsausgang von Guimaëc vor.

„Ich würde lieber direkt zum Hotel fahren. Wenn ich mit meinen Untersuchungen beginne, dann lasse ich mich zunächst nieder und erspüre die Atmosphäre des Ortes. Ich nehme die Wellen wahr, von denen die betroffenen Personen umgeben sind."

Leicht befremdet entgegnet Isabelle: „Ja, klar, das verstehe ich. Und was haben Sie sich ansonsten für heute vorgenommen?"

„Könnte ich vielleicht ein Auto bekommen? Und eine genaue Karte dieser Gegend? Ich würde mir zu gerne einmal die Orte anschauen, an denen die Unfälle stattgefunden haben. Denn bis wir nicht das Gegenteil beweisen können, bleiben das Unfälle, oder?"

„Diese Unfälle sind so unwirklich, so unglaublich ... Wir wollen alle Gewissheit haben", sagt der Werkstattbesitzer. „Was das Auto angeht, so kann ich Ihnen einen VW Fox leihen, das ist ein Ausstellungsstück. Wenn Sie darin unterwegs sind, machen Sie gleichzeitig Reklame für mich. Ich verkaufe nämlich Volkswagen und betreibe eine Reparaturwerkstatt."

„Das wäre ja toll."

„Es gibt da nur ein kleines Problem: Der Wagen ist in

fluoreszierendem Orange gespritzt, mit dem Namen meiner Firma groß auf beiden Seiten."

„Okay, alles klar. Wenn ich unerkannt bleiben will, dann wird das nicht leicht werden."

„Nicht wirklich ..."

„Na ja, ich sage mal: Ist mir wurscht. Das kommt mir sogar gelegen, weil ich gar nicht die Absicht habe, unerkannt zu bleiben. Ich möchte im Gegenteil, dass ich so viel Aufmerksamkeit wie möglich errege!"

Laure lässt ein kurzes, kristallklares Lachen vernehmen.

„Sollte wirklich jemand hinter all dem stecken, dann will ich ihn dazu bringen, einen Fehler zu begehen! Wenn er oder sie mich so offensichtlich hin- und herfahren sieht, dann bekommt es diese Person womöglich mit der Angst zu tun. Also, packen wir es mit ihrem Orangenen. Hauptsache, Ihr Wagen hat genug Power."

Ein wenig verwirrt erwidert Thierry Laroche mit beunruhigtem Unterton: „Es ist ein Zwölfhunderter. Der hat nicht so viele PS, aber für so ein kleines Auto reicht's. Und er hat eine enorme Beschleunigung. Für hier ist das völlig ausreichend."

Dann fragt er ein wenig eingeschüchtert: „Aber warum interessiert Sie das? Haben Sie vor, eine Verfolgungsjagd zu machen?"

„Nein, das nicht. Ich wollte nur mal wissen, ob Ihr Auto, passend zu seiner Farbe, auch ordentlich Saft hat."

„Versteh' ich nicht", antwortet der verblüffte Autohändler.

Laure Saint-Donge wendet sich ihm zu. Angesichts seines verwirrten Gesichtsausdruckes entschließt sie sich, noch einen drauf zu setzen: „Ich fände es lustig, wenn ein orangenes Auto ordentlich Saft hätte. Orangensaft, sozusagen!"

Der arme Thierry Laroche schaut sie nur fragend an. Zum ersten Mal fehlen ihm die Worte. Mariette und Isabelle hingegen brechen in ein herzhaftes Lachen aus, in das auch Laure bald einfällt. Zwischen zwei Lachsalven bringt Isabelle halb schluchzend hervor: „Es ist nicht Ihr Witz, worüber wir lachen. Es ist das Gesicht von Thierry. Da, schauen Sie, er hat gar nicht gemerkt, wie Sie ihn verschaukelt haben."

„Und das Lachen tut ja so gut", pflichtet Mariette bei. Das hat mir so lange schon gefehlt.

Mit einer Überlegenheit heuchelnden Art, die allen hereingelegten Männern eigen ist, sofern sie ihre Niederlage nicht eingestehen wollen, bekräftigt Thierry die Aussage der Frauen: „Ja, ich schätze Ihren Wortwitz sehr. Da haben Sie mich aber auf dem falschen Fuß erwischt, das muss ich wohl sagen, ha, ha. Also, wenn ich recht verstanden habe, dann nehmen Sie meine Orange, weil sie genug Saft hat, oder?"

„Ja, das finde ich sehr gut. Und nun eine andere Frage: Ich möchte heute Nachmittag die Gegend erkunden. Kann mir jemand von Ihnen dabei helfen?"

Die drei Freunde fallen in ein betretenes Schweigen, das von Mariette Bellec unterbrochen wird.

„Also, heute wird das nicht leicht für uns."

„Ich muss noch Boote zu Wasser lassen", sagt Thierry, „und meine Frau muss noch die Steuersachen fertig machen. Bald ist der Fünfzehnte des Monats."

„Ich habe heute um 16 Uhr eine Radiosendung und bin mit den Vorbereitungen noch nicht fertig", meint Isabelle.

„Und ich muss noch unbedingt ein paar Übersetzungen fertig bekommen. Ich kann mich heute Nachmittag nicht freimachen", schließt sich Mariette an.

„Okay, macht nichts. Ich komme schon allein zurecht. Daran bin ich gewöhnt."

Der Citroën hat gerade die Moulin de la Rive passiert und fährt die Côte de Keraël hinauf. Oben angekommen öffnet sich der Blick auf die Bucht von Lannion und entlockt Laure Saint-Donge bewundernde Kommentare: „Das ist ja umwerfend hier. Und bei diesem herrlichen Sonnenschein ist es wie an der Côte d'Azur!"

Und Mariette Bellec, die sehr in ihrer bretonischen Heimat verwurzelt ist, erklärt: „Hier kommt noch hinzu, dass sich die Landschaft unter dem Einfluss der Gezeiten ständig wandelt."

„Wundervoll, wirklich wundervoll. Und ... wo haben Sie mich untergebracht?"

„Wir sind gleich da", sagt Isabelle. „Im Hotel du Bel Air, das ist ein kleines, sehr einfaches Hotel, oberhalb des Strandes Sables Blancs gelegen, relativ nah bei den Stellen, an denen die ‚Unfälle' passierten."

„Und man kann dort recht gut essen", fügt Thierry Laroche mit Kennermiene hinzu.

„Und Jennifer, die Chefin, ist die Freundlichkeit in Person. Wir sind Freundinnen und ich bin mir sicher, Sie werden sich glänzend mit ihr verstehen."

„Das denke ich auch. Allerdings bin ich hier ja nicht in der Sommerfrische. Mir wird wohl nicht viel Zeit bleiben, den Zauber Ihres Hotels zu genießen. Meine Prioritäten liegen ja woanders, nicht wahr?"

Während Isabelle und Mariette damit beschäftigt sind, das Gepäck auszuladen und gemeinsam mit der Hotelbesitzerin Laure zu ihrem Zimmer zu begleiten, führt Thierry ein langes Telefonat.

Dann steigt er lächelnd die Treppe zu den Frauen empor,

um ihnen seine gute Nachricht mitzuteilen: „Laure! Laure!“, schreit er, während er die Tür zu Zimmer 1 aufreißt. Ein großer Raum mit Galerie und einem riesigen Panoramafenster, mit Sicht auf Dünen und Strand.

„Es stört Sie doch nicht, wenn ich Sie Laure nenne?“

„Nein, ganz im Gegenteil, ich bitte darum. Und ich bitte euch auch, dass wir uns duzen, dann ist doch alles viel einfacher, oder?“

Die drei Freunde antworten wie im Chor: „Einverstanden!“

„Also, Laure, ich habe gerade mit Gérard gesprochen, einer unserer Freunde und ein Mitglied unserer ‚Bande‘. Er hat es mit seiner Arbeit einrichten können, und er holt Sie gegen 14 Uhr 30 ab. Passt es Ihnen? Oh, Pardon, passt DIR das?“

„Ausgezeichnet. Aber da ist noch etwas anderes, um das ich euch bitten wollte. Ich muss alle eure Freunde kennen. Sollte es sich um Anschläge handeln, die gegen euch gerichtet sind, dann ist es unabdingbar, dass ich alle treffe. Je eher, desto besser.“

Isabelle überlegt einen Augenblick, dann wendet sie sich an Mariette: „Was hältst du von einem kleinen spontanen Essen im Presqu'île heute Abend, sagen wir um 21 Uhr? Ich benachrichtige Jean-Pat' und alle anderen.“

„Auch Jesus und Marilyn?“, möchte Thierry wissen.

„Wenn Laure alle sehen will, dann muss man auch alle einladen, nicht wahr?“, entgegnet Isabelle.

„Okay, ich kümmere mich darum“, erklärt Mariette.

„Danke, Mariette.“

VII

Gérard Dorchel parkt den Wagen vor dem Hôtel du Bel Air. Kaum zwei Minuten vorher ist auch die Detektivin in der Hotelhalle erschienen. Dank der Überschaubarkeit des Etablissements und der genauen Beschreibung, die er von seinen Freunden erhalten hat, fällt es dem Planungsbeamten im Straßenbauwesen leicht, seine designierte Mitfahrerin zu erkennen.

In ihrem weißen Sommerrock und dem enganliegenden pinken T-Shirt wirkt sie wie eine Schauspielerin vom „Traumschiff".

„Madame Saint-Donge?"

„Sie müssen Gérard sein."

„Gérard Dorchel, Ihr Fahrer für heute Nachmittag. Sehr erfreut."

Während er ihr sanft die Hand drückt, fügt er hinzu: „Wollen wir ein Schlückchen Café trinken, bevor es losgeht? Dann können wir uns ein wenig kennen lernen und auch die Fahrtroute festlegen."

„Warum nicht? Aber zunächst einmal bitte ich Sie, mich zu duzen. Ich heiße übrigens Laure, Okay?"

„Das finde ich ganz reizend ... Laure."

Nun sitzen sie auf der großen überdachten Terrasse hoch über dem Strand. Auf dem Tisch liegt ein detailliertes Kartenblatt der Umgebung und weiterhin eine vereinfachte stilisierte Karte vom örtlichen Touristenbüro. Gérard zeigt auf beiden Karten, wo genau man drei der vier Opfer gefunden hat.

„Es ist eigenartig“, bemerkt die Journalistin, nachdem sie einige Notizen in ihr Büchlein geschrieben hat, „wenn man euren Freund, der an Bord der Fähre verschwunden ist, mitzählt, dann sind all diese ‚Unfälle‘ entweder an einer Straße in unmittelbarer Nähe des Meeres oder sogar direkt auf See passiert ... Wenn wirklich ein Mensch dahinter steckt, dann lässt das darauf schließen, dass er ... von hier ist und sich irgendwie vom Meer stark angezogen fühlt, nicht wahr?“

„Wahrscheinlich haben Sie recht ... oh sorry, DU hast wahrscheinlich recht, aber hier lebt jeder mehr oder weniger mit der See, vom Spaziergänger am Strand bis zum Hochseefischer, vom passionierten Muschelsammler bis zu dem, der nur ab und zu bei Ebbe rausgeht, um sich mit Meeresfrüchten zu versorgen. Das Meer, das ist unsere Atemluft, unser Leben, unser Universum. Also, DU verstehst jetzt sicherlich, 90% der hiesigen Bevölkerung passen in dein Profil ... Und das sind verdammt viele Leute.“

„Da hast du natürlich recht. Aber ich bin ja gerade erst angekommen und in den paar Stunden kann ich noch nicht viel wissen. Gerade deshalb habe ich dich darum gebeten, mir zu helfen, mich zurechtzufinden und mir heute Nachmittag die Umgebung zu zeigen.“

Nachdem sie einen Blick auf den bereits belebten Strand geworfen hat, nimmt Laure Saint-Donge den letzten Schluck ihres Cappuccino à la noisette, der Spezialität des Hauses, und schlägt Gérard vor, sich auf den Weg zu machen.

Als sie in das kleine orangefarbene Auto steigen will, das der Volkswagenhändler von Guimaëc ihr freundlicherweise zur Verfügung gestellt hat, findet sie darin zu ihrem Erstaunen einen Ordner voller Zeitungsausschnitte. Eine

Sammlung aller Artikel aus Ouest-France, Le Télégramme, und Le Trégor, den hier gelesenen Lokalzeitungen, die alle über die vier tragischen Fälle berichtet hatten. Eine Pressesammlung, die Isabelle Lebech sorgfältig zusammengestellt hat.

„Super, genau das, was ich brauche! ruft sie erfreut. Bitte sag Isabelle vielen Dank. Ihre Sammlung wird mir von großem Nutzen sein."

Und sie nimmt auf dem Beifahrersitz des Fox Platz, ganz langsam, als sei sie ein Filmstar auf dem Filmfestival in Cannes inmitten eines Blitzlichtgewitters. Während er einsteigt, kann der junge Witwer sich nicht zurückhalten, einen bewundernden Blick auf ihre gebräunten Knie zu werfen, auf die der hochgerutschte Rock nun freie Sicht bietet ... und für einen Augenblick scheint sein Versprechen, das er seiner sterbenden Frau gegeben hatte, vergessen ...

„Nun, wie wollen wir anfangen? Willst du alles der Reihenfolge nach sehen oder anders?"

„Mach' nur, wie du meinst. Diese Fahrt dient nur zur ersten Orientierung. Also, entscheide du."

„Okay! Sehr geehrte Mitreisende, bitte einsteigen und Türen schließen. Wir starten in wenigen Augenblicken zu einer Fahrt, einer ganz neuen Fahrt! Wir beginnen in der Impasse du Corbeau, da, wo François seinen ‚Unfall' hatte, das sind nur 200 Meter von hier ..."

Im Schritttempo fährt der Fox die Strecke ab, die auch das Opfer genommen hat.

„Du kannst jetzt anhalten, ich würde gern die Strecke einmal zu Fuß ablaufen."

„Das geht hier nicht. Wir müssen erst bis zum Ende der Sackgasse fahren. Neben dem Haus von Jesus können wir parken."

„Wie bitte?"

„Na, das Haus von Jesus! Ach, entschuldige, das kannst du ja nicht wissen. Jesus, das ist der Spitzname von einem unserer Freunde. Jean-Christophe, J-C wie Jesus-Christus ... Wir haben ihn so genannt, weil er sehr religiös ist."

„Er praktiziert?"

„So ist es. Jeden Sonntag geht er in die Messe! Aber ehrlich gesagt, das ist alles irgendwie Heuchelei, denn er feiert die Messe gleichermaßen wie einen schönen Frauenarsch. Wir haben den Spruch erfunden: Wenn er jedes Mal, wenn er seine Frau betrügt, eine Hostie essen müsste, dann wöge er gut und gerne 200 Kilo!"

Die junge Frau bricht in ein schallendes Lachen aus und fragt:

„Und ... ist er denn dick?"

„Sechzig Kilo, mit Schuhen ..."

„In der Tat, das scheint mir ein interessanter Typ zu sein. Den würde ich gern einmal kennen lernen..."

„Du triffst ihn heute Abend. Er kommt zum Essen zu Sophie. So, nun parke ich neben seinem Haus."

Wie Sherlock Holmes auf den Spuren des Hundes von Baskerville, so sucht nun Laure Saint-Donge den Weg ab, der für François Lebault der letzte werden sollte. Ihre Augen halten Ausschau nach dem kleinsten Indiz auf dem Boden oder an den Straßenböschungen, sie macht sich Notizen in ihrem schwarzen Büchlein. Hin und wieder erklärt Gérard, was sich, den Polizeiberichten zufolge, abgespielt haben soll. An der Unfallstelle angekommen, sucht sie lange Zeit nach möglichen Bremsspuren und beschäftigt sich dann mit der näheren Umgebung. Der sorgfältig aufgeschnittene Zaun auf der rechten Seite macht sie stutzig.

„Irgendetwas Interessantes zu sehen?", fragt Gérard.

„Vielleicht, antwortet sie mit geheimnisvollem Unterton, vielleicht ... Weiß man eigentlich, woher euer Freund an jenem Abend kam?"

„Gute Frage. Offiziell weiß man überhaupt nichts."

„Offiziell ... und was ist mit ... inoffiziell?"

Gérard stößt einen tiefen Seufzer aus und entgegnet: „Halbamtlich denken wir, dass es da jemanden gab ..."

„Ein bisschen genauer, bitte."

„Wenn wir uns trafen, dann tat er immer so geheimnisvoll, wenn er gefragt wurde, was er an dem und dem Abend machte. Er hat dann immer so komisch geantwortet. Wir hatten das Gefühl, dass er uns etwas oder jemanden verheimlichte. Aber da er mit seiner Frau gerade in Scheidung lebte, haben wir nicht groß nachgebohrt. Es war doch wohl sein Recht, eine Freundin zu haben, oder?"

„Und ihr wisst wirklich nicht, wer diese Dame ist?"

„Nein, keine Ahnung."

„Schau mal, in diesem Teil von Locquirec gibt es doch gar nicht so viele Häuser ..."

„Das ist wohl wahr, aber ... Locquirec ist eine kleine Welt für sich, da kann man es sich nicht erlauben, irgendwelche Vermutungen zu äußern ohne ... zwischenmenschliche Lawinen loszutreten."

„Was willst du damit sagen?"

„Wenn man behauptet, dass irgendeine Frau mit François schläft und ... das stimmt gar nicht ... dann hat man sowohl in Familien- oder Paarbeziehungen als auch in die Nachbarschaft und in den Bekanntenkreis der Betroffenen Probleme eingetragen, die dort absolut nichts zu suchen haben. Das wäre doch gemein, nicht wahr?"

„Das ist schon richtig. Außer, wenn die Geliebte von François uns bei der Suche nach demjenigen, der hinter den

„Unfällen“ steckt, helfen könnte ... das würde doch alles ändern, nicht?“

Eine betretene Stille ist die Antwort.

„Überlege es dir gut. Übrigens habe ich hier genug gesehen, lass uns zum Auto gehen.“

Laure hat erst ein paar Schritte Richtung Auto gemacht, da hält sie an und wendet sich Gérard zu.

„Warte mal, ich hab’ da noch etwas vergessen. Du hast mir doch gesagt, dass das Motorrad deines Freundes einen Baumstumpf erwischt hat?“

„Keinen Baumstumpf, einen dicken Ast, der mitten auf der Straße lag.“

„Aha, und wo ist der jetzt? Haben ihn die Polizisten zur Untersuchung mitgenommen oder ist er noch da?“

„Das ist eine gute Frage! Ich habe keine Ahnung. Ich glaube, der ist hier geblieben. Den müssten wir eigentlich ganz leicht finden.“

Zehn Minuten lang suchen sie erfolglos herum, zu Gérards großem Erstaunen:

„Das ist ja unglaublich“, sagt er, „ich bin mir eigentlich sicher, dass ich das Ding hier gesehen habe.“

„Und wann war das?“

„Weiß ich nicht mehr genau, aber ich glaube, das war ungefähr zwei Tage nach dem Unfall. Ich bin mit Thierry und Laurence Laroche hier gewesen. Wir wollten wissen, wie es passiert ist. Wir haben uns überall hier umgeschaut und da haben wir auch den Ast gesehen.“

„Wo genau?“

„Auf der anderen Seite vom Straßengraben, gleich neben dem Zaun ...“

„Und ... da ist er nicht mehr ... Seltsam, nicht? So, mir reicht, was ich gesehen habe. Gehen wir zurück zum Auto.“

*

Die beiden Ermittler fahren nun in Richtung des Strandes Pors ar Villec, dort, wo die Nouvelle Côte beginnt. Gérard Dorchel hält auf einem kleinen Parkplatz am Beginn des Tour de Pointe.

„Und wo sind wir jetzt?“

„Hier ist der Ausgangspunkt des Lieblingswegs der Leute aus dem Ort. Das ist ein Spazierweg, der um die Halbinsel von Locquirec herumführt. Er ist nur einen Kilometer lang, und dennoch ist er sowohl bei den Einheimischen als auch bei den Touristen sehr beliebt.“

„So so. Und was hat das mit meinen Untersuchungen zu tun?“

„Hören Sie, Laure! Oh, pardon, hör mal, Laure ... Wer auch immer nach Locquirec kommt, muss, ich sage MUSS unbedingt um diese Landzunge herumlaufen, damit er einen richtigen Eindruck von unserem Landstrich bekommt. Das ist, wie soll ich es sagen, eine Pflichtübung, ein Initiationsritus...“

„Sag mal, willst du mich eigentlich auf den Arm nehmen? Locquirec, Land der Hexen, und der Neuling muss sich dem großen Hexenmeister unterwerfen? Und wenn du vorn an der Landspitze angekommen bist, dann musst du widersinnige Fragen beantworten und über glühende Kohlen laufen, damit du auf der anderen Seite aufgenommen wirst ... Und das alles wird untermalt von bretonischer Voodoo-Musik mit Dudelsack und Trommeln ...“

„Spinn’ nicht ’rum. Ich meine es ernst. Wenn du hier um die Landspitze herumgehst, dann wird dir vieles klar werden.“

„Sag bloß. Und was, wenn man fragen darf?“

„Zum Beispiel, wenn du an einem stürmischen Tag unterwegs bist, dann bläst dir auf dem einen Teilstück der Wind voll ins Gesicht, während es hinter der Landspitze ganz ruhig ist."

„Ach nee, wie interessant! Mir sagt das nichts weiter als dass eine Seite der Halbinsel dem Wind ausgesetzt ist, während die andere im Windschatten liegt."

„Ja, ja. Aber das ist auch in besonderem Maße ein Symbol ..."

„Für was denn, Herr Doktor Freud?"

„Nun, das zeigt, dass die gleiche Gegend, die gleiche Landschaft, zwei verschiedene Facetten haben kann. Was du auf der einen Seite siehst, ist nicht unbedingt die Wirklichkeit. Was banal und einfach erscheint, kann sich als sehr viel komplexer herausstellen ... Verstehst du das?"

Laure Saint-Donge braucht einen Moment, bevor sie antworten kann. Ihre Augen ruhen in denen des Departementsbeamten: „So langsam verstehe ich ... Diese Gegend ist nicht so einfach, wie sie scheint."

Und dann fügt sie ein wenig sarkastisch hinzu: „Du willst mir hier wohl eine Lektion in Gruppenpsychologie erteilen, was?"

„Nein, nein! Nicht nur deshalb ... Von hier aus sieht man am besten das Haus von Philippe. Philippe Bellec, dem ersten ..."

„Unfall?"

„Ja, er war der Erste."

Er streckt seinen Arm aus und deutet auf einige Häuser, die oberhalb des Strandes liegen.

„Siehst du dieses Haus da, das zur Hälfte aus Glaselementen besteht und ein wenig aussieht wie ein Schiff?"

„Ja."

„Das ist das Haus von Philippe und Mariette ... Von dort ist er losgefahren, an dem Tag, als er seinen ‚Unfall' hatte."

„Können wir seine Strecke nachfahren?"

„Wir wissen nicht genau, was er an dem Tag gemacht hat. Von seiner Frau kennen wir seine Gewohnheiten. Ob er sich an jenem Tag akribisch daran gehalten hat, ist unbekannt."

„Na dann, lass uns fahren."

*

Mit Gérard Dorchel am Steuer fährt der Fox Philippe Bellecs Fahrradroute nach. Der Friedhof, die Route des Sables Blancs, Keraël, die Route de la Corniche, Poul Rodou, die Steigung nach Lézingard und die tragische Abfahrt zum Moulin de la Rive. Trotz mehrerer Zwischenhalte und einer Menge von Fragen scheint Laure Saint-Donge nicht zufrieden zu sein. Ihr intensives Kopfschütteln verunsichert den Fahrer. Er hält genau an jener Stelle, an der das Mountainbike des Anwalts Bellec auf den Müllwagen getroffen ist und fragt: „Was ist los? Stimmt irgendetwas nicht?"

„Nein, ist schon gut, es geht gut, vielleicht sogar zu gut ...", kommt ihre rätselhafte Antwort, den Blick ins Leere gewandt.

Obwohl er sich die ganze Zeit auf das Fahren und Antworten konzentrieren musste, hat Gérard Dorchel bemerkt, dass seine Mitfahrerin überhaupt nichts in ihr kleines schwarzes Heft geschrieben hat. *Komisch*, denkt er. *Vorhin haben wir 200 Meter zurückgelegt und sie hat drei Seiten vollgeschrieben, und jetzt fahren wir fünf Kilometer und sie schreibt überhaupt nichts*.

„Und was hast du jetzt vor?", fragt er sie.

„Die letzte Strecke von ...", sie sucht in ihrem Heft, „von Daniel abfahren."

„Das Problem ist, dass wir nicht genau wissen, was er gemacht hat ... Die Polizei vermutet nur ..."

„Aha, was vermutet sie?"

„Zwischen Mitternacht und drei Uhr nachts ist kein Notruf für ihn eingegangen. Der Gerichtsmediziner hat seinen Todeszeitpunkt genau in diesem Zeitintervall festgestellt. Nun glauben sie, dass er vielleicht einen Kranken, den er bereits am Tage oder in jener Nacht behandelt hatte, noch einmal besuchen wollte."

„Und, haben sie den ausfindig machen können?"

„Soweit ich weiß, nicht!"

„Haben sie denn überhaupt versucht, diesen Patienten zu finden?"

Gérard räuspert sich und antwortet ein wenig gehemmt: „Du weißt es vielleicht nicht, aber ich habe eine Tochter, Lauriane, die ist Polizistin in Plouégat."

„Bingo, das hilft uns weiter. Die kann uns mit wertvollen Informationen versorgen!"

„Nicht wirklich ... Du musst verstehen, sie ist vereidigt, und sie ist ganz neu in dem Geschäft ... Sie kann es sich nicht erlauben, Berufsgeheimnisse auszuplaudern ... Das könnte ihr das Genick brechen, dann wäre sie raus aus dem Laden."

„Lass man gut sein, Gérard, ich hatte sowieso vor, mich mit dem Dienststellenleiter in Verbindung zu setzen. Ich werde versuchen, von ihm etwas zu erfahren. Er hat doch sicherlich auch ein Interesse daran, dass die Fälle gelöst werden."

„Zweifellos ... Übrigens sagt Lauriane, und das ist kein Geheimnis, dass ihr Chef ein sehr sympathischer Mann ist, sehr offen und Junggeselle."

„Wenn er hetero ist, dann könnte ich ja meinen Charme spielen lassen."

Mit einem befreienden Lachen machen sie sich wieder auf den Weg. Nach den langen Minuten durch Laure's Ermittlungen bedingter konzentrierter Anspannung kam das gerade recht. Als sich ihr Lachen schließlich legt, treffen sich ihre Blicke für einen kurzen Moment. Lang genug, um bei Gérard ein komisches Gefühl in der Magengrube auszulösen. Eine flüchtige Reaktion nur, die er zu unterdrücken versucht. Bis er erneut den Augenkontakt zu seiner Beifahrerin sucht, doch diesmal ein wenig ... neutraler. Laure Saint-Donge scheint ihrerseits unbeeindruckt. In professionellem Tonfall fragt sie: „Also, wie ist Daniels Abend verlaufen?"

„Die Polizei tappt völlig im Dunkeln. Das haben sie auch Martine, seiner Frau, gesagt ... Sie wissen nichts. Die Kollegen des Ärztezentrums haben keinen Patienten ausfindig machen können, der in der betreffenden Nacht vergeblich auf den Arzt gewartet hätte. Sie haben alle ernstlich kranken Menschen befragt, alle, zu denen Daniel noch einmal hätte gehen können, aber da war nichts."

„Du kennst Daniel doch recht gut?"

„Na klar! In der Fernsehsendung Les Guignols würden sie sagen, wir waren seit 30 Jahren befreundet."

Und dann ahmt er die Stimme von Jacques Chirac nach: „*Putain!* 30 Jahre!"

Die junge Frau lächelt. Und da er ihre „gute" Seite im Profil sieht, nämlich ihre linke, kann er nur noch denken: „Sie ist wirklich hübsch, strahlend hübsch." Sofort meldet sich die andere Stimme in ihm: „Was denkst du da eigentlich, Blödmann? Und was ist mit deinen Versprechungen?"

Das bringt ihn wieder zurück auf den Boden der Tatsachen und so sagt er – so beiläufig er es vermag: „Da wir nicht wissen, wo er sich vor seinem ‚Unfall' hinbegeben hat, denkst du nicht auch, dass es das Beste wäre, bei ihm zu

Hause zu starten und von dort aus den kürzesten Weg zu dem Fundort seines Wagens zu nehmen?"

„Das scheint mir eine ausgezeichnete Idee! Auf geht's, Herr Fahrer."

Ohne es zu wissen, fahren sie genau den gleichen Weg ab, wie damals Doktor Guennec. Die Detektivin betrachtet konzentriert und aufmerksamen Auges die Umgebung, so, als suche sie den Schlüssel des Mysteriums in der Landschaft um Guimaëc.

Als sie am Parkplatz ankommen, können sie sich bei weitem kein Bild davon machen, was sich hier elf Tage zuvor abgespielt hat. Einige Touristenautos parken dort bereits und machen jede genaue Untersuchung zur Illusion. Und da dieser Ort sowieso niemals längerfristig abgesperrt wurde, haben inzwischen hunderte von Fahrzeugen hier ihre Spuren hinterlassen und damit alle Hinweise, falls es jemals welche gegeben hätte, ausgelöscht. Gérard Dorchel kann lediglich versuchen, ihr die Stelle zu zeigen, an der Daniels Wagen abgestürzt ist und ihr die Version des Unglücksherganges der Polizei berichten.

Laure Saint-Donge bleibt lange Zeit an der Einfahrt zum Parkplatz stehen und stellt sich vor, was sich hier am 29. Juni abgespielt haben könnte. Gérard hat ihr alles erklärt, das Nagelbrett, Kontrollverlust der Lenkung, Notbremsung, dann der Absturz. Sie weiß das alles, dennoch steht sie sehr nachdenklich da. Was sie in erster Linie beschäftigt: *Was hatte der Arzt hier, an diesem verlassenen Ort, zu dieser nächtlichen Zeit wohl zu suchen? Was hat ihn hierher gebracht? Wenn ich das herausfinde, dann verstehe ich auch alles andere!*

Gérard Dorchel respektiert ihre innere Versunkenheit und hält sich ein wenig abseits, um derweil einige berufliche

Telefonate zu erledigen. Als Laure sich zu ihm ins Auto setzt, bespricht er gerade mit jemandem ein Umleitungsproblem. Wegen einer Fahrradrallye, die in seinem Bereich Mitte August stattfinden soll. Er beendet das Gespräch und wendet sich mit freundlichem Lächeln der ermittelnden Journalistin zu. Diese bittet ihn: „Es wäre schön, wenn du mich zurück zum Hotel brächtest. Für heute habe ich genug gesehen ..."

Schweigend fahren sie zurück. Sie macht keine Bemerkung darüber, ob sie etwas entdeckt hat, von dem er nichts weiß und so hat er ein unzufriedenes Gefühl. Ein einfaches „Danke für alles und bis heute Abend, Gérard!", und sie trennen sich.

Gérard Dorchel blickt träumerisch dieser weiß-rosa gekleideten Gestalt nach, die bald darauf im Eingang des Hôtel du Bel Air verschwindet.

„Verdammt", murmelt er, „was passiert mir? Was ist nur mit mir los?"

*

SIE und ER sitzen im Schatten und lassen sich ein Glas kühlen Cidre schmecken. Sie scheinen ihre mörderischen Pläne vergessen zu haben, um diesen schönen Sommernachmittag zu genießen ... Mitten auf dem Lande in einer vom Feldblumenduft parfümierten Luft.

Als die Flasche jedoch geleert ist, verdichten sich ihre Gedanken und verdüstern sich. SIE spricht als Erste: „Wollen wir denn trotzdem weitermachen?"

„Wegen dieser ‚Detektivin'? Wir machen nicht nur weiter, sondern wir legen sogar noch einen Zahn zu. Nächster Termin: Morgen. Und du bereitest das Eis für den Felsen La Roche vor ... heute Abend."

*

Auf der Außenterrasse des Restaurants La Presqu'île ist kein einziger Tisch mehr frei, sehr zum Leidwesen von Isabelle Lebech, die ja für 21 Uhr dort reserviert hatte. Sophie, die Chefin, erscheint aufgeregt vor der Journalistin und verstrickt sich in Entschuldigungen: „Oh! Isabelle! Es tut mir wirklich leid, aber der Tisch, der ich Ihnen reserviert hatte, hätte um 20 Uhr 45 von den Kunden wieder freigemacht werden sollen. Ich weiß auch nicht warum, aber die Leute trödeln herum ... Aber sie haben bereits den Café bestellt ... In einem Viertelstündchen ist er für Sie frei. In der Zwischenzeit schlage ich Ihnen vor, einen kleinen Kir am Tresen zu trinken. Der geht selbstverständlich aufs Haus. Sind Sie damit einverstanden? Es wird wirklich nicht mehr lange dauern ..."

„Danke, Sophie, ich habe verstanden. Ich rede mal mit den anderen und denke, dass sie nichts dagegen einzuwenden haben werden ..."

Gesagt, getan. Bald schon wird der Tresen von einer fröhlichen Gesellschaft umlagert, jeder einen Brombeerkir in der Hand, so mickrig, dass der Mönch, der dieses Gebräu einst erfand, einen derben Fluch ausgestoßen hätte.

Alle sind sie gekommen: Thierry und Laurence Laroche, Isabelle Lebech, Gérard Dorchel, Jean-Patrick Gosset, Jean-Christophe Castier und seine Frau Marilyn. Weniger ausgelassen, aber dennoch anwesend: Claude Jégaden, Mariette Bellec, Martine Guennec und sogar Marie-Hélène Lebault, die vier jungen Witwen. Ist es der laue Sommerabend oder einfach nur die Freude des vertrauten Beisammenseins? Jedenfalls ist die Stimmung ausgezeichnet und ein jeder ist erfreut, die Bekanntschaft mit der bretonischen

Version der Miss Marple zu machen. Laure Saint-Donge.

Als sie nun endlich alle an den drei aneinander geschobenen Tischen sitzen, ergreift Thierry Laroche, der die Journalistin-Detektivin-Ermittlerin immer noch mit gierigen Blicken verschlingt, das Wort: „Hört alle her! Ich heiße Laure in Locquirec recht herzlich willkommen und möchte ihr sagen, wie sehr wir uns darüber freuen, dass sie hier ist. Ich möchte ihr auch gern sagen, dass ich es vorgezogen hätte, sie unter anderen Umständen kennengelernt zu haben ..."

Ein zustimmendes Gemurmel unterstreicht seine Worte.

„Ich denke, wir sollten uns zunächst alle einmal kennen lernen und deshalb bitte ich euch, der Reihenfolge nach, in eine kurze Vorstellungsrunde einzutreten, damit Laure eine Idee von unserer ‚Bande' bekommt. Seid ihr damit einverstanden?"

Ein Stimmengewirr, das man als Zustimmung deuten kann, ist die Antwort.

„Aber vergesst nicht, einen Blick auf die Speisekarte zu werfen, denn eigentlich wollten wir uns hier bei Sophie doch tüchtig das Ränzlein füllen!"

Nachdem sich jeder vorgestellt hat, wendet sich Laure Saint-Donge, die am Kopf des Tisches sitzt, an die Freundesschar: „Ich danke euch zunächst allen für den freundlichen Empfang. Und nun möchte ich die Gelegenheit nutzen, mich vorzustellen und ein paar Dinge zu klären ... Fangen wir mal mit meinem Namen an, der ein bisschen eigenartig scheint. Ich will euch das erklären: Meine Familie stammt ursprünglich aus Saintes im Département Charente-Maritime. Und der Landstrich dort wird Saintonge genannt. Das war auch der ursprüngliche Name meiner Vorfahren. Nun, wie das früher so oft passierte, ist einem Standesbeamten bei der Eintragung eines meiner Ahnen ins Geburtsregister ein Fehler unterlaufen: Er hat Saint-Donge statt Saintonge geschrieben. Und dieser Rechtschreibfehler wurde dann von Generation zu Generation weitergegeben. Zu Punkt zwei: Ihr fragt euch gewiss, was ich hier mache. Ob ich eine Journalistin, Detektivin oder eine Schriftstellerin bin. Ich fasse kurz meinen Lebenslauf zusammen: Ich habe bei der Polizei begonnen, in einer Abteilung zur Bekämpfung von Bandenkriminalität. Dort war ich zehn Jahre tätig. Dann hatte ich die Nase voll. Wir haben unbedeutende Supermarkteinbrecher hinter Schloss und Riegel gebracht, während Politiker Milliarden veruntreut oder sonst irgendwie in den Sand gesetzt haben und danach mit einem Sitz im Parlament oder gar in der Regierung belohnt wurden. Als diese Erkenntnis mehr und mehr Besitz von mir ergriffen hat, entschloss ich mich, in den Bereich der Medien überzuwechseln, weil ich glaubte, dort mehr bewegen zu können. Ich bin dann auch sehr schnell eine bedeutende Reporterin beim Journal du Dimanche und später bei Paris Match geworden. Sieben Jahre lang war ich Journalistin, dann hat mich auch das nicht mehr befriedigt. Ich hatte es satt, von meinem Chefredakteur ausgebeutet zu werden, ebenso wie von der Zeitungsdirektion. Meine Pressefreiheit endete am Schreibtisch anderer Menschen, und dann immer diese unterschwellige Zensur durch den Zwang zu „politisch korrekter" Ausdrucksweise... Da habe ich gekündigt und war drei Jahre lang als freiberufliche Reporterin tätig. Aber auch aus dieser Position heraus ist mir bald klar geworden, dass die Pressefreiheit an sich nur eine Scheinfreiheit ist. Ich konnte meine Reportagen nur dann verkaufen, wenn es sich um *Trash* handelte, um Reißer mit viel Blut, Sex und Leid. Das alles hat mich angewidert, und da habe ich hingeschmissen. Jetzt tue ich nur noch, was mir Spaß macht und was meine Intuition mir rät. Das kann ein Zeitungsartikel sein, eine Reportage oder eine Ermittlung, oder aber alles zusammen. Ich bin im Besitz einer Lizenz als Privatdetektivin, Ermittlerin im Privatrecht, wie man es heute nennt, und ich besitze weiterhin den Status einer Journalistin, mit Journalistenausweis. Ich habe gute Beziehungen in diesem Bereich und ich brauche nur mit den Fingern zu schnipsen, und ein Kameramann erscheint in Begleitung eines Toningenieurs. Und die machen dann aus meiner Ermittlung eine Reportage. Neulich habe ich in Rennes-Le-Château ermittelt, noch vor Dan Brown; ich war an der Aufklärung der „Affaire Allègre" in Toulouse beteiligt und habe Ungereimtheiten bei der Zusammenlegung von TPS mit Canal Satellite aufgedeckt. Und zwischenzeitlich habe ich weitere Nachforschungen im Auftrag von Privatpersonen durchgeführt. Ein Fall interessiert mich nur, wenn er mich packt. Wenn ich dieses Gefühl habe, dann nehme ich ihn an. Isabelle wusste das, als sie Kontakt zu mir aufnahm. Sie hat mir erklärt, was sich hier zugetragen hat und ... ja, da bin ich! Dritter Punkt: Ihr habt alle ..."

Sie hält für einen kurzen Moment inne und schaut einem nach dem anderen, ins Gesicht.

„Ihr habt alle meine Narbe bemerkt. Also, bevor ihr mich fragt oder aber euch selber fragt, was das wohl sei, werde ich es euch erklären. Vor drei Jahren habe ich im Irak eine Reportage gemacht, in der Gegend von Basra. Den Soldaten lagen die Nerven blank, weil die militärische Lage nicht eindeutig war. Ich begleitete gerade eine englische Patrouille, als wir versehentlich von amerikanischen Soldaten als Feinde erfasst wurden. Für den Soldaten, der neben mir stand, endete das tödlich. Ich selbst bin noch einmal davongekommen, allerdings mit der Kugel aus einem FM-Gewehr in der rechten Wange. Das hat gereicht für eine klaffende Wunde, einige Tage Krankenhaus und schließlich eine tiefe bleibende Narbe. Alle Gesichtschirurgen, die ich später aufgesucht habe, bestätigten mir, dass man, um diese optisch zu minimieren, mehrere Operationen vornehmen müsse. Sie sagten mir aber auch, dass diese Operationen, wegen der Tiefe der Narbe, gravierende Beeinträchtigungen nach sich ziehen könnten. Und dass ich danach niemals eine normale Mimik haben würde. Da begnüge ich mich im Augenblick damit, den Blicken der Leute – und manchmal auch ihrer Abscheu – gelassen entgegenzutreten. Mit der Zeit gewöhnt man sich daran! Nun zum letzten Punkt: Ja, mein Name ist Laure Saint-Donge. Allerdings nennt man mich im Medienumfeld schlicht und ergreifend LSD. Wenn ihr Spaß daran habt, mich so zu nennen, dann tut euch keinen Zwang an. Ich bin daran gewöhnt! Und dann möchte ich euch bitten, dass ihr ‚du' zu mir sagt. Dann fällt uns der Umgang miteinander leichter, Okay? So, ich hoffe, dass von meiner Seite her alles geklärt ist! Jetzt sollten wir uns auf das Essen konzentrieren. Ohne jedoch aus den Augen zu verlieren, dass ich euch heute Abend ebenfalls besser kennenlernen möchte. Ich möchte gern wissen, seit wann ihr euch kennt und seit wann ihr die Opfer kennt ... Ihr könnt mir helfen, irgendeine Gemeinsamkeit bei den Verstorbenen zu finden. Irgendetwas, das die blinde Wut eines Mörders erklären könnte und uns Aufschluss darüber geben, wer vielleicht der Nächste auf seiner Liste ist ..."

Das hat gesessen. Zwischen der Verkostung zweier Gänge Meeresfrüchte und dem Hochrippensteak vom Holzkohlengrill lockert sich so manche Zunge. Jeder aus der Freundesgruppe offenbart sich ein kleines bisschen. Noch nicht genug, wie LSD meint, so möchte sie ja von ihnen genannt werden oder ... sie hätte akzeptiert, nennte man sie so. Als am Ende des Essens der Kaffee serviert wird, äußert die Detektivin ihre Enttäuschung: „Ich danke euch allen für dieses ausgezeichnete Mahl und für euer ... Vertrauen. Aber ich muss euch leider mitteilen, dass mir das bei weitem nicht reicht. Ihr habt mir viel gesagt, aber nicht genug! Ihr müsst verstehen, dass, wenn jemand euch als Gruppe treffen will, eben diese Gruppe unter Umständen etwas auf dem Kerbholz hat. Vielleicht seid ihr euch dessen gar nicht bewusst. Vielleicht liegt dieses Ereignis monatelang, jahrelang oder wer weiß wie lang zurück. Sollte euch wirklich jemand nach dem Leben trachten, dann findet ihr die Lösung dieses Rätsels ..."

Und wieder schiebt sie eine theatralische Pause ein, in der es ganz still ist, und die auf dieser Restaurant-Terrasse, die von den anderen Gästen bereits verlassen wurde, ein wenig aufgesetzt wirkt.

„Dann findet ihr des Rätsels Lösung ganz allein in euch selbst. Unter Umständen gibt es etwas, das ihr verdrängt habt oder an das ihr nicht mehr denken wollt ... Aus eigener Erfahrung weiß ich, dass wir alle einmal Mist bauen. Und unser Gehirn will sich nicht mehr daran erinnern. Besonders, wenn man diese Böcke in jungen Jahren geschossen hat."

Nachdem sich die Mitglieder der „Bande" von ihrer Verblüffung erholt haben, lassen sie schimpfend ihrem Protest freien Lauf. Daraufhin ergreift Isabelle Lebech das Wort: „Laure! Ich bin mir bewusst, und ich denke, da kann ich im Namen aller sprechen, dass du vielleicht recht hast. Aber ich sage dir, und auch das gilt für uns alle: ICH HABE NIEMALS IN MEINEM LEBEN JEMANDEM ETWAS GETAN, und dabei betont sie jede Silbe, die sie spricht. Natürlich haben wir Dummheiten gemacht, als wir jung waren, aber NICHTS, absolut NICHTS, was eine derartige Rache nach sich ziehen könnte!"

Sie wirft einen Blick in die Runde und sucht in den Augen ihrer Freunde unterschwellige Zustimmung.

„Meint ihr das nicht auch?"

Allgemeines Kopfnicken ist die Antwort, begleitet von Ausrufen wie „Voll und ganz!", „Na klar!" „Wir haben uns nichts vorzuwerfen!", „Wir haben nichts gemacht", oder gar „Für wen hält die sich eigentlich? Welches Spiel spielt diese Detektivin?"

Kurz, LSD macht sich an diesem Abend nicht nur Freunde ... Isabelle Lebech ist klar, dass diese Zusammenkunft nahe daran ist, aus dem Ruder zu laufen und versucht, die Situation soweit als möglich zu retten. Selbst die Chefin der „Presqu'île" ist besorgt, dass dieses Tohuwabohu als nächtliche Ruhestörung enden könnte. Und sie hat keine Lust auf den Besuch der Polizei ...

„Hey, jetzt aber mal RUHE!!! Laure ist hier, um uns zu helfen, ist das klar? Was sie uns eben gesagt hat, trifft uns sehr und erscheint uns ungeheuerlich. ABER, sie kommt von außerhalb und schaut somit von außen her auf unser Leben ... Und selbst, wenn wir jetzt total schockiert sind, so sollten wir doch alle, und ich meine wirklich ALLE, uns die Zeit nehmen, sorgfältig über ihre Theorie nachzudenken."

„Ich danke dir, Isabelle, für deine Worte", entgegnet Laure. „Ich möchte mich entschuldigen, falls ich heute Abend jemanden von euch mit meiner Rede verletzt habe. Aber ich finde es Besorgnis erregend, dass vier von euren Freunden TOT sind. Ich habe schon einige Erfahrung mit Serienmördern und sage euch, dass alles, was für einen solchen Täter zählt, nichts mit EURER Wahrnehmung zu tun hat. Er wird allein von SEINER EIGENEN Sichtweise und Wertung von Geschehnissen geleitet. Ich gebe euch ein Beispiel: Nehmen wir an, ihr seid mit dem Auto unterwegs, und plötzlich tritt eine Frau vor euch auf die Straße. Ihr überfahrt die Person. Es handelte sich klar um einen Unfall und das Ganze wird von der Justiz nicht weiter verfolgt. Nun stellt euch weiter vor, der Ehemann dieser Person wäre der festen Überzeugung, ihr hättet seine Frau absichtlich überfahren. Er ist zwar der Einzige auf Erden, der dies denkt, aber er entschließt sich, Rache zu üben. Dann seid ihr zwar vor dem Gesetz unschuldig, aber dennoch in Lebensgefahr. Das war jetzt nur ein Beispiel, aber das könnte euch helfen zu verstehen, wie so ein Serienmörder tickt. Habt ihr mich verstanden?“

Diesmal fällt die Reaktion der „Bande“ schon freundlicher aus und so gehen sie in relativ entspannter Atmosphäre auseinander. Zu Isabelles großer Erleichterung, die genau weiß, dass IHRE Detektivin um ein Haar die rote Karte erhalten hätte ... Eine weitere Dame, die froh ist, dass sie gehen, ist Sophie. Nicht nur, weil die Rechnung großzügig beglichen wurde, sondern eher, weil sie bei dem aufkommenden Streit Angst vor Scherereien hatte, die den guten Ruf ihres Hauses hätten schädigen können.

*

Die Bar L’Avant Port, die viel von jungen Leuten frequentiert wird, hat längst schon geschlossen, da hält ein grauer Clio ganz sacht oben an der Treppe Escaliers de la Rampe. Hierbei handelt es sich um eine Folge steiler Stufen, die den Spaziergänger im Handumdrehen von der Route de Plestin zum Parking des Dériveurs bringen, zum äußerst westlichen Teil des Hafens von Locquirec. Für SIE ist das eine willkommene Abkürzung. Mit dem Rucksack auf ihrem Rücken eilt sie schnellen Schrittes über den Sand des Hafens. Sie umrundet die Mole, die das Hafengebiet vor Ostwind schützt und geht dem Bachlauf entlang bis zu dem Felsen, der vor dem Grand Hôtel des Bains im Wasser liegt. Eine kleine felsige Erhebung, die jedes Kind aus Locquirec mindestens einmal in seinem Leben „erklettert" hat. Schon ist sie oben und legt vorsichtig die vier Blöcke gefrorenen Blutes aus, die sie in einer Kühltasche mit sich trug. Bald wird das Blut vom Gipfel der Roche Tombée herabfließen.

VIII

Dienstag, der 11. Juli 2006

Wie an jedem Wochentag in der Sommersaison, steht Marie-Annick Pagelle schon im Morgengrauen auf. Um ein wenig den Tag zu genießen, bevor sie ihr Bekleidungsgeschäft in der Rue de l'Église öffnet. Montags, mittwochs und freitags fährt sie Rad. Am Dienstag, Donnerstag und am Samstag ist Jogging angesagt. Ein striktes Programm mit dem Ziel, in Form zu bleiben und gleichzeitig Formen zu verhindern, die ihr, die nur noch wenige Kabellängen von der Menopause entfernt ist, drohen könnten. Um 05 Uhr 45 geht ihr Wecker, ein Café auf die Schnelle und wenn um sechs Uhr die Kurznachrichten im Radio beginnen, dann verlässt sie ihre Wohnung über dem Frisiersalon, ganz in der Nähe ihres Ladens. Nach ihrer Scheidung hatte sie ihr schönes Haus in der Route de Kerboulic verlassen müssen ... Mit kurzen Schritten umrundet sie die Kirche, läuft am ehemaligen Rathaus vorbei und joggt weiter Richtung Tour de Pointe. Obwohl sie normalerweise auf ihrer Strecke nie jemandem begegnet, schenkt sie dem Mountainbiker, der sie direkt hinter dem Weg, der zum Strand „Bilou" hinabführt, überholt, keine Beachtung. Sie ist einfach noch nicht wach genug, um solchen Nebensächlichkeiten Aufmerksamkeit zu schenken. Nach und nach werden ihre Schritte länger und gleichzeitig verändert sich der Arbeitstakt ihres Gehirns. Sie überlegt, welche Aufgaben heute auf sie zukommen werden. Neun Uhr, Geschäft aufschließen, die Bestellungen fertigmachen, das Schaufenster ein wenig umdekorieren, ihre schamlos Kaugummi kauende Verkäuferin anweisen, wie sie mit den Kunden umzugehen habe ... Zum Mittagessen erwartet sie ihre älteste Tochter: Sie freut sich schon auf die Mutter-Tochter Gespräche, die häufig in fröhlichem Gelächter enden.

Wie nicht anders zu erwarten, ist sie dank ihres gemächlichen Tempos nach einem knappen Kilometer noch lange nicht außer Atem. Dennoch durchläuft sie dankbar die paar Meter leichten Gefälles vor der Treppe, die an den Strand La Palud hinabführt.

Gedankenversunken, den Blick über die Bucht Richtung Trébeurden gewandt, realisiert sie gar nicht, was mit ihr passiert. Von links her, aus der bretonischen Heide, mit der dieser Teil der Landspitze bewachsen ist, bricht eine Helm tragende Gestalt hervor und versetzt ihr einen heftigen Stoß in die Seite, der sie nach rechts vom Weg abbringt. Der Weg endet dort an einem niedrigen Mäuerchen, das der Gestoßenen keinen Schutz bieten kann. Sie taumelt ohne Gegenbewegung bis an den Rand der „Steilküste", hier ein Felssturz von knapp zehn Metern. Die arme Joggerin weiß nicht, wie ihr geschieht ... Ihr Schreckensschrei, den sie zu Beginn des Sturzes ausstößt, dauert nur Bruchteile einer Sekunde. Die „Landung" auf den igelhaft zackigen Schiefer- und Granitfelsen, tödlichen Waffen gleich, ist fürchterlich. Zuerst schlagen Schultern und Nacken in die steinigen Gräten ein, dann wird ihr Rücken auf einen relativ flachen Granitfelsen geschleudert, auf dem schließlich der Aufprall mit dem Hinterkopf ihr Ende besiegelt. Überall ist Blut. Und diesmal ist es kein Kaninchenblut ...

Von seinem Versteck hinter einem Felsen aus hat ER den Sturz des Opfers genauestens verfolgt. Ein schneller Blick auf die reglose Frau lässt keinen Zweifel offen. Sie benötigt keinen „Gnadenstoß" mehr. Also legt er, fast bedauernd, den dicken Stein ab, den er in seinen behandschuhten Händen trug und mit dem er bei Bedarf nur allzu gern den Kopf der Bekleidungsverkäuferin zerschmettert hätte. Ein letztes Mal noch schaut er sich das Opfer an und lächelt. Nicht allein deshalb, weil sie diese Tat erfolgreich zu Ende gebracht haben, sondern auch, weil das ganz leicht mit „Bordmitteln" zu bewerkstelligen war. Wie der Romantitel des Schriftstellers Michel Mohrt, und das hundert Meter entfernt vom Hause des Mitglieds der Académie Française. Dieses schamlose Augenzwinkern in Richtung eines der Würdenträger Locquirecs ist für IHN ein Hochgenuss ... Schnell läuft er wieder nach oben, wo SIE ihn angstvoll erwartet. Aus Furcht, vielleicht von einem der Boote aus gesehen zu werden, die vor dem Strand im Wasser liegen, oder aber von einem Fischer vom Meer her, hat sie sich umgehend „unsichtbar" gemacht. Und so weiß SIE nicht, welche genauen Folgen IHR schlimmer „Seitenhieb" hatte. Als ER sie oben trifft und sie kurz aber intensiv umarmt, wagt sie kaum zu fragen: „Und?"

„Ich brauchte gar nichts mehr zu machen. Sie ist mit dem Kopf auf die Felsen geknallt. Karnickel-Fangschlag und Schädelbruch. War sofort tot. Schade ... Ich hätte mir gewünscht, dass die Schlampe mehr zu leiden gehabt hätte ..."

IHR geht diese Nachricht sehr an die Nieren. Die Tatsache, dass Marie-Annick Pagelle tot ist, freut sie. Aber IHR wird plötzlich bewusst, dass SIE diese Frau eigenhändig getötet hat. Bis dahin hatte sie lediglich die Rolle einer Komplizin gespielt. Nun aber hat sie selbst getötet. GETÖTET!

Plötzlich rollen Tränen hinter den Gläsern ihrer Fahrradbrille und die Sicherheit bezüglich der Begründung ihrer begangenen Morde, gerät ins Wanken. Sie fragt sich, ob all die Gewalt sich wirklich rechtfertigen lässt.

ER weiß sofort Bescheid. Er nimmt sie in die Arme und sagt ihr leise ins Ohr: „Ich weiß, was du denkst. Aber ganz tief in dir weißt du, dass wir recht haben. Du weißt doch, wie sehr sie wegen dieser Saubande gelitten haben ... Für sie, hörst du, für sie müssen wir weitermachen. Vor allem so kurz vor dem Ziel. Das willst du doch auch.“

Sie wischt sich die Tränen ab, atmet tief durch, hebt den Kopf und stößt mit bebender Stimme hervor: „Du hast recht, wir müssen es zu Ende bringen, BIS ZUM BITTEREN ENDE!“

„Komm, mein Engel, wir sollten hier nicht so lange trödeln!“

Sie begibt sich zu ihrem Mountainbike, das dort auf dem Gras liegt, während er das seine hinter einem Busch hervorholt. Als er sich seinen Fahrradhelm und die Sonnenbrille aufsetzt, ruft er ihr zu: „Du fährst über Pors ar Villec, ich Richtung le Bilou. Und versuch' mich anzurufen, wenn etwas ist, Okay? Aber sei vor allem vorsichtig.“

Ohne sich noch einmal umzublicken radelt er davon, in der Hoffnung, dass um diese Uhrzeit noch kein Mensch seinen Hund Gassi führt. Es ist 06 Uhr 22.

*

Polizeirevier von Locquirec, 08 Uhr 40

Wie in jedem Sommer üblich, so hat auch in diesem Jahr die Polizei von Locquirec eine saisonbedingte Verstärkung durch eine Mini-Abteilung der Gendarmerie erhalten: Vier

Polizeibeamte und eine Kollegin sind vor Ort, um die Kollegen aus Plouégat zu unterstützen, denen sie verwaltungstechnisch unterstellt sind. Bisher haben sie kaum Arbeit gehabt, denn sie wurden erst nach dem Tod von Doktor Guennec hier einbestellt. Einige Streitereien infolge intensiven Alkoholgenusses im Hafengebiet, etliche Alkoholkontrollen bei Autofahrern und ein paar Streifengänge, um Präsenz zu zeigen, das war's auch schon. Für den 13. Juli allerdings, dem Tag des großen Feuerwerks, rechnen sie schon mit einem etwas höheren Arbeitsanfall. Der Besuch des Leiters vom Grand Hôtel des Bains zählt zu den unerwarteten Ereignissen in ihrem Polizeialltag.

Für Brigadier Dufour, der an diesem Vormittag Dienststellenbereitschaft hat, ist der Ankommende kein Unbekannter. Er hatte sich in der vorangegangenen Woche, während eines Empfanges im Rathaus, länger mit ihm unterhalten. Und so begrüßt er ihn sehr freundlich: „Guten Tag, Monsieur Martineau! Wie geht es Ihnen heute Morgen?"

„Guten Morgen, Brigadier, geht so, danke der Nachfrage! Verzeihen Sie, wenn ich mit der Tür ins Haus falle, aber ich habe heute viele neue Gäste."

Und dann, mit gedämpfter Stimme: „Sie wissen wahrscheinlich, dass wir im letzten Jahr die Ehre hatten, den Premierminister und seine Familie beherbergen zu dürfen ..."

„Äh, ja, davon habe ich gehört!"

„Also, heute werden bei uns mehrere andere Regierungsmitglieder einchecken ..."

„Wenn Sie mich darum bitten wollen, ihnen Personenschutz zu leisten, dann muss ich Sie leider enttäuschen. Für derartige Aufgaben sind wir weder ausgerüstet noch ausgebildet."

„Nein, keine Sorge, die bringen ihre eigenen Sicherheitsbeamten mit. Ich komme eigentlich wegen einer anderen Sache ... Heute Morgen hat sich an unserem Hotelstrand etwas Eigenartiges zugetragen und ich möchte, dass Sie Licht in dieses – Mysterium bringen. So schnell es geht!"

„Mmm, was ist denn passiert?"

„Einer unserer guten Gäste, ein Sportfanatiker, der gern schwimmt und klettert, wollte, um sich ein wenig abzukühlen, zur Roche Tombée schwimmen und hinaufklettern. Das ist ihm schlecht bekommen. Kurz bevor er oben war, fand er sich plötzlich voller Blut."

„Voller Blut? Was wollen Sie damit sagen?"

„Ganz einfach. Blut floss von oben her am Felsen herunter ... Und er hatte es dann überall, an seinen Händen, den Beinen und an der Badehose! Und unser Hotelgast spielt das richtig hoch, hat wohl Angst, dass dieses Blut verseucht sein könnte. Hepatitis C, AIDS, solche Sachen. Das Schlimmste ist, dass der unwahrscheinlich gute Beziehungen nach ganz oben hat. Wenn Sie das Problem nicht bald lösen, könnte das den Ruf unseres Hotels, und selbstverständlich auch den Locquirecs, nachhaltig beschädigen!"

„Tja, Monsieur Martineau, ihre Geschichte überrascht mich schon sehr. Ich werde Ihnen umgehend jemanden schicken. Könnten Sie bitte, während Sie auf die Ankunft meiner Kollegen warten, dafür sorgen, dass sich niemand diesem Felsen nähert?"

„Ich werde mein Möglichstes tun."

„Sehr gut, danke. Ich rufe jetzt die Spurensicherung an. Die werden bald bei Ihnen sein, das verspreche ich Ihnen."

Es ist noch nicht ganz neun Uhr, da sind bereits zwei Polizeibeamte aus Locquirec vor Ort. Sie sind fest entschlossen, sich ein Bild von diesem im Wasser liegenden blutenden

Hinkelstein zu machen, der ihn stark an die Fernsehserie „Dolmen“ erinnert und der Sache auf den Grund zu gehen. Einziger Wermutstropfen: Es ist gerade Flut, was den Zugang zu dem Felsen ohne irgendein Wasserfahrzeug unmöglich macht. Und so etwas hat das Polizeirevier von Locquirec nicht! Amtshilfe bekommen die Beamten von der örtlichen Station der SNSM, Organisation zur Rettung Schiffbrüchiger, die, stets hilfsbereit, freundlicherweise ihr Schlauchboot zum Einsatz bringt. Auf der Roche Tombée können die Untersuchungen beginnen. Der Fels ist offensichtlich voller Blut, ein Blut, das fast cremig wirkt wegen seiner fortgeschrittenen Gerinnung. Da können die Gendarmen wenig ausrichten. Außer, sich Notizen zu machen, auf die Spurensicherung zu warten und den Ort zu sichern. Die Spurensicherung aber ist anderweitig beschäftigt: Man hat eine verstorbene Person in einem Haus in Plougonven gefunden. Sie werden wohl hier erst gegen Mittag eintreffen ... Da bleibt den beiden Polizeibeamten viel Zeit, ihre unverbaubare Sicht auf die Bucht von Locquirec und auf die Pointe d'Armorique zu genießen. Und wenn die Ebbe weiter fortschreitet, auch bald den Blick auf die berühmten barbusigen Krabbenfischerinnen ...

*

Bis Mittag ist es noch lang, als ein Spaziergängerpaar, das nicht auf dem normalem Wege zum „Tour de Pointe“ gelangen wollte, die Leiche von Marie-Annick Pagelle entdeckt. Sie benachrichtigen sofort, dem Mobiltelefon sei Dank, die Polizei und die Feuerwehr über Notruf 112. In der Dienststelle von Plouégat nimmt André Gallibert die Nachricht entgegen, die er sofort an die beiden anderen einsetzbaren Beamten weiterleitet, die gerade mit Alkoholkontrollen am Parkplatz „Fond de la Baie" beschäftigt sind. Am Ort des Geschehens finden diese bereits die Feuerwehr und ihren Mediziner vor. Der lediglich zwei Dinge feststellen konnte: Erstens, das Opfer ist tot, was kein Wunder ist, wenn Sie die vorangegangenen Seiten gelesen haben. Zweitens, es obliegt der Spurensicherung, die genauen Todesumstände zu klären. Und diese Spurensicherung steckt immer noch in Plougonven fest. In der Zwischenzeit haben auch diese beiden Polizisten nichts besseres zu tun, als ihre unverbaubare Sicht zu genießen, auf die Bucht von Locquirec, die Pointe d'Armorique und die Katamarane der Segelschule. Zu ihrem Leidwesen haben sie von dort, wo sie sich jetzt befinden, keine Sicht auf halbnackte Krabbenfischerinnen. Nicht einmal auf bekleidete. Nicht einmal bei Ebbe.

*

Laure Saint-Donge genießt ihr VIP Zimmer im Hotel Bel Air, indem sie lange im Bett liegen bleibt. Derzeit quält sie nur ein einziges Problem: Wie kann man den verdammten Sonnenstrahlen entgehen, die sich ihren Weg durch die Ritzen der Fensterläden bahnen? Irgendwann ist sie es leid und gibt den Gedanken an ein süßes Nichtstun auf. Nun sitzt sie auf der Terrasse mit dem schönen Blick über die Dünen des Strandes Sables Blancs und genießt ihr Frühstück. Warme Croissants, in der Form gebackene Baguette, mit Meersalzbutter bestrichen, dazu ein wunderbar duftender, dampfender Cappuccino, das ist ein Augenblick des Glücks in ihrem bewegten Leben. „Verweile doch, du bist so schön", erhofft sie sich von diesem herrlichen Moment, schließt die

Augen und lässt sich von der Sonne, die soeben über der Pointe du Corbeau aufsteigt, das Gesicht liebkosen. Ein Glücksgefühl, das sie gern mit jemandem geteilt hätte, mit dem Mann ihres zukünftigen Lebens. Auf den sie immer noch wartet. Ein Glücksgefühl, das schnell vom Klingeln ihres Handys gestört wird.

„Laure Saint-Donge, guten Tag."

„Laure?"

„Ja!"

„Hier ist Isabelle. Ich rufe dich an, weil ich gerade von Gérard erfahren habe, dass es einen neuen Todesfall gibt ..."

„Scheiße! Jemand aus ... der Bande?"

„Nicht wirklich ... Also ..."

„Also was?"

„Sagen wir mal so: Wir kannten sie gut! Aber das war eher eine Bekanntschaft als eine Freundschaft. Von Zeit zu Zeit haben wir uns gern gesehen, über die Wettervorhersage gefachsimpelt oder über alles Mögliche gesprochen, was sich hier in der Gegend ereignet hat. Aber eher oberflächlich."

„Wie heißt sie?"

„Marie-Annick Pagelle ... Aber ihr Geburtsname ist Castier."

„Castier? Wie Jesus Christus?"

„Ja, sie ist ... sie war seine Schwester."

„Und wie ist sie zu Tode gekommen?"

„Das weiß man noch nicht ... Wenn ich das richtig verstanden habe, dann soll sie gefallen sein, während sie auf dem Tour-de-Pointe-Weg joggte. Sie soll auf die Felsen unten gefallen sein und hat wohl einen Schädelbruch erlitten!"

„Schon wieder ein Absturz ... Unweit des Meeres ... Da

kommt man wohl jetzt noch nicht hin, oder? Hat die Polizei den Bereich noch abgeriegelt?“

„Weiß ich nicht! Ich hab’ dich ja sofort angerufen. Leider sitze ich hier im Radiosender bis 12 Uhr 30 fest. Ich informiere jetzt alle und dann treffen wir uns im Hôtel du Port, gleich neben dem Presqu’île, da, wo wir gestern gegessen haben, sagen wir ... um Viertel vor eins?“

„Das ist Okay für mich, aber vorher möchte ich doch noch einen Blick auf den Unglücksort werfen. Kann mir jemand zeigen, wo das genau passiert ist?“

„Um diese Zeit arbeiten sie alle. Versuch mal, Mariette anzurufen.“

„Okay, das mach’ ich. Tschüss.“

Wie LSD vermutet hatte, ist der Zugang zur Tour de la Pointe abgesperrt, sowohl über den normalen Weg, als auch über die Felsen. Nachdem der Leichnam zur Untersuchung ins Krankenhaus von Morlaix abtransportiert ist, dauert es noch über eine Stunde, bis der Weg der Öffentlichkeit wieder freigegeben wird. Laure und Mariette sind nicht die Einzigen, die diesen Weg nach der Freigabe gehen wollen.

Mehr als hundert Schaulustige aus allen Teilen Locquirecs und sogar aus Guimaëc und Plestin begleiten sie. Deren einzige Motivation besteht darin, sich an dem ungeheuren lokalen Geschehen, das noch ganz heiß ist, ausgiebig zu laben. Das ist doch mal etwas anderes, als die aufgewärmten Nachrichten über Leute, die man gar nicht persönlich kennt! In diesem Falle sind sowohl Feriengäste als auch Einheimische dem Opfer zumindest einmal über den Weg gelaufen, kannten es also zumindest vom Sehen. Damit kann man sich auf mindestens zehn zukünftigen Aperitiven in den Mittelpunkt spielen: „Ja, weißt du, an was mich das erinnert? An den Tag, als das Mädel abgestürzt ist, als es um die Landspitze laufen wollte. Ah! Das muss man gesehen haben! Alles war voller Blut auf den Felsen! Und hunderte von Polizisten und Feuerwehrmännern!"

Am Ende des Weges erleben die Freunde des großen Kasperltheaters aber eine herbe Enttäuschung: Nicht allein, dass ihnen der Blick auf den Fundort der Leiche verwehrt wird, sondern schlimmer noch, das Betreten des Weges in der Nähe der Landspitze ist streng untersagt, und eine Umleitung über die Heideflächen ist ausgewiesen ... Nichts zu sehen, was ihrer makabren Fantasie Nahrung gäbe.

*

Als Laure und Mariette auf der Terrasse vom Hôtel du Port ankommen, sind alle anderen Mitglieder der „Bande" schon dort. Alle außer Jean-Christophe Castier, dem Bruder des Opfers und seiner Frau Marilyn. Wie sie es sich in ihren Ermittlungen, sowohl als Journalistin als auch als Detektivin angewöhnt hat, beginnt LSD so unauffällig wie möglich, die Mimik ihrer Gesprächspartner zu analysieren. Sie möchte deren spontane als auch die untergründigen Reaktionen wahrnehmen. Zu ihrer großen Überraschung tragen die meisten von ihnen ein entspanntes Lächeln zur Schau und scheinen diesen Todesfall irgendwie als Befreiung anzusehen ... Als Laure dies offen anspricht, antwortet ihr Jean-Pat' Gosset als Erster: „Nicht so voreilig! Selbstverständlich sind wir traurig! Sie tut uns leid, weil wir sie gut kannten, und auch wenn wir politisch nicht auf der gleichen Wellenlänge waren, so mochten wir sie schon recht gern. Und J-C tut uns leid. Er ist schließlich unser Freund und es ist klar, dass er nicht leicht darüber hinwegkommen wird, seine Schwester auf so tragische Weise verloren zu haben. Aber ...

gleichzeitig ist dies der fünfte Unfall in Locquirec innerhalb von drei Monaten, und diesmal hat es kein Mitglied unserer ‚Bande' getroffen. Für uns bedeutet es, dass wir uns vielleicht ganz umsonst Sorgen gemacht haben, dass es vielleicht wirklich Unfälle waren, oder dass derjenige, der hinter all dem steckt, auch andere Leute im Visier hat, woraus folgt, dass der Nächste auf seiner Liste jeder x-beliebige Mensch aus Locquirec sein kann. Und nicht zwangsläufig einer von uns!"

„Alles klar! Ich verstehe eure Erleichterung", erwidert LSD. „Dennoch muss ich euch sagen, dass der Tod dieser Frau, die nicht zu eurer ‚Bande' zählt, mich irritiert. Dann fährt sie mit leiser Stimme fort, so als hielte sie einen Monolog: Sehr sogar ... Es fällt mir nicht leicht, euch mitzuteilen, was ich wirklich darüber denke, denn momentan kenne ich die Umstände ihres Todes noch nicht. Ich werde versuchen, heute Nachmittag auf der Polizeiwache Näheres zu erfahren. Aber eines kann ich euch jetzt schon sagen: Ich wäre überhaupt nicht erstaunt, wenn es einen Zusammenhang gäbe, zumindest im Kopf des Mörders, zwischen dem Tod von Marie-Annick und den ‚Unfällen' eurer Freunde."

„Laure!", unterbricht sie Gérard Dorchel, „Jean-Pat' sagt dir, wie erleichtert wir sind, dass es diesmal keinen von uns getroffen hat und du bestehst auf deiner Theorie und schreibst sie fest!"

„Ich verstehe, Gérard. Aber ihr kapiert die Psychologie eines Serienmörders nicht. In seinem Kopf ist alles vernetzt. Wenn er zu dem Schluss gekommen ist, dass diese Frau weg muss, dann sicherlich deshalb, weil es eine besondere Verbindung, wahrscheinlich in Verknüpfung mit einem bestimmten Ereignis, zwischen Marie-Annick und den anderen Opfern gegeben hat."

Isabelle ergreift das Wort: „Laure, du willst einfach nicht wahr haben, dass es in unserer Vergangenheit, selbst ganz weit zurück, nichts gibt, das in irgendeiner Weise zu einem Mordmotiv mutieren könnte. Und es gibt auch keine Querverbindungen zu Marie-Annick. In den sechziger Jahren hat sie lediglich ein paar Abende mit uns verbracht. In dieser Zeit war sie mit dem Sohn der Laborfirma Foursel zusammen, und wir haben sie nicht oft zu Gesicht bekommen, weder am Tage, noch an den gemeinsamen Abenden ... Folglich ist es so, wie Jean-Pat' bereits gesagt hat: Die Tatsache, dass der Mörder, wenn es denn überhaupt einen gibt, auf keinen von uns mehr zielt, ist, sehr egoistisch betrachtet, eine gute Nachricht!"

Zum ersten Mal seit ihrer Ankunft färbt sich das Antlitz von Laure Saint-Donge rot vor Zorn. Man möchte meinen, sie würde gleich explodieren.

„Mit anderen Worten, für euch ist die Sache gegessen. Danke, LSD und bis zum nächsten Mal ... Ruf uns an, dann essen wir was zusammen ... Ist es das, was ich verstehen soll?"

Niemand besitzt den Mut, der Detektivin ins Auge zu schauen. Die gesenkten Blicke von Thierry Laroche und allen anderen und die betretene Stille verbreiten ein Gefühl von Peinlichkeit und gleichzeitiger Zustimmung.

„Okay, ich habe verstanden! Ich werde meine Sachen packen und nehme den nächsten TGV."

Die Blicke senken sich noch weiter ...

„Doch bevor ich abfahre, möchte ich euch noch eines sagen. Indem ich über alles, was hier in den vergangenen drei Monaten passiert ist, intensiv nachgedacht und mich außerdem in die Rolle des möglichen Serienmörders eingefühlt habe, glaube ich langsam zu verstehen, wie er tickt. Und das, was heute passiert ist, passt haargenau in meine Schlussfolgerungen. Es steht euch frei, euch fortan in Sicherheit zu wiegen. Wenn ich allerdings an eurer Stelle wäre, dann hätte ich unglaublich Schiss. Denn das, was der Mörder heute gemacht hat, oder aber die Mörder, denn es könnten ja auch mehrere sein, mitten am Tage, an einem Ort, der allen Passanten offen steht, zeigt, dass er willens ist, wie auch immer, seinen Plan auf jeden Fall zu Ende zu bringen. Ich wünsche euch allen viel Glück! Isabelle! Ende der Woche schicke ich dir meine Rechnung. Tschüss!"

Sie trinkt in einem Zug ihren Martini Gin aus, schiebt ihren Stuhl zurück, bevor irgendjemand auf die Idee käme, ihr zu antworten, steigt in den Fox und verlässt den Hafen von Locquirec.

*

In den Polizeirevieren von Plouégat und Locquirec hat die Panik ihren Höchststand erreicht. Wenn der Präsident der Republik, der Papst und der amerikanische Präsident gemeinsam ihre Sommerferien in Locquirec verbrächten, könnte ihre Überforderung nicht größer sein.

Da ist die Gruppe, die den tödlichen Sturz bearbeitet, die andere vom blutenden Felsen, diejenigen, die sich mit der Sicherung der Tatorte beschäftigen und weitere, die mit der täglichen Routine befasst sind. Kurz, die Männer und Frauen sind bereits jenseits ihres Limits. Zu seinem großen Bedauern hat Capitaine Meunier die Kollegen aus Plougasnou und Ploigneau um Hilfe bitten müssen. Weil die Herren der Spurensicherung zuerst ermitteln mussten, konnte man die Anzahl an nachtblauen Einsatzfahrzeugen der Polizei, die sich fast bis zur Kirche rückstauten, kaum noch zählen.

Ein erfreulicher Anlass für stänkernde Kommentare aus der Hafenbar Chez Tilly. P'tit Lu, der nach etwa zehn genossenen Rotweinchen für seine Verhältnisse noch fast nüchtern ist, kann nicht an sich halten und tönt mit rauer Stimme:

„Hoho, ein Glück, dass man jetzt BSE im Griff hat. Bei all den freilaufenden Bullen würde man sich ja glatt was wegholen."

„Red keinen Scheiß, P'tit Lu", beklagt sich Jérôme Le Noët, der Frührentner aus der Viehauktionshalle. „Du solltest Mitleid mit mir haben. Ich hab' 'ne Tierhaarallergie. Diese freilaufenden Viecher da draußen könnten mich glatt umbringen. Übrigens, Yvan, ich will ja nichts sagen, aber ich hab' da schon so ein Kratzen im Hals ... Gib mir noch einen Muskadet, oder ich ersticke."

Und alle erheben herzhaft lachend ihre Gläser.

*

Seitens der Damen und Herren in Uniform hat man sehr viel weniger zu lachen. Und davon ist die Spurensicherung in besonderem Maße betroffen. Fotografien, Blutproben, DNA-Sicherung, Staub, Algen, Möwenkot, alles wird verwertet. Als ob das Erste eine neue Fernsehserie mit dem Titel „CSI: Locquirec" auflegen wollte!

Kommandant Brissac leitet die Untersuchungen an der Absturzstelle, während sich Leutnant Dufresne um den blutenden Felsen La Roche Tombée kümmert. Der Leutnant steht in ständigem Kontakt mit dem Amtsleiter in Plouégat, aber er erhält immer die gleiche Auskunft: Man muss die Analyseergebnisse abwarten, bevor man sagen kann, um was es sich da eigentlich handelt. Zum aktuellen Stand der Dinge scheint allerdings klar, dass das Blut vom Felsen nicht identisch ist mit dem des Opfers von La Palud ...

Um 14 Uhr 30 sind alle Untersuchungen abgeschlossen und die Verantwortlichen finden sich bei einem Café im Büro von Capitaine Meunier in Plouégat ein. Er selbst ergreift das Wort: „Nach Ihren Aussagen weist also nichts auf einen Zusammenhang zwischen den beiden Ereignissen hin?"

„Nichts! Der erste Augenschein der Absturzstelle gibt außerdem Grund zu der Annahme, dass es sich hier um einen Unfall handelt. Die Topografie des Ortes, die Spuren am Rande des Weges, die Lage des Körpers, die Menge des vergossenen Blutes ... das alles kann auf einen Unfall hinweisen."

„Gibt es schon ausgewertete Untersuchungsberichte?"

„Einige müssten bereits gegen Ende des Nachmittags vorliegen, die anderen folgen morgen Nachmittag. Haben Sie sich schon mit der Staatsanwältin in Verbindung gesetzt?"

„Madame Lefeuillu? Ja! Kurz vor Mittag. Sie hat die Autopsie angeordnet und hat mich darum gebeten, ihr einen kurzen Bericht über alle Todesfälle seit Monat April zukommen zu lassen ..."

„Ach was! Sie glaubt wohl nicht mehr an die Unfalltheorie?"

„Sagen wir mal, sie will das hinterfragen ... Und sie wird sich heute auch noch bei Ihnen melden..."

„So so, antwortet Kommandant Brissac erstaunt. Und für wann sind die Ergebnisse der Autopsie zu erwarten?"

„Das kann dauern! Diese Woche hat der Gerichtsmediziner Jean-Yves Le Sage Dienst. Es wird wohl von den Gezeiten abhängen, im Augenblick ist er jedenfalls beim Fischen ... Und außerdem habe ich gehört, dass er gerade mit der Organisation des Festivals ‚Les Vieilles Charrues' beschäftigt ist."

„In Carhaix? Aber sagen Sie nur, das ist ja eine Mordsarbeit!“

„Nein, nein! Nicht in Carhaix, sondern in Pont-Menou, einem Weiler, nicht weit von hier. Aber das bedeutet trotzdem eine Menge Arbeit ... Also, ich erwarte nichts vor morgen gegen Ende des Nachmittags ... Frühestens! Bei Le Sage, da weiß man nie ...“

*

Laure Saint-Donge hat einen Strich unter die Sache gezogen. Allerdings empfindet sie eine gewisse Enttäuschung, weil ihre Mission fehlgeschlagen ist. Da sitzt sie nun in der Sonne auf der Terrasse des Hôtel de Bel Air und wartet auf ihr Taxi. Ihre Gedanken überschlagen sich mehr und mehr. Je länger sie wartet, desto besser verarbeiten sie das Drama von heute Morgen, was das Profil des Serienmörders immer klarer in den Vordergrund treten lässt. *Wenn man herausbekäme, welchen Blödsinn die „Bande“ zusammen mit Marie-Annick gemacht hat, dann wäre alles klar ... Danach wäre die Ermittlung des Mörders ein Kinderspiel. Man muss in der Vergangenheit suchen, ganz weit zurück. Nur DORT ist die Lösung zu finden, NUR DORT! Wenn ich daran denke, dass diese Dummköpfe glauben, dass sie nun in Sicherheit sind, dann dreht sich mir der Magen um! Denen fehlt jeglicher gesunde Menschenverstand!*

Als sich ihre Gedanken allmählich ordnen, fasst sie einen Entschluss: Wie ein Wirbelwind hastet sie in die Hotelhalle, ruft nach Jennifer, der hübschen rothaarigen Chefin, und bittet sie, das Taxi abzubestellen.

„Ich habe meine Meinung geändert, ich bleibe. Kann ich mein Zimmer noch für ein paar Tage behalten?“

Ein Blick in ihren Belegungsplan, und schon antwortet

sie: „Ich habe ein deutsches Ehepaar, die kommen hier am 22. an. Bis dahin können Sie das Zimmer haben. Ist das für Sie in Ordnung?"

„Ausgezeichnet. Sie sind ein Engel!"

„Aber nicht doch, das ist normal. Ich rufe jetzt beim Taxiunternehmen an."

„Danke!"

Mit strahlendem Gesicht tritt Laure Saint-Donge auf sie zu und drückt ihr, zur Verblüffung der Hotelbesitzerin, zwei Küsse auf die Wangen. Dann eilt LSD nach draußen und zückt ihr Mobiltelefon: „Hallo, Isabelle!"

„Oh, Laure, grüß dich! Rufst du vom Bahnhof aus an?"

„Nein, nein ..."

„Ist gut, dass du anrufst. Ich wollte dir sagen, dass es mir wegen heute Mittag sehr leid tut ..."

„Vergiss es! Ich rufe dich an, um dir etwas Wichtiges zu sagen: Ich habe mich entschieden, hier in Locquirec zu bleiben und meine Ermittlungen weiter voranzutreiben. Auf eigene Rechnung, versteht sich."

Am anderen Ende herrscht Schweigen.

„Mach dir um die Finanzierung keine Gedanken. Ich arbeite auf eigene Kosten, also seid ihr mir nichts schuldig. Ich wollte dich einfach nur informieren ... Tschüss!"

Und schon hat sie auf die Taste mit dem roten Hörersymbol gedrückt. Ein breites Lächeln erhellt ihr Gesicht, so dass man fast ihre schreckliche Narbe vergisst. Im Augenblick beschäftigt sie nur noch ein Gedanke: *Ich muss mir unbedingt ein Auto besorgen!*

IX

Die Bestattung von Marie-Annick Pagelle ist auf den 13. Juli datiert worden. In einer drückenden Atmosphäre. Drückend deshalb, weil die Temperaturen schon seit einiger Zeit von Tag zu Tag steigen. Und drückend andererseits, weil sich die Menschen in Locquirec, die echten Einheimischen ebenso wie die Eingebürgerten, alle, die um die 50 Jahre alt sind, persönlich bedroht fühlen: Die Angst geht um in Locquirec.

Bereits auf dem Markt, am Mittwoch, den 12. hat sich eine Art Psychose offenbart, die sich in folgenden Kommentaren niederschlug: „Ich gehe nicht mehr um die Landspitze herum. Ich habe doch keine Lust, plötzlich da unten zu liegen."

„Nachts fahre ich kein Auto mehr. Da habe ich zu viel Angst."

„Meine Tochter wollte erst mit der Fähre nach England fahren. Jetzt fliegt sie hin, das ist sicherer."

„Mit meinem Hund gehe ich nur noch auf der Hauptstraße. Kleinere Wege sind mir zu gefährlich geworden. Man weiß ja nie, was einem da passieren kann."

Und dann natürlich der übliche Kommentar: „Und auf die Polizei kann man sich auch nicht mehr verlassen."

Die Marktbeschicker beklagen sich, dass die Menschen an ihnen vorübergehen und sich intensiv über die Geschehnisse der letzten Wochen und des Vortages unterhalten, dabei aber das Kaufen vernachlässigen!

Da die Polizeistellen sich bedeckt halten, weil sie zunächst das Ergebnis der Autopsie abwarten wollen, besitzt die Presse keine stichhaltigen Informationen. Also entwirft jede Lokalzeitung für sich eine Theorie, die mehr oder weniger aus der Luft gegriffen ist, und deren Verbreitung zu weiterer öffentlicher Verunsicherung führt.

Im Polizeirevier von Plouégat ist man in Wartestellung. Der Autopsiebericht wird für den späten Nachmittag erwartet und die Mienen spiegeln eine gewisse Angst wider ...

Einzig der Capitaine, der vorab durch ein Telefonat vom Gerichtsmediziner in Kenntnis gesetzt wurde, wartet ganz ruhig und still.

Als das Faxgerät endlich schrillt und langsam das erwartete Dokument ausspuckt, steht Leutnant Galibert schon auf dem Sprung. Seine große Hoffnung ist, dass dieser Bericht die psychologische Bombe entschärfen möge, die in die kleine Gemeinde im Finistère wie ein Peitschenhieb eingeschlagen ist.

„Gute Nachrichten, mein Capitaine?"

„Sicher, Galibert, sicher!"

Mit lauter Stimme verliest er den Text: „ ... *Der Körper weist zahlreiche Hämatome an der Oberfläche aller Gliedmaßen, im Innen- als auch im Außenbereich auf, alle* post mortem. *Der rechte Humerus weist eine offene Fraktur auf.*"

„Entschuldigung, mein Capitaine, aber diesen Ärztejargon verstehe ich nicht ... Zu welchem Schluss kommt denn der Arzt?"

„Der Körper weist keine Verletzungen auf, die nicht vom Sturz herrühren, und man kann als gesichert betrachten, dass der Körper nach dem Eintreten des Todes weder getragen, noch gezogen, noch in irgendeiner Weise manipuliert

wurde. Der Tod trat ein durch den Abriss der Wirbel im Bereich C2 bei gleichzeitigem Bruch der rechtsseitigen Schädeldecke. Der Tod ist umgehend eingetreten, der Todeszeitpunkt wird auf 04 bis 08 Uhr örtlicher Zeit am 11. Juli festgelegt.“

Der Capitaine macht den Eindruck, als sei er mit dem Bericht zufrieden, der Dienststellenleiter hingegen wirkt konsterniert.

„Nun, da die Autopsie diesen Todesfall eindeutig als Unfall ausweist, müsste eigentlich den kursierenden Gerüchten über einen Serienmörder die Nahrung entzogen sein, oder?“

„Offiziell schon, Galibert, aber nur offiziell! Sie entschuldigen mich. Nun, da uns der Bericht vorliegt, muss ich einige Telefonate führen.“

Und er vergräbt sich in seinem Büro.

*

Sein erster Anruf gilt dem Kommandanten Brissac von der kriminaltechnischen Brigade in Plourin: „Mein Kommandant! Meunier, Plouégat. Haben Sie den Autopsiebericht bereits gesehen?“

„Ich habe ihn soeben gelesen. Das ist doch gut für Sie, oder?“

„Gut für mich? Da bin ich mir nicht sicher. Ich kann einfach nicht an Unfälle glauben, angesichts der Tatsache, dass diese Personen sich alle gut kannten.“

„Zufall, mein Lieber. Reiner Zufall.“

„Daran glaube ich eben nicht. Ich habe den Eindruck, irgendjemand steckt hinter all den Dingen, und er oder sie führt uns gehörig an der Nase herum ...“

„Meunier! Jetzt mal ruhig Blut! Vergessen Sie nicht, sie sind ein Polizist. Und Sie wissen doch genau, dass ein Polizist sich auf belastbare Indizien stützen muss, auf objektive Beweise und nicht auf irgendwelche Eingebungen, wenn er zu vernünftigen Ergebnissen gelangen will. Solche Phantastereien wollen wir mal den Fernsehserien oder den Kriminalromanen überlassen! Tun Sie Ihre Arbeit, mehr erwarte ich von Ihnen nicht ..."

„Sie haben ja recht, Kommandant. Aber was meinen Sie, wäre es nicht vielleicht möglich, ein paar zusätzliche wissenschaftliche Untersuchungen anzuschieben, bezüglich aller vorhergegangenen Unfälle? Vielleicht haben wir ja etwas übersehen?"

„Hören Sie, Meunier, ich sage Ihnen das jetzt zum letzten Mal: WIR haben unsere Arbeit abgeschlossen und sind zu dem Schluss gekommen, dass es alles Unfälle waren. So, und nun tun Sie Ihre Arbeit. Auf Wiedersehen, Capitaine!"

„Einen Moment noch, mein Kommandant! Wissen Sie schon etwas über das Blut vom Felsen Roche Tombée?"

„Das Blut vom blutenden Stein, inszeniert wie bei ‚Dolmen'? Sie werden lachen, mein Lieber, das ist Kaninchenblut ... KANINCHENBLUT! Vermutlich ein Gag von irgendwelchen Saufbrüdern, um auf ihren feucht-fröhlichen Abenden etwas zu lachen zu haben und gleichzeitig dem Grand Hôtel des Bains ordentlich Scherereien zu bereiten ... Zu meiner Zeit ist man in die Sakristei der Kirche eingedrungen und hat dort die Alarmsirene ausgelöst. Die Zeiten ändern sich, aber die jungen Arschlöcher wird es immer geben ... Also, auf Wiedersehen, Meunier!"

„Auf Wiedersehen, mein Kommandant."

Mit noch etwas konsternierterem Gesichtsausdruck wählt der Dienststellenleiter von Plouégat die Nummer des

Procureur de la République, intern bei der Gendarmerie kurz *proc* genannt, des Staatsanwalts in Morlaix, der allerdings eine Frau ist: „Frau Staatsanwältin, Kapitän Meunier aus Plouégat ..."

„Ah, guten Tag, Monsieur Meunier. Gibt es etwas Neues in unserer Angelegenheit?"

„Ich habe soeben den Bericht unseres Gerichtsmediziners erhalten."

„Ja, und?"

„Unfalltod."

„Oh, das ist ja super. Ich habe mir die Zeit genommen, Ihren Bericht bezüglich aller Todesfälle zu studieren. Ich konnte nichts finden, was ein weiteres Vorgehen rechtfertigen würde. Ich werde die Sache ad acta legen."

„Also, Frau Staatsanwältin, ich habe dennoch Zweifel ..."

„Zweifel? Großer Gott, wieso das denn?"

„Das kann ich nicht genau sagen ... Meine Polizei-Spürnase sagt mir, da ist etwas faul an der Sache. Es sind einfach zu viele verwirrende Zufälle im Spiel ..."

„Hören Sie, Capitaine, ich kann verstehen, dass es Ihnen schwerfällt, diese Folge von dramatischen Ereignissen zu akzeptieren, aber alle, ALLE Untersuchungen Ihrer Brigade und auch diejenigen der Kriminaltechnik führen eindeutig zu der gleichen Schlussfolgerung: Es waren Unfälle, Punktum. Ich habe meinerseits nicht vor, die Glaubhaftigkeit der Justiz anzuzweifeln, indem ich Vermutungen anstelle. Wir müssen mit Beweisen arbeiten. Habe ich mich verständlich ausgedrückt, Meunier?"

„Jawohl, Frau Staatsanwältin."

„Auf Wiederhören, Meunier."

„Meine Verehrung, Frau Staatsanwältin."

Als er auflegt, ist Capitaine Meunier alles andere als

zufrieden. Allein die Höflichkeit des Buchautors verbietet es, hier die Ausdrücke zu wiederholen, die er bezüglich des Kommandanten Brissac und der Staatsanwältin gebraucht. Nachdem der erste Schreck vorüber ist, lässt Meuniers Reaktion nicht lange auf sich warten. Er reißt seine Bürotür auf und brüllt los: „Galibert! Le Gallou! Dorchel! In mein Büro, sofort!"

Überrascht wegen des ungewöhnlich harten Tones ihres Vorgesetzten stürmen die drei Untergebenen herbei und stehen in militärischer Haltung, Hände an der Hosennaht, vor ihm, um seine Befehle in Empfang zu nehmen.

„So, ich will Klartext mit Ihnen reden. Ich habe Sie hergerufen, weil wir an mehreren Fällen gemeinsam gearbeitet haben. Wir kennen uns gut, Le Gallou und Galibert seit mehreren Jahren, Dorchel seit über einem Jahr. Ich habe mehrfach Gelegenheit gehabt, Ihre beruflichen und persönlichen Qualitäten hoch zu schätzen. Was ich Ihnen jetzt mitteilen werde, das, und darum bitte ich AUSDRÜCKLICH, darf niemals die vier Wände dieses Büros verlassen, verstanden?"

„Verstanden, mein Capitaine, antworten die drei Polizisten im Chor und schlagen ihre Hacken zusammen."

„Die vorgesetzten Stellen verlangen von mir, und zwar offiziell, dass ich jegliche Nachforschungen betreffs der ‚Unfälle' von Locquirec zu unterlassen habe. In persönlicher Hinsicht, ich sagte *persönlich*, glaube ich, dass sie Unrecht haben. Und ich habe vor, die Untersuchungen heimlich fortzuführen. Heimlich, kapiert? Das bedeutet, ich fordere Sie auf, weiterhin in der Vergangenheit der Opfer zu ermitteln. Gehen Sie so weit zurück, wie Sie können. Wenn sie 1978 eine Wand beschmiert haben, dann will ich es wissen. Haben sie 1970 Verkehrsverstöße mit dem Moped begangen, will ich es auch wissen. Nutzen Sie alle zur Verfügung stehenden Mittel, von Aktennotizen bis hin zum Internet! Sie durchforsten mir auch noch einmal alle Akteneinträge, angefangen vom Vorabend des ersten Unfalles im Monat April. Falls ein Misthaufen hinter den Unfällen steckt, dann müssen wir nur ordentlich schnüffeln, um auf ihn zu stoßen. Verstanden?"

„Verstanden, mein Capitaine!"

„Na dann: An die Arbeit! Erster Bericht: Sonnabend um 14 Uhr."

*

Auf der Beerdigung von Marie-Annick Pagelle wird viel geredet. Alle kommentieren das Ergebnis ihrer Autopsie und die Entscheidung der juristischen und polizeilichen Stellen, diesen neuen Todesfall einmal mehr als Unfall zu deklarieren.

Die Ankunft des Leichenwagens bringt die emotional aufgeladene Menge zum Schweigen. Anders als bei Daniel Guennec sind nicht nur Menschen aus Locquirec, Freunde oder politische Persönlichkeiten anwesend. Unzählige Schaulustige aus dem ganzen Landkreis haben sich eingefunden. Angezogen vom „frischen Fleisch" und dem Geruch von etwas Großen, das ja auch in der Presse stand. Die bretonische Prominenz mitten drin...

Eine nüchterne Totenfeier, die wieder von Pater Roland gehalten wird. Auch dieser wieder ganz nüchtern. Eine traditionelle Feier, die weit entfernt ist von der ausgelassenen Stimmung auf der Beisetzung des Daniel Guennec. In den Gesichtern liest man Traurigkeit und Beunruhigung. Als sich die Zungen dann nach Verlassen des Friedhofes lockern, wird klar, dass die Angst in Locquirec weiter gestiegen ist ... und das traditionelle Feuerwerk, das heute Abend stattfinden soll, mit seinen unkontrollierbaren Menschenmassen, seinem Lärm und seinen möglichen Ausschreitungen könnte sehr gut die Bühne für einen weiteren tragischen Unfall sein ...

Im Rathaus hält der Stadtrat unter Führung von Joëlle Le Bihan eine Sondersitzung ab. Eingeladen sind auch Capitaine Meunier und die Mitglieder der neu gebildeten „muskulösen Bürgerwehr“ Locquirecs. Ein Schlachtplan wird erstellt und dessen Aufgaben so gut wie möglich verteilt. Mit berechtigtem Optimismus trennt man sich um 17 Uhr 30.

*

Laure Saint-Donge bleibt ebenfalls am Ball. Sowohl in der Kirche als auch danach auf dem Friedhof beobachtet sie die Mimik und Gestik der Anwesenden. Sie ist davon überzeugt, dass sich der Mörder unter die Trauergäste gemischt hat, um jede Sekunde des Kummers bei den Angehörigen auszukosten. Mit ein wenig Glück kann sie vielleicht irgendeinen Gesichtsausdruck, irgendein Verhalten feststellen, das im Gegensatz zu der allgemeinen Trauer steht. In besonderem Maße konzentriert sie sich auf die Angehörigen des Opfers und die Mitglieder der „Bande“, kann aber nichts Verdächtiges feststellen.

Derjenige, der hinter all dem steckt, ist viel zu schlau, denkt sie. *Er weiß, dass ich ihn ausfindig machen will, also spielt er seine Rolle. Und er spielt sie gut ... Okay, mein Lieber, dann gehen wir jetzt zu Plan B über ...*

Am Ausgang des Friedhofes trifft sie wie zufällig Mariette Bellec.

„Oh, Mariette! Ich hatte dich gar nicht gesehen. Wie fühlst du dich?“

„Ach, weißt du, seitdem Philippe tot ist, da empfinde ich jede neue Beerdigung als großen Schmerz. Ich habe das Gefühl, da ist eine Narbe, die jedes Mal von neuem aufbricht ...“

„Das kann ich dir gut nachfühlen! Hör mal, Mariette, ich wollte dich um etwas bitten. Hast du ein paar Minuten für mich Zeit?“

„Ich habe Zeit, soviel du willst. Meine Kinder kommen erst am Sonntag wieder und ich habe nicht vor, heute Abend zum Feuerwerk zu gehen ... Komm doch mit zu mir, dann können wir zusammen einen Café trinken!“

Die anderen Mitglieder der „Bande“ haben sich in der Nähe des Friedhofszaunes zusammengefunden und schauen misstrauisch zu ihnen herüber. Das zaubert ein schwaches Lächeln auf das zweigeteilte Gesicht der Detektivin.

Als sie auf der mit Holz ausgelegten Terrasse der Bellecs sitzt, mit wunderschönem Blick auf Lannion und den Felsen von Trédrez am Horizont, fällt es LSD schwer, ihre Augen von dem Anblick zu lösen, um zu ihren Ermittlungen zurückzukehren.

„Wenn man solch eine Schönheit sieht, dann kann man sich davon kaum losreißen ...“

„Weißt du, für mich ist die Landschaft seit dem Tode meines Mannes nicht mehr die gleiche. Wenn ich auf das Meer blicke, dann sehe ich uns alle vier auf dem Boot ... Wir haben zusammen gelacht, Fische gefangen oder einfach nur genossen, beisammen zu sein. Auf dem Meer.“

Tränen treten in ihre Augen und werden schnell weggewischt.

„Arme Mariette, ich kann deinen Schmerz sehr gut

nachempfinden. Ich selbst ... Aber ich bin ja nicht hier, um über mich zu sprechen. Ich bin hier, weil ich den oder die Mistkerle finden will, die hinter der Sache stecken."

„Aber was hat das mit Philippe zu tun? Er war ..."

Vor Ergriffenheit ist ihre Kehle wie zugeschnürt, und sie muss neu beginnen:

„Er war ein guter Mensch, von allen hoch geschätzt, sowohl beruflich als auch menschlich."

„Das glaube ich dir gern. Deshalb glaube ich auch nicht daran, dass der Grund für all diese Verbrechen eine Rache auf beruflicher Ebene sein kann. Ich habe einen Verdacht. Wohlgemerkt, es ist nur eine Vermutung, aber ich denke, dass dies alles mit längst vergangenen Geschehnissen zu tun hat. Und, um ehrlich zu sein, der Tod von Marie-Annick hat mich auf etwas gebracht."

„Auf was denn?"

„Wenn man einmal annimmt, dass die Morde begangen wurden, um eine ‚Dummheit', die Philippe und die anderen begangen hatten ..."

„Falls Philippe eine Dummheit begangen hätte, dann wüsste ich es. Das hätte er mir gewiss gesagt."

„Philippe wusste vielleicht gar nicht, dass es eine Dummheit war, zu dem Zeitpunkt als er sie beging ... Stell dir vor, er wäre damals total betrunken gewesen, oder er saß als schlafender Mitfahrer in einem Auto, das einen Fußgänger so unglücklich touchierte, dass er an den Folgen starb. Er aber schlief und hat davon gar nichts mitbekommen ... Es gibt unzählige Dinge, die Jugendliche aus Übermut tun und die ein fatales Ende finden, ohne dass die jungen Leute sich dessen bewusst sind!"

„Vielleicht hast du ja doch Recht ... Also, wie möchtest du vorgehen?"

„Wir müssen den Zeitrahmen eingrenzen, innerhalb dessen Marie-Annick mit eurer Gruppe verbunden war ... Weißt du, wann das gewesen sein könnte?"

„Oh je, warte mal, das ist nicht leicht ... Damals hat es mit Philippe und mir angefangen, äh, nein, stimmt nicht, am Anfang ging ich mit Marc ... Sie überlegt einen Augenblick schweigend, dann fährt sie etwas beschämt fort: Äh, um ehrlich zu sein, am Anfang ging ich ja mit Jérôme ..."

Laure lacht laut auf, dann meint sie: „Mach dir nichts draus, wir haben das ja alle so gemacht. Man muss die Kerle doch vorher ausprobieren, oder?"

„Jérôme war ein hübscher Junge, gerade mal 17 Jahre alt ..."

In ihre Augen tritt plötzlich ein besonderer Glanz. Dann aber verhärten sich ihre Gesichtszüge und sie fährt fort: „Aber wir beiden waren nicht besonders lang zusammen."

„Warum nicht?"

„Der hatte nur zwei Sachen im Kopf: Vögeln und Volleyball spielen!"

„Ziemlich überschaubares Programm ..."

„Besonders, weil ich überhaupt nicht gern Volleyball gespielt habe!"

Die beiden Frauen brechen in prustendes Gelächter aus, bis Laure sich fasst und sagt: „Ach, Lachen tut ja so gut. Aber leider bringt uns das nicht weiter. Was war denn mit Marie-Annick?"

„Dazu komme ich jetzt ... Die ‚Bande' hat sich im Sommer 1971 gegründet. Ich habe mich ihnen im Juli 1973 angeschlossen. Sie haben viel Volleyball gespielt und Marie-Annick war eine gute Spielerin. Auf diese Weise hat sie Kontakt zu der ‚Bande' bekommen."

Der Bleistift fliegt förmlich über das kleine schwarze Notizbuch.

„Wann hat sie denn die ‚Bande‘ wieder verlassen?“

„Im folgenden Sommer war sie noch ein bisschen bei uns. Und danach ... ach ja, ich erinnere mich! Der Bruder eines Freundes hat sie massiv angegraben, so ein alter Typ von 20 oder 22 Jahren mit einem kirschroten Jaguar E. Er hat ganz schön rumgeprotzt, würde man wohl heute sagen.“

„Der hatte wohl Geld?“

„Und ob ... Das war der Sohn von der Laborfirma Foursel. Patrick Foursel. Ein reines Papasöhnchen, aber der Vater hat den Geldhahn nur tröpfchenweise für ihn geöffnet. Er hat ihm Geld für das Auto gegeben, aber da Patrick all sein Taschengeld in den Bars oder Nachtclubs ließ, hatte er niemals das nötige Benzingeld für seinen Wagen ... Ich schätze mal, die längste Strecke, die sein roter Flitzer je zurückgelegt hat, war Locquirec – Plestin und zurück ...“

„Kolossal! Und du bist sicher, was deine Daten anbelangt?“

„Hundert Prozent!“

„Also: Marie-Annick ist mit euch zusammen gewesen, sagen wir mal von Mitte Juli 73 bis Mitte Juli 1974 ... ein Jahr! In einem Jahr kann man unendlich viel Mist bauen!“

„Ja! Allerdings war das kein ganzes Jahr ... Damals gab es die ‚Bande‘ lediglich im Juli, August und an einigen Tagen im September. Den Rest des Jahres waren wir über ganz Frankreich verstreut. Außer den Leuten aus Paris, die sich dort von Zeit zu Zeit trafen, pflegten wir für den Rest des Jahres keinen persönlichen Kontakt untereinander ...“

„Interessant, sogar sehr interessant! Dann fasse ich einmal zusammen: Falls ‚etwas‘ passiert sein sollte mit Marie-Annick, Philippe und den anderen, dann muss das zwischen

Mitte Juli 1973 und Mitte Juli 1974 gewesen sein. Das begrenzt den Zeitrahmen meiner Untersuchungen ganz beträchtlich ..."

„Besonders, weil Anfang Juli kaum einer hier war, daran erinnere ich mich noch gut."

„Okay, dann sagen wir zwischen dem 15. Juli und dem 31. August 1973?"

„Das erscheint logisch."

„Und wer war denn damals in der ‚Bande', kannst du dich daran noch erinnern?"

„Wir waren zwischen 12 und 30 Personen, abhängig von den Tagen und den Unternehmungen ... Da kamen dann auch die Freunde von den Freunden. Manchmal waren wir ganz viele ..."

„Ich kann es mir vorstellen. Was habt ihr denn den ganzen Tag über so getrieben?"

„Ach herrje, damals war kein Tag wie der andere. Wir waren oft auf Booten unterwegs, haben Volleyball gespielt, waren am Strand. Wir sind mit unseren Mopeds herumgekurvt oder mit dem Solex-Mofa, oder sind mit den etwas Älteren im Auto mitgefahren ... Wenn das Wetter schlecht war, verbrachten wir unsere Zeit in den Bars oder in der Crêperie. Und am Abend, bevor wir in die Disco gingen, waren wir meist bei Jean-Pat'. Seine Eltern fuhren immer den ganzen Sommer über in den Urlaub. Wenn sie weg waren, hatten wir bei ihm sturmfreie Bude ... Nach zwei Tagen hatten wir aus der Wohnung ein Schlachtfeld gemacht ... Mein Gott, ich darf gar nicht daran zurückdenken!"

„Wo befand sich denn dieses Haus?"

„Direkt am Strand von Moulin de la Rive. Ein bisschen einsam ... Da hatten wir unsere Ruhe ..."

„Sind denn alle in das Haus gekommen?"

„Nein, äh ... nicht alle. Wir waren etwa 15 ‚ständige Gäste'. Die anderen kamen nur, wenn etwas Besonderes los war."

„Wer waren denn diese ständigen Gäste?"

„Jean-Pat' natürlich und Catherine, seine spätere Ehefrau, dann François Lebault mit Sylvaine Le Lay ... außerdem Daniel Guennec, der damals mit Françoise Chevret zusammen war. Jean-Pierre Jégaden, der damals schon mit Claude ging, aber die war abends selten dort, weil sie immer vor zehn Uhr zu Hause sein musste ... Wer noch? Thierry und Laurence, aber die waren zu der Zeit noch nicht zusammen. Isabelle war auch oft da. Und natürlich Marie-Annick, die jede Woche einen anderen Typen hatte. An deren Namen kann ich mich allerdings nicht mehr erinnern. Und dann war da natürlich noch Gérard. Mit wem war der noch gleich zusammen? Warte mal, gleich hab' ich es. Ja, stimmt! Er ging damals eine Zeitlang mit Marie-Annick. Philippe war auch ständig dort. Er war ‚Single', bevor ich mit ihm zusammen gekommen bin. Das war am 16. August."

„Das war aber präzise!"

Wieder glänzen Tränen in den Augen von Mariette, als sie erklärt: „Wenn du zum ersten Mal mit dem Mann deines Lebens zusammen bist, dann vergisst du das nie. Besonders bei der Musik von Cat Stevens ..."

Gedankenverloren antwortet Laure mit leiser Stimme: „Der Mann meines Lebens ... auf den warte ich heute noch! Also, wenn ich richtig gerechnet habe, dann wart ihr etwa ein Dutzend ‚ständige Gäste', zu denen man noch die gelegentlichen Freunde von Marie-Annick addieren müsste ... Und JC?"

„JC? Nein, der kam nur ganz selten. Der hat seine Rendezvous lieber auf dem Boot seines Vaters abgehalten!"

„Warum auch nicht! Also, Mariette, ich danke dir. Ich denke, wir sind heute ein ganzes Stück weiter gekommen. Nun kann ich auf einer viel genaueren Grundlage recherchieren. Nur noch eine klitzekleine Sache: Du weißt nicht zufällig, wo ich Sylvaine Le Lay und Françoise Chevret finden kann?“

Auch mit diesen Informationen wohl versorgt, erreicht Laure Saint-Donge den orangefarbenen Fox, den Thierry Laroche ihr, überwältigt durch einen freundschaftlichen Kuss und dem tiefen Blick in ihr atemberaubendes Dekolleté, gnädigerweise für ein paar weitere Tage überlassen hat.

X

Zur großen Erleichterung der verantwortlichen Stellen, verlaufen die Feiern des 13. Juli ohne größere Zwischenfälle. Nur die üblichen Streitereien, die schnell von der Polizei oder den anwesenden Ordnern mit ihren Möbelpacker-Muskeln bereinigt werden. Abgesehen davon, dass etliche Leute mit einem gehörigen Brummschädel kämpfen, wie das am Tage nach der Nationalfeier durchaus üblich ist, erwacht das kleine Trégorstädtchen genauso, wie an allen anderen Tagen der Sommersaison.

Auf der einen Seite sind da die Feriengäste, die alles langsam angehen lassen, auf der anderen diejenigen, die im Tourismusgewerbe tätig sind und die sich abschuften. Genau wie Laure Saint-Donge. Mit Hilfe der Informationen, die sie gestern Nachmittag von Mariette Bellec erhalten hatte, hat sie sich den Arbeitstag wohl gefüllt. Da mag Nationalfeiertag sein oder nicht. Ihr Ziel ist es, so viele Mitglieder DER „Bande" vom Sommer 1973 zu treffen, besonders diejenigen, die sie noch nicht kennt.

Wie es der Zufall will, verbringt Françoise Chevret derzeit einige Tage in Locquirec und hat einem Treffen zugestimmt. Die Welt ist klein in diesem Teil des Finistère. Glockenschlag 09 Uhr 30 steht Laure vor dem Hause der ehemaligen Freundin Daniel Guennecs. Es befindet sich am Anfang des Spazierweges Tour de Pointe, ganz in der Nähe des alten Rathauses. Empfangen wird sie von einer Frau mit kurzen, braunen und leicht gewellten Haaren. Einige Sommersprossen zieren ihr ovales Gesicht, leichte Stupsnase und braune Augen. Sie ist von relativ großer Statur, leicht mollig, wirkt aber dennoch sportlich und dynamisch.

Bald schon sitzen die beiden Frauen bei Crêpes und Café zusammen, der mit seinem aromatischen Duft die Atmosphäre entspannt und zu solch einem schönen Sommertag besser passt, als ein Toilettendeo Marke Meeresbrise. LSD erfährt, dass ihr Gegenüber am Vortage zusammen mit ihrer Tochter und dem Schwiegersohn in Locquirec angekommen ist, um hier eine Woche ihres Urlaubs zu verbringen. Sie haben sich alle drei etwas in die Hand versprochen: An der Überquerung der Bucht teilzunehmen, einem Schwimmwettbewerb, der jedes Jahr zwischen der Plage des Curés auf der Seite von Plestin-les-Grèves und dem Hafen von Locquirec durchgeführt wird. Sie wollen das in weniger als 45 Minuten schaffen. Für einen guten Kilometer ohne Flossen haben sie sich ein hohes Ziel gesteckt, stellt die Journalistin voller Bewunderung fest.

So offen sie über ihre nahe Zukunft berichten mag, so sehr scheint sich Françoise Chevret zurückzuhalten, wenn es um ihre Vergangenheit mit dem verstorbenen Vizebürgermeister geht. Laure muss ihr die Informationen buchstäblich aus der Nase ziehen und, durch die Aussagen von Mariette Bellec gestützt, hat sie fast den Eindruck, mehr über diesen Sommer zu wissen, als ihre Gastgeberin.

„Nun, können Sie sich denn an die Abende bei Jean-Pat' erinnern?“

„Da gibt es nichts Besonderes zu berichten. Feten von Jugendlichen halt, wie sie damals allgemein üblich waren ... Wir haben Musik gehört, ein bisschen getrunken und alberne Spiele gespielt.“

„Aha! Und wie muss man sich solche Spiele vorstellen?“

Laures Gesprächspartnerin zeigt unverhohlenen Unwillen, ehe sie schließlich antwortet: „Irgendwelche blöden Spiele eben ... weiß ich auch nicht! Ist schon so lange her!“

„Ich weiß, Françoise, aber ohne dramatisch klingen zu wollen, es geht hier um Leben und Tod mehrerer Menschen ... zu denen auch Sie selbst gehören könnten! Versuchen Sie, sich zu erinnern. Das ist sehr wichtig!“

„Wir haben Lügenpoker und ‚Korken‘ gespielt.“

„Okay, Lügenpoker kenne ich. Aber was ist ‚Korken‘?“

„Es handelt sich in erster Linie um ein Kartenspiel. Ich habe es seitdem nicht mehr gespielt und erinnere mich nicht mehr genau an die Regeln. Wir haben einander reihum Spielkarten zugeschoben und der Erste, der vier gleiche Karten hatte, warf sie auf den Tisch und rief ‚Korken‘. Dann musste jeder versuchen, einen der Korken zu schnappen, die vor uns auf dem Tisch lagen. Da auf dem Tisch immer ein Korken weniger lag als es Spieler gab, ging stets einer der Spieler leer aus. Der bekam dann einen Strich angeschrieben. Und ich glaube, wenn man fünf Striche gesammelt hatte, dann musste man etwas machen.“

„Und was musste man machen?“

„Ach, weiß ich nicht mehr genau. Nichts Schlimmes ... Im Haus aufräumen, den Abwasch machen, einkaufen gehen, etwas in dieser Art.“

„Nichts Härteres?“

„Was meinen Sie damit?“

„Nicht vielleicht etwas ... Gewagteres? Einen Striptease machen oder mit jemandem ins Bett gehen?“

„Auf keinen Fall!“

In Françoise Chevrets Augen meint Laure den Ausdruck von Unsicherheit, wenn nicht gar Panik, erkannt zu haben. Nur für einen kurzen Moment, aber dennoch lang genug, um sowohl ihre weibliche als auch ermittlerische Intuition zu bestätigen: Sie ist auf dem richtigen Wege.

„Auf gar keinen Fall! Wir stammten schließlich alle aus guter Familie und selbst wenn einige Flirts ein bisschen ... weit gingen, so haben wir unsere Zeit doch nicht damit verbracht, miteinander zu schlafen, verstehen Sie?"

„Ja, ich verstehe sehr gut, ich versuche lediglich zu ergründen, ob sich in jenem Sommer 1973 etwas ‚Besonderes' ereignet hat, das einen Rachefeldzug nach mehr als dreißig Jahren rechtfertigen könnte ... Sie können sich also nicht an einen wilderen Abend erinnern, an dem die Sache vielleicht aus dem Ruder gelaufen wäre?"

Erneut tritt flüchtige Panik in den Blick ihrer Gesprächspartnerin.

„Nein, nichts von Belang. Wir waren immer eine ganz harmlose Gruppe, wenn man uns mit den Jugendlichen von heute vergleicht."

„Ich möchte ihre Zeit nicht zu lange in Anspruch nehmen, aber, da Sie nun einmal mit Daniel Guennec gegangen sind, erinnern Sie sich an irgendeine Besonderheit in seinem Verhalten? Oder, was immer es sei, an eine Dummheit, die er begangen hat und von der er vielleicht erzählt hat?"

„Ach was, Daniel hatte nur sein Motorrad im Kopf. Ansonsten klampfte er auf seiner Gitarre herum, war auf dem Boot oder spielte Volleyball. Für ihn war selbst ich nur das fünfte Rad am Wagen, quasi sein Lückenfüller, wenn er sich mal ausruhen wollte. Eigentlich haben wir nicht viel geredet, auch wenn wir zusammen gingen. Es war nur eine unbedeutende Sommerliebe, sonst nichts."

„Ja, Françoise, ich geh' dann mal wieder. Und passen Sie gut auf sich auf ..."

„Was sollte mir denn schon passieren?“

„Man kann nie wissen, was im Kopf eines Serienmörders abläuft ...“

„Aber die Polizei sagt doch, das seien alles Unfälle gewesen ...“

„Das stimmt, wenn man sich, wie die Polizei, auf wissenschaftliche Untersuchungsergebnisse verlässt. Ich hingegen stütze mich auf meine persönliche Überzeugung ... und auf ein paar Indizien.“

„Na ja, wir werden’s ja sehen. Ich werde mich jetzt langsam auf den Schwimmwettbewerb vorbereiten und ansonsten ganz entspannt Urlaub machen!“

Beim Verlassen des Hauses beschleicht Laure ein seltsames Gefühl. Einerseits hat sie den Eindruck, ihre Zeit vergeudet zu haben angesichts der mangelnden Kooperationsbereitschaft der ehemaligen Freundin Daniel Guennecs. Doch gleichzeitig bestätigen ihr die beiden gequälten Blicke von Françoise Chevret, dass ihre Ermittlungen genau in die richtige Richtung zielen.

*

Und nun zu Sylvaine Le Lay. Sie wohnt nicht mehr in Locquirec, sondern im Hinterland von Plestin, in einem Weiler namens Saint-Sébastien. Dort hat sie sich ein kleines, renovierungsbedürftiges Bauernhaus gemietet, welches sie zusammen mit ihrem derzeitigen Lebensabschnittsgefährten, einem professionellen Sozialhilfeempfänger bewohnt. Dieser empfängt Laure in einem Muskelshirt, dessen Farbstellung darauf schließen lässt, dass ihm das Persil mit der neuen Fleckenformel total unbekannt sein muss. Und das mit der alten Formel erst recht!

Lautstark und mit einem „lustigen Spruch“ auf den Lippen wird Laure von ihm angekündigt: „Hey, mein Küken, deine Hercule Poirotte ist da!“

Das so bezeichnete Küken wäre der Stolz eines jeden Geflügelmästers: Hundertzehn Kilo Fett, dominiert von einem Busen Größe 130 F, das Ganze umhüllt von einem türkisfarbenen Kimono. Einer japanischen Kannibalin liefe glatt das Wasser im Munde zusammen angesichts dieses erhabenen Anblicks.

Die beiden Personen im Stil der Familie Flodder fügen sich perfekt in das Bild ein, das sich dem Betrachter im Inneren ihrer Behausung offenbart: Das Wohnzimmer ist ein einziger Saustall.

„Sie mögen entschuldigen, aber ich hatte heute Morgen noch keine Zeit, hier sauber zu machen!“

Du willst mich wohl veräppeln, denkt LSD, *dieser Raum hat mindestens seit einem Monat keinen Besen mehr gesehen!*

„Wir können uns nach draußen setzen, wenn Sie nichts dagegen haben. Bei diesem herrlichen Wetter ist das ebenso gut.“

Und Laure fügt für sich selbst hinzu: „Angesichts des Geruches hier drinnen wäre das sogar besser.“

„Schön kuschelig haben Sie es hier!“, leitet LSD die Unterhaltung ein ...

„Ja, ganz gut, aber noch nicht so, wie es sein soll, weil wir finanziell gerade etwas klamm sind. Jean-Marc bekommt nur Sozialhilfe, damit macht man keine großen Sprünge.“

„Und Arbeit findet er keine?“

„Hier gibt’s doch nichts! Na ja, ehrlich gesagt, die haben ihm einen Job für den Sommer angeboten: Sie nennen es ‚Duale Ausbildung zum Facharbeiter‘ im landwirtschaftlichen Zuchtzentrum von Guingamp.“

„Das hört sich doch aber recht vielversprechend an.“

„Von wegen! In der Besamungsanstalt sollte er den Ebern ihr Ejakulat abmelken. Wie macht sich das denn später mal in seinem Lebenslauf? Schweinewichser!“

Schweinewichser! Die arme LSD fühlt, wie ihr beim Gespräch über die mögliche Beschäftigung des Lebensgefährten Sylvaines die Röte ins Gesicht steigt. Der Betroffene allerdings reagiert gar nicht, so sehr ist er von seinem Spiel mit der Playstation in Anspruch genommen.

Nach Ansprechen einiger Allgemeinplätze über das Leben in der heutigen Zeit „Ach, Sie arme Frau“, kann die Journalistin endlich zum Kern ihres Interesses vordringen: „Können Sie sich an die langen Abende 1973 bei Jean-Pat’ erinnern?“

„1973? Das ist aber ein enger Zeitrahmen.“

„Genau genommen, zwischen dem 15. Juli und dem 31. August.“

„73, 73 ... versucht sie, ihre Gedanken zu ordnen ... Warten Sie mal, seit Sommer 72 war ich mit François zusammen. Im Juli und August 1973 habe ich meiner Tante auf ihrem Minigolfplatz ausgeholfen. Ja! 73, das ist es!“

„Und Sie verbrachten Ihre Abende in dem Haus an der Moulin de la Rive, bei Jean-Pat’?

„Na klar! Sobald sich seine Eltern nach Südfrankreich verdünnisiert hatten, haben wir die Bude in Beschlag genommen. Ha, in dem Sommer haben wir vielleicht die Sau ’rausgelassen.“

„Was bedeutet das?“

„Na, da war das mit ... François noch ganz frisch ... Wir haben uns ein Schlafzimmer geschnappt und am Abend ... da haben wir die ganze Zeit im Bett verbracht. Wie die Karnickel! François stand voll auf meinen Hintern und damals missfiel mir das ganz und gar nicht ... Damals wog ich nur 45 Kilogramm ..."

„Sie haben die Nächte niemals mit den anderen zusammen verbracht?"

„Na ja, doch, schon! Auch Kaninchen müssen schließlich mal was essen!"

Und während Fatwoman in ein dröhnend-dreckiges Lachen ausbricht, begnügt sich Laure damit, verschämt zu lächeln.

„Können Sie sich an Feten erinnern, die irgendwie anders waren?"

„Anders? Meinen Sie Gruppensex?"

„Nicht unbedingt! Nein ... Feten, die irgendwie ausgeufert sind, bei Jean-Pat' oder in der Disko."

Mit enttäuschtem Blick scheint Sylvaine ihre Erinnerung zu scannen.

„Nein, nicht dass ich wüsste. Es gab wohl Feten, auf denen mächtig getrunken wurde, wo dann Spiele gespielt wurden, bei denen man lustige Sachen machen musste."

„Welcher Art?"

„Weiß ich nicht mehr genau, zum Beispiel um drei Uhr morgens nackig bis ans Ende der Mole gehen, mitten in der Nacht die Alarmglocke läuten oder die Fahnen vom Ehrenmal der toten Soldaten abmachen ... so was eben ... Schülerstreiche, nichts wirklich Bösartiges."

„Und was ist mit ... Gruppensex?"

Erneut tritt ein Strahlen auf das Gesicht der Befragten.

„Tja, echter Gruppensex war das eigentlich nicht. Manchmal waren wir halt zu dritt oder zu viert im Bett ... Aber niemals mehr!"

Laure muss schon sehr an sich halten, bei dem Gedanken an diese kollektiven Schäferstündchen ernst zu bleiben. Sie gibt sich einen Ruck und setzt dann unerschütterlich ihre Befragung fort: „Ihnen fällt sonst nichts Besonderes ein bezüglich dieses betreffenden Sommers? Ein bestimmtes Ereignis oder ein spezieller Abend?“

„In jenem Sommer wurde einer von unseren Freunden von einem Pitbull angefallen und getötet. Das war Anfang Juli und hat uns alle sehr mitgenommen. Aber es war ein Unfall. Ach ja, da war etwas anderes, aber nicht so schlimm. Ich wurde am Blinddarm operiert, und das war höchste Eisenbahn.“

Obwohl die Detektivin nicht glaubt, dass diese Information ihr weiterhelfen könne, stellt sie eine Anschlussfrage: „So so, und wann war das?“

„Oh, daran kann ich mich noch gut erinnern. Am 10. August wurde ich nämlich operiert. Der Blinddarm pfiff schon auf dem letzten Loch. Die Krankenschwester hat mir gesagt: Heute ist der zehnte August. Das passt doch: Dein Blinddarm, der dumme August, ist bereits ein wenig durchgezähnt, also perforiert wie eine Briefmarke! Das sollte wohl lustig sein, war aber derartig flach, dass ich mich heute noch daran erinnere. Komisch, nicht?“

„Der zehnte August! Und waren Sie lange im Krankenhaus?“

„Am Zehnten wurde ich in Lannion ins Krankenhaus eingeliefert und sofort operiert. Ich blieb dort bis zum 15. August, Maria Himmelfahrt. Dieselbe Schwester hat zu mir gesagt: ‚Hättest du noch länger mit dem Blinddarm gewartet, dann wäre das deine eigene Himmelfahrt gewesen.‘ Ja, und tags darauf wurde ich entlassen, also am 16. August.“

„Hat François Sie besucht?“

„Nicht jeden Tag. Er besaß nur ein kleines Moped. Und Locquirec-Lannion und zurück, das ist ein langer

Ritt. Außerdem hatte er ja seinen Job als Hilfslehrer in der Segelschule."

„Als Sie nach Ihrer Operation wieder zu Jean-Pat' gingen, ist Ihnen da etwas aufgefallen?"

„Wegen meiner frischen Narbe habe ich mich schonen müssen, und das hat François ganz schön genervt."

„Wissen Sie denn, ob Ihre Freunde in Ihrer Abwesenheit etwas Besonderes unternommen haben?"

„Um den Zehnten herum ist Hochsaison. Da ging es alle Tage hoch her, wo immer sie auch waren. Sie haben mir aber nichts Nennenswertes berichtet."

*

Als Laure Saint-Donge wieder in ihren Fox einsteigt, ist sie verunsichert. Ihr Unterbewusstsein signalisiert, ihr sei soeben etwas Wesentliches zugetragen worden, sie vermag es allerdings nicht zu fassen. Da kann sie noch so sehr ihre ach so wertvollen Notizen in dem nicht minder wertvollen Notizbuch konsultieren, das, was ihr doch eigentlich ins Auge springen sollte, lässt sich einfach nicht ergründen.

Während sie zu ihrer folgenden Verabredung fährt, geht sie in Gedanken immer wieder durch, was ihr Françoise Chevret zurückhaltend und Sylvaine Le Lay in betonter Redseligkeit mitgeteilt haben. Natürlich gibt es Divergenzen innerhalb der Aussagen dieser beiden Zeuginnen, oder der drei, wenn man hinzuzieht, was Mariette ihr am Vortage anvertraut hatte, aber das ist nach so langen Jahren wohl zu erklären.

Das nächste Treffen wird zwischen ihr und Gérard Dorchel stattfinden und sie freut sich schon heimlich darauf. Zusammen mit Mariette ist er das Mitglied der „Bande", mit der sie den nettesten Umgang hatte. Und außerdem scheint sie ihn nicht ganz kalt zu lassen ...

Sie legt einen Zwischenstopp in ihrem Hotel ein, springt schnell unter die Dusche, dann ein Wölkchen Parfüm und ein anderes Kleid. Als sie wieder aus ihrem Zimmer tritt, trägt sie ein kurzes Trägerkleid aus naturfarbenem Leinen. Der Stoff ist sehr leicht, fast transparent und lässt ihren roten String-Tanga und den exklusiven Büstenhalter durchschimmern. Und hinsichtlich ihres atemberaubenden Dekolletés würde Thierry Laroche ihr statt eines VW Fox nun wohl eher einen Golf GTI Cabrio angeboten haben. „Ach, wenn doch bloß diese verdammte Narbe ...“, seufzt sie zum x-ten Mal ...

Um ihre Kenntnisse der Kneipen von Locquirec zu vervollständigen, hat Gérard Dorchel sie für 11 Uhr 30 in den Garten von Chez P‘ti Anne bestellt, eine Bar, die früher von der berühmtesten Fischerin der grauen Garnelen in dieser Gegend geführt wurde. Eigentlich sagt man nur „Garten“. Tatsächlich handelt es sich um eine überdachte Terrasse, auf der man vor dem Straßenlärm Schutz findet und die, neben ihrer Ruhe, den großen Vorteil besitzt, selbst um diese Tageszeit noch im Schatten zu liegen. Und das ist bei den Hundstagen, die mit ihrer brütenden Hitze auch die Bretagne nicht verschonen, ein nicht zu vernachlässigender Vorteil.

Von ihrer Ankunft am Hafen in der rollenden Reklamedose bis zum Betreten der Bar drehen sich die Passanten nach ihr um ... und nicht allein die Männer. Als ihre hohe weiße Silhouette wie ein unerwarteter Lichtschein in den Halbschatten des Hinterhofes von Chez P’ti Anne eintaucht, wird alles ganz still. Der arme Leiter der Straßenmeisterei des Départements verliert fast den Verstand und muss, er liebt ja seine verstorbene Frau immer noch, seine ganze Kraft als Mann von Welt darein setzen, dass ihm bei dem unerwarteten Anblick nicht die Augen aus dem Kopf fallen. Das Lächeln fällt ihm leicht, als sie sich ihm nähert, während sein Blick ruhelos von den gebräunten Beinen zu den ebenfalls sonnenverwöhnten Brüsten wandert, ohne dabei ihre Traumfigur und ihre aufreizenden Dessous auszulassen ... Er erhebt sich und geht ihr entgegen, den Blick nun fest auf ihr Gesicht geheftet. Von ihrem Anblick ist er derart fasziniert, dass er die schreckliche Narbe gar nicht mehr wahrnimmt. Kaum aber hat er ihr den Stuhl zurechtgerückt, da meldet sich seine innere Stimme: *Du Saukerl, was soll das? Nach all den Versprechen, die du deiner Frau Rosine gabst, fällst du auf die erstbeste ‚Schnitte' herein, die dir über den Weg läuft ... Du enttäuschst mich, Gérard, wirklich, du enttäuschst mich sehr!*

Es ist nicht leicht, mit einer inneren Stimme Zwiesprache zu halten und gleichzeitig jemandem einen angemessenen Empfang zu bereiten. Die einzige Lösung scheint ihm: Die Ankommende schweigend anzuschauen und dabei seine Hände artig an den Rand des Tisches zu klammern. *Hör zu,* antwortet er, *„ich habe dir etwas versprochen und ich werde dieses Versprechen halten. Aber das ewige Keuschheitsgelübde habe ich damals nicht abgelegt, stimmt's?* Weil die innere Stimme sich damit aber nicht zufrieden gibt und sich wieder bei ihm meldet, beschließt er, sie so lange zu ignorieren, wie er mit einer derartig verführerischen Ermittlerin zusammen sein darf.

Laure Saint-Donge ist sich sehr wohl ihrer umwerfenden Wirkung auf den jungen Witwer bewusst und durchbricht als Erste das Schweigen:

„Hey, du bist ja tatsächlich anwesend, sagt sie."

„Ja, selbstverständlich", antwortet er mit einem offensichtlichen Kloß im Hals, „natürlich bin ich anwesend."

„Na, dann ist es ja gut! Ich hatte schon den Eindruck, du wärest irgendwie ... abwesend", entgegnet sie, und sieht ihn dabei mit lachenden Augen an.

„Ach, entschuldige bitte, aber als du plötzlich hier hereinkamst, so ... strahlend schön, das hat in mir Erinnerungen hervorgerufen und das hat mich ... stark berührt, kannst du das verstehen?"

„Sehr gut sogar, da kannst du Gift drauf nehmen! Aber dein Gesichtsausdruck eben war so rührend. Du hast geguckt wie ein Schüler, dem seine Mutter verboten hat, den Nachtisch zu essen und dem nun angesichts des vor ihm stehenden Schokoladenkuchens das Wasser im Munde zusammenläuft ..."

„Da ist was Wahres dran", antwortet er lächelnd, „da gibt es nichts zu leugnen ..."

„Auf jeden Fall, danke für das Kompliment!"

„Welches Kompliment?"

„Weißt du, für eine Frau ist dein Blick allein mehr wert als tausend Worte!"

Zur großen Erleichterung Gérard Dorchels wird in diesem Augenblick ihr Gespräch vom Erscheinen der Bedienung unterbrochen. Er würde sich wohler in seiner Haut fühlen, wenn das Gespräch eine weniger persönliche Wendung nähme.

Als die Getränke serviert sind, Martini Gin für sie und Glenfiddich für ihn, gehen ihre Gespräche dann doch in eine Richtung, die mehr mit dem zu lösenden Fall korrespondiert.

„Ich hatte ein langes Gespräch mit Mariette und bin mir so gut wie sicher, dass, falls etwas geschehen sein sollte, dies innerhalb des Zeitrahmens zwischen dem 15. Juli und dem 31. August 1973 stattgefunden haben muss."

„Donnerwetter, das ist ja unglaublich eng umrissen! Und wie hast du es fertigbekommen, diese Daten herauszufiltern?"

Sie erklärt es ihm in aller Kürze und fasst ebenfalls die Ergebnisse ihrer Treffen mit Françoise und Sylvaine zusammen.

„Und was ist mit dir? Kannst du dich noch an jenen Sommer erinnern?"

„Der Sommer 73, Cat Stevens, Boney M., Nino Ferrer, Maxime ... Mit Marc, einem guten Kumpel, sind wir fast jeden Tag im Rahmen des Wassersportclubs Regatten gefahren. Das war vielleicht ein heißer Sommer, ich hatte ein total irres Programm. Segeln oder Volleyball am Morgen, dann Aperitif, Mittagessen, Volleyball oder Segeln direkt danach, Tennis oder Reiten am späten Nachmittag, Aperitif, Abendessen, der Abend mit den Freunden und dann ... Nachtbar bis ein oder zwei Uhr morgens. Mindestens."

„Das ist ja mörderisch! Und das hast du ausgehalten?"

„Habe mich noch nie in meinem Leben besser gefühlt!"

„Und die Mädchen?"

„Dafür blieb mir kaum noch Zeit. Ungefähr zehn Tage lang war ich mit Dominique zusammen, die kam aus einem Pariser Vorort und war nur im Juli da. Die ist in den folgenden Jahren hier nie wieder aufgetaucht. Und als sie weg war, ging ich mit Laurence Petibon, die dann später Thierry geheiratet hat."

„Und wie waren die Abende bei Jean-Pat'?"

„*Oh là là*! Davon erzähl' ich dir besser nichts!"

Da ihr offensichtlich der Sketch aus der Fernsehserie „Les

Inconnus“ nicht unbekannt ist, imitiert sie ein Stück daraus mit dem passenden Akzent der Pariser Vorstadtgöre: „Jaaha, abba ich hätte gern, dass du mir geee-nau das erzählst!“

Mit einem breiten Lächeln auf den Lippen hebt er an: „Also, weil ich manchmal noch bis spät am Abend Tennis gespielt habe, oder aber sehr früh morgens Regatten gefahren bin, bin ich nicht an jedem Abend dort gewesen. Ich war so etwa vier bis fünf Mal pro Woche bei Jean-Pat'. Und jedes Mal haben wir uns, wie man heute wohl sagt, ganz schön die Kante gegeben. Da gab es verschiedene Gruppen: Einerseits die festen Pärchen, Jean-Pat' und Catherine, François und Sylvaine, Daniel und ... ja, richtig, er war damals mit Françoise zusammen, Jean-Pierre Jégaden und Claude nur ab und zu ... die sind zuerst einmal in den Schlafzimmern verschwunden. Derweil spielten die anderen Karten oder irgendwelche kleingeistigen Spiele.“

„Welcher Art?“

„Sieben und ein halb, Strip Poker, Lügenpoker, Korken, *Napécoton*, verrückte Wette ...“

„Was ist ‚verrückte Wette‘?“

„Das ist ein ziemlich hirnverbranntes Spiel, das uns während eines Trinkgelages eingefallen ist. Übrigens ist das nur lustig, wenn alle betrunken sind.“

„Und wie lauten die Spielregeln?“

„Du nimmst ein oder zwei Kartenspiele zu je 52 Karten, die du nicht anschauen darfst. Und einer hebt ab. Jeder muss nun sagen, was er tun wird, wenn das Los auf ihn fällt. Aber es muss etwas außerhalb des Normalen liegen: Mitten in der Nacht nackig auf die Mole gehen, um zwei Uhr morgens die Alarmglocke läuten, am Markttag den Markt mit Taucherbrille, Schnorchel und Schwimmflossen überqueren ... Und man verspricht, diese Aufgabe auszuführen, sollte das Los auf einen fallen. Man sagt zum Beispiel: ‚Wenn es die Herz Sieben ist, dann wasche ich eine Woche lang ab.' Wenn dann die abgehobene Karte Herz Sieben ist, dann musst du dein Versprechen einlösen ..."

Der befremdete Ausdruck auf Laure Saint-Donges Gesicht lässt keinen Zweifel darüber aufkommen, was sie selbst von diesem Spiel hält.

„Wirklich hirnrissig ..."

„Ja, und dazu kommt, dass, wenn wir Neulinge dabei hatten, die dieses Spiel noch nicht kannten, der Kartenaufdecker meistens geschummelt hat. Er hat heimlich die Karten angeguckt und dann die betreffende Spielkarte hervorgezaubert, damit der Neuling verliert. Nein, was haben wir damals für einen Spaß gehabt!"

„Und das ist niemals aus dem Ruder gelaufen?"

„Sagen wir mal so, das eine oder andere Mal war es hart an der Grenze. Aber wir haben das immer wieder in den Griff bekommen, jedenfalls an den Abenden, an denen ich dort war."

„Und du erinnerst dich nicht an, nennen wir es ‚besondere Abende', an denen etwas richtig schief gelaufen ist?"

„Im August waren wir für gewöhnlich auf lokalen Festen und sind von dort aus zur Mühle gefahren, und an manchen Abenden waren wir ... na ja, ziemlich knülle ... aber da waren immer welche, die den Überblick behielten und aufgepasst haben. Nein, wir haben uns immer im Griff gehabt!"

„Donnerwetter, hast du gesehen, wie spät es ist? Ich habe gar nicht darauf geachtet, wie schnell die Zeit vergangen ist ... Die Chefin meines Hotels hat mich gebeten, vor ein Uhr dort zu sein. Ihr Ober hat heute seinen freien Nachmittag und da möchte sie ihm ermöglichen, pünktlich Schluss zu machen. Ich sollte mich beeilen ...“

Ein kurzer Abschied, mit dem Versprechen, sich bald wieder zu sehen, und schon sitzt Laure Saint-Donge im Hôtel du Bel Air, mit Blick auf das Meer, verwöhnt von einem wunderbaren Salat mit Entenbruststücken. Bretonisch, natürlich. In ihrem Kopf überschlagen sich die Zeugenaussagen, überlagern sich und vermitteln ihr den Eindruck, dass darin ein Schatz verborgen liegt, den ihr Geist einfach nicht zu entdecken vermag. Unzufriedenheit breitet sich in ihr aus.

*

Das Treffen mit Thierry und Laurence Laroche findet in einem diskreteren Rahmen statt. In ihrem großen weißen Haus mit den granitenen Tür- und Fensterstürzen, das hoch über dem Sandstrand Fond de la Baie thront, im südlichen Teil der Halbinsel. Die Journalistin, die immer noch ihr aufreizendes weißes Kleid trägt, ist belustigt über die unterschiedliche Reaktion der beiden Ehepartner. Während Thierry auf ihren einladenden Ausschnitt starrt und Mühe hat, seinen Blick von ihren beiden gebräunten Kugeln zu lösen, zeigt Laurence, ohne sich die geringste Mühe zu geben, es zu verbergen, einen misstrauischen Gesichtsausdruck. Dass LSD hier herkommt, in ihr eigenes Heim, um ihren Ehemann scharf zu machen, empfindet sie als reine Provokation. Der deutsche Schäferhund des Hauses hat allerdings nichts dagegen und begnügt sich damit, an den Füßen der fremden Frau zu schnuppern. Der Geruch gefällt ihm und so beginnt er, sie mit unverhohlener Freude zu lecken. Laure Saint-Donge lässt das lächelnd über sich ergehen. Während Thierry seinen Hund beneidet ...

Die Unterhaltung zielt dann aber auf die Erinnerung an den Sommer 1973.

„1973, da sind wir noch nicht miteinander gegangen", erinnert sich die Ehefrau des VW-Händlers und Werkstattbetreibers.

„Nein, wenn ich mich recht entsinne, dann war ich damals eine ganze Zeit mit Rosine zusammen."

„Rosine? Den Namen höre ich ja jetzt zum ersten Mal! Wer ist das?"

„Das ist, oder sagen wir lieber, das war die Frau von Gérard. Sie ist vor einem Jahr an einem Krebsleiden verstorben. Damals war das eine kleine Blondine mit Locken und das Gesicht voller Sommersprossen. Sie war zärtlich, nett, hat immer geholfen, wenn wir etwas vorbereiten wollten ..."

„Ist sie denn oft bei Jean Pat' gewesen?"

„In der Mühle? Nein, nicht oft. Sie stand nicht besonders auf Sex und ist am Abend lieber spazieren gegangen oder hat sich in den Sand gelegt und die Sterne gezählt. Sie ist nur gekommen, wenn unsere Feten richtig geplant waren."

„Warst du denn längere Zeit mit ihr zusammen?", will LSD wissen.

„Ehrlich gesagt, wir haben uns wohl so gegen Ende Juli getrennt. Weißt du, ich und Sterne zählen ... Das ist mir bald auf den Geist gegangen."

Laurence Laroche fällt ein: „Das kann ich mir vorstellen. Was deine Vorstellung von Romantik anbelangt, da bist du immer schon unterbelichtet gewesen."

Dann wendet sie sich an die Journalistin und zischt ihr zu: „Das ist einer von der Sorte, die dir einen Blumenstrauß in die Hand drücken, und während du ihn noch in der Hand hältst, um ihn zu bewundern und daran zu riechen, fasst er mit seiner Hand an deinen Hintern und fragt: ‚So, können wir jetzt ficken gehen?‘“

„Jetzt übertreibst du aber! Was soll Laure denn von mir denken?“

„Mach’ dir nichts draus, Thierry, mich interessiert lediglich der Sommer 73 und sonst nichts.“

„Apropos, Laure, da verstehe ich etwas nicht. Warum stellst du uns all diese Fragen? Und weshalb bist du nicht abgereist, nachdem wir dich darum gebeten hatten?“, will die Frau des Autohändlers von Guimaëc wissen.

Laure Saint-Donge antwortet lächelnd: „Du hast recht, Laurence. Ich verstehe deine Vorbehalte, aber es ist alles ganz einfach. Wie ich es euch bereits gesagt habe, bin ich mir sicher, dass hinter all dem eine Erklärung steckt. Und selbst auf die Gefahr hin, dass ihr aus persönlichen Gründen kein Interesse daran habt, diese Erklärung aufzudecken, veranlassen mich meine journalistische Neugier und mein ermittlerischer Instinkt dazu weiter zu machen. Seitdem ich meine Recherchen begonnen habe, bin ich schon ein ganzes Stück vorangekommen, und wenn ihr mir helft und ein paar Fragen beantwortet, dann komme ich vermutlich noch ein Stück weiter. Ihr müsst das selbst entscheiden! Das sind hier keine polizeilichen Ermittlungen, und falls es euer Wunsch ist, mich loszuwerden, dann braucht ihr es nur zu sagen.“

Das ist so gar nicht im Sinne des Schäferhundes, der, nachdem er ausgiebig an den Füßen der jungen Frau geleckt hat, diese nun als Kopfkissen für sein Schlummerstündchen nutzt ... Es ist auch nicht im Sinne von Thierry Laroche, den es schmerzen würde, eine derart attraktive Frau so bald gehen zu lassen.

„Also mich stört es jedenfalls nicht, alles zu beantworten. Ich habe nichts zu verbergen.“

„Ich auch nicht. Ich will euch nur schon einmal mitteilen, dass ich in zehn Minuten an den Strand gehen werde.“

„Oh, wir sind hier bald fertig, Laurence. Noch zwei oder drei Fragen, und ihr seid mich los. Sprechen wir noch einmal über Rosine. Als ich die anderen befragt habe, Gérard eingeschlossen, hat niemand von ihr gesprochen. Gehörte sie eigentlich zu eurer ‚Bande‘ oder nicht?“

„Nein!“, antworten wie aus der Pistole geschossen die beiden Eheleute Laroche.

„Sie hat sich immer etwas abseits gehalten und im August, da haben wir sie praktisch überhaupt nicht mehr gesehen ...“, fügt Thierry hinzu.

„Na gut, noch eine letzte Frage! Man hat mir gesagt, dass ihr Spiele ... von besonderer Art gespielt habt, in der Mühle. Könnt ihr euch an einen Abend erinnern, an dem das Ganze außer Kontrolle geraten ist?“

Laurence antwortet mit harter Stimme: „Ihre bescheuerten Spiele, die habe ich niemals mitgespielt. Die waren viel zu schwachsinnig und außerdem wusste ich, dass sie gemogelt haben ...“

„Ich fand’ die lustig. Wir hatten großen Spaß dabei! Aber außer Kontrolle? Nicht dass ich wüsste ... jedenfalls nicht in der Mühle.“

„Was willst du damit sagen?“

„Ich erinnere mich an einen Abend, an dem wir sehr, sehr gut drauf waren. Alle, die dabei waren, hatten den Rausch des Jahrhunderts.“

„Und das war nicht in der Mühle?“

„Nein, das war in Guerlesquin, bei der Fête des

Moissonneurs, dem Kornschnitterfest oder *Ar oastell*, wie es auf bretonisch heißt."

„Und weshalb hattet ihr alle so viel getrunken?"

Sie werden von Laurence Laroche unterbrochen: „Tut mir leid, aber wenn ihr von den Saufereien in Guerlesquin anfangt, dann bitte ohne mich. Ich gehe jetzt mit den Kindern an den Strand! Tschüss ..."

Sie lässt die beiden einfach sitzen, ohne dass jemand noch etwas entgegnen könnte ...

Überrascht und dennoch irgendwie erleichtert sehen sie Frau Laroche verschwinden. Der Schäferhund stellt nur eben die Ohren auf und öffnet ein Auge, um kurz darauf wieder einzuschlummern. Laure sagt nichts zu dem abrupten Aufbruch von Laurence und fragt nur: „Was meint Laurence eigentlich?"

„Ah, Guerlesquin ... *Ar Oastell*! Das war eine geile Zeit, ohne *political correctness*, ohne polizeiliche Verkehrskontrollen, da waren wir frei ..."

„Und sonst?"

„Das war ein gigantisches keltisches Fest, aber vor allem, eine gigantische Orgie mit Essen und Getränken so viel man wollte. Du musstest einen bescheidenen Eintrittspreis bezahlen, dann haben sie dich in die Stadt gelassen, und danach hast du dir in den alten Markthallen einen auf die Lampe gegossen, dass es nur so krachte. Unvergesslich!"

„Wie soll ich mir das genau vorstellen?"

„Wie eine Art überdimensionales Oktoberfest, wo die hiesige Biermarke Coreff durch *Gwin ru*, *Lambig* oder *Chouchen* ersetzt wird."

„Kannst du mir das mal übersetzen?"

„Einfach gesagt: Rotwein, Apfelbrand und Honigmet. Und

von all dem so viel du wolltest. Da hat keiner danach gefragt, ob du noch fährst oder nicht, und ob du volljährig bist hat auch keinen interessiert ..."

„Das kann ich ja kaum glauben. War das denn erlaubt?"

„Das war nicht nur erlaubt, das war einfach das Highlight der Sommersaison in unserer Gegend. Unser persönlicher Karneval in Rio, unsere ‚Vieilles Charrues'! Mit ein wenig Musik und viel Alkohol ... DIE PARTY!"

„Und gibt's das noch?"

„Rate mal ... Von dort konnte man einfach nicht zurückkehren, ohne betrunken zu sein. Da hat sich jeder die Kante gegeben. Aber richtig! Und das hat keinen gekümmert!"

„Also ich bin jedenfalls schockiert. Da muss es doch jedes Jahr dutzende von Toten gegeben haben!"

„Ach was ... Es hat danach kaum Unfälle gegeben und das Fest würde es heute noch geben, hätten sich nicht die Polizei und ‚besorgte Bürger' eingemischt. Es gab dann regelmäßige Alkoholkontrollen und politische Konflikte, ja, und dann war es aus mit dem *Oastell.*"

„Warst du denn 73 dort?"

Ein Blick in das Dekolleté von LSD und er fährt fort: „Für nichts auf der Welt hätte man das verpasst. Wir haben uns irgendwie Autos besorgt, und wir sind fast alle hingefahren. Wie weit war das? Vielleicht eine halbe Stunde mit dem Auto, mehr nicht ... In der großen Markthalle tanzten wir auf den Tischen, tranken Apfelschnaps aus vollen Tassen und waren ganz außer uns!"

„Wer war denn da?"

„Fast alle. Ehrlich gesagt, wir hatten damals so viel getrunken, dass ich nicht einmal mehr weiß, wie ich nach Hause gekommen bin ... Ich bin am nächsten Morgen in der Mühle aufgewacht. Ganz nackt. Meine Kleidung habe ich nie mehr wiedergefunden ..."

„Kannst du dich denn an nichts anderes mehr erinnern?"

„Trink' mal einige Gläser Rotwein, drei Tassen Lambig auf ex und eine Flasche Honigmet hinterher, und du wirst sehen, dann ähnelt dein Gehirn dem eines BSE-Rindes, das zusätzlich an Alzheimer leidet ... Mein Kopf war im Arsch und zwar bis zu den Handgelenken!"

„Ja, versteh' ich ... Hör mal, ich bin dir unendlich dankbar für alles, was du mir anvertraut hast. Passt du gut auf dich auf?"

„Mach dir darüber mal keine Gedanken, mein Schutzengel wird schließlich von Europe Assistance bezahlt!"

„Oh, nur noch eine Kleinigkeit. Kannst du dich an das Datum erinnern?"

„Nicht wirklich, aber das findest du sicherlich heraus, wenn du das Touristenbüro in Guerlesquin anrufst."

Ein Lächeln zum Abschied, zwei Küsschen nach Franzosenart auf die Wangen, ein letztes Eintauchen in das Land der weichen Brüste, und Laure Saint-Donge nimmt in ihrem Wagen Platz. Sie stößt einen Freudenschrei aus: „JAAAAA! Ich hab' es! Ich hab' es!"

*

Und schon ist sie unterwegs zu ihrem nächsten „Opfer", Jean-Patrick Gosset. Sie hat allerhand mit ihm zu klären. Nicht nur, was er im Sommer 1973 getan hat, sondern vor allem möchte sie wissen, wie sich die berühmten Abende bei ihm zu Hause aus seiner Sicht abgespielt hatten, in denen, nach Ansicht der Detektivin, noch manch ein dunkler Punkt verborgen sein könnte, den es zu erhellen gilt. Und das möglichst mit seiner Hilfe.

Sein Haus ist etwas schwierig zu finden, oben an der Vieille Côte gelegen, in einer Sackgasse. Alte Steine, Veranden, Türmchen, Swimmingpool, unverbaubare Sicht auf den Hafen von Locquirec und die Bucht ... das Domizil des BMW-Händlers ähnelt eher dem Anwesen eines Stars an der Côte d'Azur als dem eines Autohändlers an der bretonischen Küste, auch wenn er Luxusautos verkauft. Das verunsichert Laure Saint-Donge, die, ohne genau zu wissen warum, von einem ängstlichen Gefühl beschlichen wird, als sie an die Tür klopft. Ist es wegen seiner ewigen Arroganz, dieses Angeben-Müssens um jeden Preis? Als wolle er sie Lügen strafen, öffnet ihr ein lächelnder Jean-Pat' die Tür. Er trägt kurze Hosen und ein schwarzes Polohemd, begrüßt sie und bietet ihr einen Sitzplatz auf einem seiner Teakholzmöbel an, von wo aus der Blick zunächst nach unten über den Pool schweift, um danach in der Ferne das lautlose Ballett der Surfer wahrzunehmen, deren Segel über das glitzernde Wasser der steigenden Flut gleiten.

„Was kann ich dir anbieten? Ein Glas Champagner? Ich beziehe ihn von einem Freund, einem kleinen Winzer ..."

„Um diese Uhrzeit und in solch einer Umgebung passt mir das sehr gut. Du trinkst doch einen mit?"

„Wenn es dich nicht stört, nehme ich lieber einen Whisky. Ich hab' da einen ganz ausgezeichneten."

„Den du von einem Freund beziehst, einem kleinen Brenner?"

Die unverhohlene Ironie der Journalistin scheint ihren Gastgeber kalt zu lassen.

„Nein, es ist ein Glenfiddich, 25 Jahre alt, den ich in den Caves de Pont Menou gekauft habe, bei Marine, einer guten Bekannten. Für mich ist das der beste Whisky der Welt."

Nachdem die Gläser gefüllt sind, nimmt ihr Gespräch eine Wendung hin zum Sommer 1973.

„Ich habe gehört, dass ihr euch in jenem Sommer immer in eurem Haus am Moulin de la Rive getroffen habt. Könntest du mir mehr darüber berichten?"

Sein im bequemen Sessel wohlig entspannter Körper wird plötzlich steif, seine Augenbrauen ziehen sich voller Zorn zusammen und er zischt Laure Saint-Donge ungehalten entgegen: „Halt mal, Laure, ich glaube, wir müssen da etwas klarstellen! Es hat mich gefreut, mit dir etwas zu trinken. Unter Freunden. Aber wenn du gekommen bist, um mir auf den Sack zu gehen und die alte Scheiße wieder aufzuwühlen, also dann, dann tut es mir leid. Ich habe dir bereits gesagt, dass wir keine Dummheiten begangen haben, weder ich, noch die anderen, und dem ist nichts mehr hinzuzufügen."

Eine von der heftigen und unerwarteten Reaktion ihres Gegenübers überraschte Laure spürt auf einmal, wie sich ihre Wangen zu röten beginnen und ihr innerer Alarm meldet sich: Achtung, Gefahr! Der Adrenalinspiegel deines Gesprächspartners ist dramatisch gestiegen ... Sei auf der Hut! Sie sammelt sich und versucht unbeirrt auf ihr Thema zurückzukommen.

„Keine Dummheiten, das ist schnell gesagt! Und was ist mit euren schwachsinnigen Spielen? Euren blöden ‚Aufgaben'? Und mit diesem Abend in Guerlesquin?"

„Welcher Abend in Guerlesquin?"

„Der ...", sie schaut in ihrem schwarzen Heft nach, „der *Oastell ...*"

Mit einem drohenden Unterton in der Stimme stößt er hervor: „Nichts ist passiert, nicht mehr an jenem Abend als an jedem anderen Abend, ist das klar?"

LSD lässt ihr kaum angerührtes Glas auf dem Tisch stehen, erhebt sich mit einem Ruck, setzt ihr schönstes Lächeln auf und sagt: „Ich bin dir unendlich dankbar, Jean-Pat', was du mir nicht gesagt hast, ist mir sehr von Nutzen!"

Dann fügt sie ohne sich umzuwenden hinzu: „Den Weg finde ich schon alleine ..."

Der BMW-Händler stürzt in einem Zuge seinen 25jährigen Glenfiddich hinunter.

XI

Samstag, der 15. Juli 2006

Bei dem beruhigenden Geräusch der Brandung hat Laure Saint-Donge geschlafen wie ein Baby in Abrahams Schoß. Und wieder einmal wird sie von strahlendem Sonnenschein geweckt. Was wünscht man sich mehr, wenn man Zeit hat, den Tag langsam und gemütlich angehen zu lassen?

Etwas weniger Einsamkeit vielleicht und ein Gesicht ohne diese blöde Narbe, die ihr, wie an jedem Morgen, spottend aus dem Spiegel entgegen schaut. Davon wird sie sich den schönen Tag nicht vermiesen lassen, hat sie beschlossen.

Noch bevor sie unter die Dusche geht, führt sie ein erstes Telefongespräch. Viel Blabla, aber schließlich ist sie doch sehr erleichtert, als sie auflegt. Ihr zweiter Anruf gilt Gérard Dorchel. Ihr mittägliches Treffen vom Vortage beflügelt sie, ihn wiederzusehen, und sie wünscht sich nichts sehnlicher, als dass der Fünfzigjährige mit dem besonderen Charme ihre Gefühle teilt ...

Sie haben sich für den Nachmittag verabredet, offiziell, um die Abende in der Mühle noch einmal durchzusprechen.

Mit strahlenden Augen genießt sie ihr Frühstück und beißt voller Freude in die knusprigen Croissants, denen ein paar Schlucke schwarzen Cafés folgen. Heute trinkt sie mal keinen Cappuccino ...

Was LSD so freudig stimmt, das ist unter anderem der Verlauf des vorangegangenen Tages, der ihr so viele unterschiedliche Informationen geliefert hat und sie in ihrer Arbeit weit voran brachte. Der Zoff mit Jean-Pat' war dabei wie das Sahnehäubchen auf der Ermittlungstorte. Sie weiß nun, dass sie auf der richtigen Spur ist, und genau deshalb könnte sie an diesem Morgen Bäume ausreißen.

Von den Besuchern der Mühle im Sommer 73 fehlen ihr jetzt nur noch Isabelle Lebech und Claude Jégaden. Offen gesagt, sie verspricht sich nicht viel von dem Treffen mit der Frau des auf dem Meer verschollenen Englischlehrers. Während der vorangegangenen Treffen mit dem Rest der „Bande" ist sie fast immer stumm geblieben oder gar gleichgültig dem gegenüber, was um sie herum geschah. Soweit sie weiß, hofft Claude Jégaden immer noch auf die Rückkehr ihres Mannes und deckt zu jeder Mahlzeit für ihn mit ... *Arme Frau*, denkt sie.

Sie hat noch eine weitere Verabredung mit dem Polizeichef von Plouégat. Anfangs hatte er sich gesträubt, sie zu treffen, aber dann hat sie ihn doch überzeugen können und schließlich seine Einwilligung erhalten: „Nur für fünf Minuten", gegen Ende des Nachmittags.

*

Etwas später am gleichen Vormittag findet ein ganz anderes Telefongespräch statt: „Hallo, mein Schatz?"

„Ja!"

„Hast du einen Augenblick Zeit?"

„Eigentlich nicht. Ich habe heute Morgen eine Menge Arbeit."

„Okay, ich mach's kurz. Programmänderung bezüglich Françoise, sie nimmt an der Überquerung der Bucht im Juli teil und nicht im August ..."

„Scheiße! Das wirft alles über den Haufen ..."

„Nicht unbedingt ... Unser Programm wird etwas gedrängter, mehr nicht.“

„Im Juli also. Und wann ist die Veranstaltung?“

„Am Freitag, den 21. um 14 Uhr 30. Kannst du dir für diesen Tag frei nehmen?“

„Warte, ich schau mal nach ...“

Eine kurze Pause, dann antwortet SIE voller Freude: „Mach dir keine Sorgen, das klappt. Das klappt!“

„Okay, klasse! Dann tschüss, ich halte dich auf dem Laufenden für ... alles Weitere ...“

„Und du, sei vorsichtig!“

„Keine Sorge, das wird schon gut gehen!“

*

Nahe der Slipanlage für Boote macht sich Thierry Laroche in der Kabine von Jean-Patrick Gossets Speedboot zu schaffen. Bei dem Boot handelt es sich um ein Gémini 26, einem Bolliden von mehr als sieben Metern Länge, angetrieben von zwei Yamaha Außenbordmotoren zu je 110 PS. Das reicht, um unter Volllast die Strecke Locquirec – Trébeurden in weniger als zehn Minuten zurückzulegen. Mit etwa 70 Stundenkilometer. Ein ausgesprochenes Luxusboot, das hervorsticht in dem friedlichen Hafen, der ansonsten von Hobbyfischern und Kleinseglern genutzt wird und dem Millionärsyachten fremd sind. Innen ist die Yacht mit dekorativem Tropenholz ausgestattet. Weiche nachtblaue Ledersofas und ein prall gefüllter Kühlschrank vermitteln Wohlfühlatmosphäre. Wie man auch immer über den angeberischen BMW-Vertragshändler denken mag, man muss sich doch eingestehen, dass der Gedanke, auf diesen schwimmenden Traum eingeladen zu werden und für die Dauer einer Ausfahrt auf dem Meer einmal Onassis oder Bill Gates zu spielen, manchen Zeitgenossen in Verzückung bringt. Und nicht nur junge aufstrebende Starletts, von denen es hier in Locquirec sowieso kaum welche gibt. Eigenartigerweise lässt Jean-Pat' aber kaum andere Leute auf sein Boot. Sein größtes Vergnügen ist es, bei Flut am Anlegesteg der Segler entlang zu schlendern, um deren bewundernden, oft überschwänglichen Kommentare über sein kleines Schmuckstück zu hören. Das geht ihm dann herunter wie Honigseim, und eine männliche Brise von Stolz umschmeichelt seine Hoden ...

„Also, wie sieht's aus?", fragt der glückliche Besitzer der Red Arrow, des „roten Pfeiles".

„Sieht gut aus. In zehn Minuten bin ich fertig."

„Bist du sicher, dass sich das Ding leicht bedienen lässt? Von Elektronik hab ich nämlich null Ahnung. Das muss alles ganz einfach sein!"

„Ich hab schon einen auf Simons Reusenleger eingebaut, und der kommt damit super zurecht. Wirst sehen, das ist nicht komplizierter als den Thermostat von einem Heizkörper zu bedienen."

„Und mit der Anlage nimmt mir das GPS die ganze Arbeit ab?"

„So ungefähr! Ich mach' hier eben fertig und dann erklär' ich's dir. Allerdings klebt mir da gerade was am Gaumen. Könnte die Zunge sein. Hast du nicht mal was Kaltes im Kühlschrank, irgendwas, das man gerne trinkt, Bier oder Muscadet?"

„Da hab ich sogar etwas Besseres ... Möchtest du einmal meinen Edelzwicker Spätlese probieren? Ein Freund von mir, ein kleiner Winzer, hat den speziell für mich abgefüllt!"

„Du weißt doch, dass ich für neue geschmackliche Erfahrungen stets aufgeschlossen bin ..."

Einige Gläser und Minuten später ist das neueste satellitengestützte Navigationssystem der Firma Seatronic, SRA 370 F, fest an Bord der Red Arrow verbaut.

„Große Klasse! Du bist ein Ass! Zeigst du mir jetzt, wie es funktioniert?"

„Guck her, es ist ganz einfach. Du markierst einen Zielpunkt auf dem Bildschirm neben dem Balken, der dein Boot darstellt."

„Muss ich da die genauen Koordinaten eingeben?"

„Wenn du weit auf See bist, ja. Das geht total einfach. Aber wenn du nahe der Küste bist, dann greift ein anderes, noch viel einfacheres System. Dann gehst du auf die entsprechende Seekarte. Wenn du die siehst, klickst du lediglich mit deinem Cursor den Punkt an, zu dem du fahren willst. Das System berechnet automatisch Längen- und Breitengrad und gibt dir den Kurs vor. Es führt dich automatisch an dein Ziel und korrigiert permanent irgendwelche Kursabweichungen durch Wind- oder Strömungseinfluss. Es bringt dich sicher genau an den vorgegebenen Punkt. Du kannst auch die gewünschte Geschwindigkeit, ähnlich einem Tempomaten, einstellen, und weiterhin gibt es einen Radaralarm, der dich vor einer möglichen Kollision schützt ... Du bist nun im Besitz des perfektesten Autopiloten, den es gibt. Du kannst dich in aller Seelenruhe in die Sonne legen, etwas trinken oder mit deinem Gewehr herumballern, dein SRA 370 F kümmert sich um alles. Außer natürlich darum, den Kühlschrank zu öffnen. A Propos Kühlschrank, du hättest nicht zufällig etwas zu Beißen? Deine Spätlese hat nämlich meine Geschmacksnerven aktiviert."

„Okay, etwas auf die Schnelle, ich möchte nämlich dein System noch vor der Ebbe ausprobieren!"

*

Die Gendarmen Le Gallou und Dorchel sowie die Anwärterin Galibert finden sich zur vereinbarten Zeit, nämlich am Samstag um 14 Uhr, zum Rapport im Büro des Capitaine Meunier ein.

„Nun, Le Gallou, haben Sie etwas herausgefunden?"

„Ich habe mich mit Bellec, Jégaden und Lebault beschäftigt. Ich habe alles auf den Kopf gestellt, aber nichts Besonderes über sie finden können. Ein paar Punkte in der Verkehrssünderkartei wegen zu schnellen Fahrens oder leichtem Alkoholeinfluss, das ist alles."

„Keine Verurteilung?"

„Keine. Aber ich habe auch die Archive vom Télégramme und von Ouest-France durchstöbert und auch die allgemeinen Bekanntmachungen."

„Irgendetwas Interessantes dabei?"

„Nichts über Bellec und Jégaden. Über Lebault dagegen Seiten über Seiten. Wegen seiner politischen Stellung und seiner Mitgliedschaft im Jagdverein und mehreren grünen Organisationen, ebenso wie in der Gesellschaft zum Schutze der Heimat, war er natürlich Zielscheibe von polemischen Anfeindungen. Offensichtlich wurde er nicht von jedermann geliebt ..."

„Könnte das eine solche Serienrache auslösen?"

„Nein, mein Capitaine, ganz bestimmt nicht!"

„Und Sie, Galibert, haben Sie etwas herausgebracht?"

„Ich habe mich um die beiden letzten Toten gekümmert, Guennec und Pagelle. Über Pagelle ist nicht viel zu sagen. Sie ist von einem Pariser Industriellen geschieden worden und, wenn man den Gerüchten Glauben schenkt, war sie Geliebte eines Steuerberaters aus Guimaëc, der wohl der Vater ihres zweiten Kindes sein soll, und der ihr finanziell etwas unter die Arme gegriffen hat."

„Sollte man in diese Richtung weiter ermitteln?"

„Ich glaube nicht. Heute Morgen konnte ich die Bankkonten des Opfers einsehen. Keine auffälligen Kontobewegungen innerhalb der letzten acht Monate ..."

„Und Guennec?"

„Guennec! Arzt, Vizebürgermeister, Jäger, Grundbesitzer: Er hatte die besten Karten, um Feinde auf sich zu ziehen! Aber ich habe alle Zeitungen durchsucht, alle Sitzungsprotokolle des Stadtrates gelesen und auch diejenigen der Vereinigungen, zu denen er gehörte. Und das war eine Menge ... Nichts Auffälliges. Bisher konnte ich nichts finden, was eine Rache dieses Ausmaßes rechtfertigen könnte."

„Gut, suchen Sie weiter. Wir müssen irgendeine Gemeinsamkeit unter den Opfern finden, zum Donnerwetter. Ich kann nicht an eine derartige Folge von Unfällen glauben!"

„Und Sie, Dorchel, irgendwas von Interesse?"

„Ich weiß nicht, mein Capitaine ... Ich weiß nicht, aber ich habe alle unsere Aktennotizen gelesen und bin dabei auf etwas Merkwürdiges gestoßen."

„Merkwürdig?"

„Merkwürdig ... ja! Wissen Sie, was das Blut von dem Felsen Roche Tombée anbelangt, weil das ja nun Kaninchenblut war, hat man geglaubt, das sei ein Scherz aus einer Trinklaune heraus ..."

„Ja, klar!"

„Also, am 6. Mai 2006 um 18 Uhr gab es einen Anruf seitens einer Person, die sich zwischen Toul an Hery und Beg an Fry auf einer Wanderung befand und uns mitteilte, da wäre ...Sie liest die Aktennotiz laut vor: ‚...eine sehr große frische Blutlache am Trou du Diable in Locquirec.‘

„Und warum ist da keiner hingefahren?"

„Sie haben das Blut gegen 11 Uhr 45 gefunden und uns erst um 18 Uhr angerufen. Ich weiß nicht, ob Ihnen die Lage des Trou du Diable bekannt ist?“

„Nicht wirklich ...“

„Es handelt sich um eine kleine Höhle zwischen dem Strand Sables Blancs und der Moulin de la Rive, da war ich oft als Kind und kenne mich gut aus. Selbst bei geringem Tidenhub wird sie von der Flut überschwemmt. Zur Zeit des Anrufes hatten wir einen Gezeitenkoeffizienten von 90, also relativ hoch. Da wusste der wachhabende Kollege, dass es keinen Sinn mehr machte, sich dorthin zu begeben. Besonders auch, weil diese Art von Ereignis neu für uns war.“

Der Capitaine entgegnet mit weicher, nachdenklicher Stimme: „Warten sie mal ... Der 6. Mai, das ist doch der Tag, an dem Lebault seinen Unfall hatte?“

„Aber ja, Chef! Deshalb finde ich es ja so merkwürdig.“

„An dem Tag, als man Lebault tot aufgefunden hat, gab es also einen Blutfleck unweit seines ‚Unfallortes‘, genau wie bei Pagelle! Das ist äußerst interessant“, bemerkt der Revierleiter und streicht sich mit der Hand mechanisch über sein Kinn.

„Irgendetwas mit den anderen Todesfällen?“

„Bezüglich Bellec habe ich nichts finden können und auch nichts in Zusammenhang mit Jégaden. Allerdings hat uns am 30. Juni ein Angler, der den Felsenweg von Beg an Fry hinuntergegangen ist davon in Kenntnis gesetzt, dass der alte deutsche Bunker oben ganz mit Blut befleckt war.“

„Am 30. Juni? Und das mit Guennec – ein Blick in die Akte – das mit Guennec war am Morgen des 29. ... Und das soll ein Zufall sein? Und niemand von uns ist hingefahren?“

„Am Freitag um 18 Uhr 50 ist der Anruf des Zeugen bei

uns eingegangen. Manchec und Disez haben sich am Samstag gegen 09 Uhr 30 dort hinbegeben."

„Und was steht in ihrem Bericht?"

„Nichts. In der Nacht war ein Gewitter und der Regen hatte alles weggewaschen."

„Scheiße!", bricht es aus dem Chef spontan heraus. „So, Dorchel, Sie begeben sich umgehend zu diesem Bunker und markieren den in Frage kommenden Abschnitt. Ich schicke Ihnen die Spurensicherung."

„Äh, mein Capitaine, heute ist Samstag und mein Dienst endet um 16 Uhr ..."

„Okay! Galibert, Sie schicken einen hin, und zwar so schnell wie möglich, und Sie halten mich auf dem Laufenden! Ich telefoniere jetzt mit Plourin."

*

Das Treffen mit Isabelle Lebech hat nichts Neues zum Sommer 73 ergeben und so ist es eine etwas enttäuschte Laure Saint-Donge, die Richtung Plouégat steuert. Plouégat, seine Bäckerei, sein Marktplatz, sein Pardon de Saint Laurent und seine Polizeistation. Allmählich haben sich all die Informationen des vorangegangenen Tages zu einem Gesamtbild geordnet und sie zu dem Schluss veranlasst: Der Kern des Problems liegt wohl in dem Zeitrahmen, in dem sich Sylvaine Le Lay im Krankenhaus befand, und zwar zwischen dem 10. und 16. August. Unter einer Bedingung: Dass der Name der Lebensgefährtin vom potentiellen Eberwichser sich nicht auf der Liste zukünftiger Opfer finden lässt ... Aber wie soll man das wissen?

In dem augenblicklichen Stadium ihrer Ermittlungen ist das unmöglich, aber es ist dennoch ihre persönliche Überzeugung. Bisher hat sie sich in ihrer professionellen Welt stets auf ihre weibliche Intuition verlassen können. Und innerhalb des Zeitrahmens vom 10. bis zum 16. August, scheint diese Abendveranstaltung in Guerlesquin eine Schlüsselstellung einzunehmen. Genau dort muss man nachhaken. Da ist sie sich sicher. Und die Polizisten können ihr vielleicht dabei behilflich sein ...

Sie muss kaum fünf Minuten warten, hat kaum Zeit, die neuen Räumlichkeiten der Dienststelle zu bewundern, da wird sie auch schon von Chef empfangen. Dieser blickt mürrisch drein, bittet sie aber, sich zu setzen.

„Ich weiß, Capitaine, dass Ihre Zeit kostbar ist und so will ich umgehend zur Sache kommen. Ich denke, dass die fünf Personen aus Locquirec, die in den vergangenen Wochen verstorben sind, nicht durch Unfälle ums Leben kamen."

„Was Sie nicht sagen", entgegnet er mit einem süffisanten Lächeln auf den Lippen. „Und wie sind Sie zu diesem Schluss gelangt, meine Teuerste? Sie sind doch Journalistin, glaube ich."

„Das ist richtig!"

„Und für eine Journalistin ist ein Artikel über Serienmörder ungleich verkaufsfördernder als einer über simple Unfälle, oder?"

„Das stimmt."

„Und Ihnen ist bekannt, dass man innerhalb der Justiz Beweise haben muss, wenn man Anklage erheben will?"

„Ich habe keine Beweise, aber ich bin im Besitz einiger Indizien ..."

„Indizien ... ?"

„Indizien, ja!"

Auf einmal ist das Interesse des Capitaines, der auch nur ein Mann ist und Junggeselle dazu, geweckt, und er sieht die junge Frau mit anderen Augen an. Bis dahin hatte er lediglich vage ihre Gestalt und die Narbe zur Kenntnis genommen. Als sie nun aber die Beine übereinander schlägt, die sowieso nur spärlich von ihrem Minirock aus Jeansstoff bedeckt werden, als er sehr dezent die Spitzen ihrer ungebändigten Brüste sich durch das Gewebe der roséfarbenen Bluse abbilden sieht ... kommt ihm die Idee, dass diese Journalistin doch ein wenig mehr Aufmerksamkeit verdiente ...

„Welcher Art sind die Indizien?"

Sie ist sich bewusst, dass die wohlüberlegte Bewegung ihrer Beine, ähnlich derjenigen von Sharon Stone in Basic Instinct, ihr Slip und ihre Narbe vielleicht das Rad zu ihren Gunsten gewendet hat. Und so antwortet Laure Saint-Donge, ihre wassergrünen Augen fest auf die des Capitaines gerichtet in leicht provokantem Ton: „*Manus manum lavat*, eine Hand wäscht die andere, Capitaine. Ich habe meine Informationen, Sie haben die Ihrigen. Lassen Sie uns beides zusammenführen und gemeinsam den Gewinn teilen: Sie haben dann die Ehre, die Wahrheit entdeckt zu haben, und ich kann von der Publikation eines Schockers profitieren, den jede Redaktion mir aus den Händen reißen wird. Wir haben doch ein großes Interesse an unserer Zusammenarbeit, oder nicht? Nach allem, was mir Isabelle Lebech, die Journalistin von Plestin FM, unter dem Siegel der Verschwiegenheit anvertraut hat, hegen Sie doch auch Ihre Zweifel an der Unfalltheorie."

Capitaine Meunier hält dem Blick seiner Gesprächspartnerin stand und macht eine lange Pause. Der Vorschlag der jungen Frau reizt ihn offensichtlich sehr. Rein beruflich, versteht sich ... Das würde sicherlich seine Beförderung beschleunigen. Und außerdem würde man seine Zivilcourage hoch schätzen, wenn er einen Serienmörder festnähme, obwohl er doch von vorgesetzter Stelle Order erhalten hatte, den Fall ruhen zu lassen. Wie würde er sich da ins Fäustchen lachen!

„Ich denke, ich kann Ihnen vertrauen, Madame ...?“

„Saint-Donge. Laure Saint-Donge. Aber ich bitte Sie, wenn wir unter uns sind, nennen Sie mich doch Laure. Meine Freunde nennen mich auch LSD, aber für einen Vorgesetzten der Gendarmerie in seinem Büro, wie sagen die jungen Leute heute ... wäre das wohl zu *politically incorrect*, oder?“

Er bricht in schallendes Gelächter aus und antwortet: „In der Tat. LSD wollen wir hier nicht! Laure finde ich gut! Also, dann legen wir mal die Karten auf den Tisch ... Dies ist mein bisheriger Wissensstand ...“

*

Eine innerlich jubelnde LSD kehrt zu ihrem Hotel zurück. Mit der Gendarmerie Kontakt aufzunehmen war das Beste, was sie hatte tun können.

Meunier und sie sind, nach dem Austausch ihrer Informationen und Vermutungen, mit einem Versprechen auseinandergegangen: Sich gegenseitig stets über jedes wichtige Detail auf dem Laufenden zu halten.

Und das nächste wichtige Detail, so hofft sie, sind Einzelheiten darüber, was sich am 13. August 1973 zugetragen hat, auf dem Fest der Kornschnitter in Guerlesquin. Endlich hat sie die lang ersehnte Nachricht des Touristenbüros im Hôtel Bel Air erreicht. 13. August 1973. Was verbirgt sich hinter diesem Datum?

Wird Gérard Dorchel ihr wichtige Informationen zu diesem Schlüsselereignis liefern können? Sie hofft es. Aber aus persönlichen Gründen hätte sie auch gegen Beziehungen auf anderen Ebenen mit dem Mann der Straßenmeisterei nichts einzuwenden ...

Rein körperlich gesehen ist er zwar kein Bruce Willis, aber er ist gut in Schuss, recht schlank ... Sein Feuermal ist in dem gebräunten Gesicht fast nicht zu erkennen und seine schwarzen, mit Silbersträhnen durchsetzten Haare lassen sie schwach werden. Außerdem besitzt er Feinfühligkeit und strahlt in manchen Situationen einen Zauber aus, der sie ganz in seinen Bann zieht.

Deshalb hat sie sich entschlossen, heute den ganz großen Bahnhof zu zelebrieren: Make-up, Parfüm Ombragine de Dioras für besondere Anlässe, ein kurzes Oberteil aus schwarzer Seide, das oberhalb der Taille endet und einen großzügigen Blick auf ihren gebräunten Bauch erlaubt, einen dazu passenden kurzen Rock, ein kunstvoll um das Handgelenk geschlungenes Tuch in der Farbe ihrer Augen. Die Haare werden mit einem weißen Tuch und einer Sonnenbrille geschmückt. Und das alles eingepackt in einen Fox von neon-orangener Farbe ...

Als der Wagen vor der Terrasse des Bücherei-Cafés Caplan hält, werden alle Gäste für einen Moment ganz still. Vor Bewunderung. Dann aber reden sie wieder und man vernimmt auch mehr oder weniger bissige Kommentare über ihre Narbe. Laure Saint-Donge lässt das kalt. Sie ist schließlich nicht hier, um diesen Menschen zu gefallen, sondern nur dem Einen. Der bereits auf sie wartet, in ein Gespräch mit den Inhabern des Caplan, Lan und Caprini, vertieft. Er stellt Laure kurz vor und schon ist sie eingetaucht in das Land der Bücher, des freundlichen Miteinanders, des Teilens, der Freude des gemeinsamen Essens, der irdischen und geistigen Nahrung, ganz wie es dem Gast beliebt. Nach einem längeren Halt bei den Dichterseelen tritt sie mit einem

Lächeln an den Tisch von Gérard Dorchel, der, welch ein Zufall, direkt neben der Krimi-Abteilung steht.

„Dieser Ort strahlt eine unbeschreibliche Atmosphäre aus ... Man hat den Eindruck, in eine andere Welt zu gelangen, wie Alice in einem etwas anderen Wunderland! Es gefällt mir hier sehr gut ... Kommst du oft hierher?"

„Früher, mit Rosine, meiner Frau, bevor sie krank wurde, ja, da waren wir oft hier. Jetzt ist es das erste Mal, dass ich wiederkomme. Seit ..."

In Laures Augen erscheint ein zärtliches Leuchten.

„Und weshalb heute und ... mit mir?"

„Ich hatte Lust darauf, mehr nicht ... Ich dachte, dass ..."

Er kann den Satz nicht beenden. Tränen treten in seine Augen.

Von dieser plötzlichen Gefühlsregung verwirrt, legt LSD intuitiv ihre Hand auf die von Gérard Dorchel. Der jedoch zieht mit einer schnellen Bewegung seinen Arm zurück und spricht mit fester aber gleichzeitig sanfter Stimme: „Es ist nicht richtig, Laure, Es ist nicht richtig!"

„Ich verstehe dich, Gérard ... Willst du, dass ich gehe?"

„Nein ... Bitte bleib'! Ich ... ich freue mich, wenn du da bist, es ist nur, weil ... es ist nicht richtig!"

„Ist es für dich in Ordnung, wenn wir über meine Ermittlungen sprechen?"

„Ja, das ist mir lieber."

„Seit gestern bin ich ein ganzes Stück weiter gekommen, aber du kannst mir sicherlich noch mehr helfen. Ich weiß, dass der Schlüssel zu allem in dem Haus an der Mühle liegt. Könntest du mich dort hinführen?"

„Ich könnte es dir von außen zeigen, aber das ist schon alles. Die Eltern von Jean-Pat' haben es nämlich in den achtziger Jahren verkauft ..."

Enttäuscht entgegnet sie: „Darf ich dir Fragen über Rosine stellen ...? Alle Besucher der Mühle von73, und dazu gehörst auch du, haben mir von vielen Leuten berichtet. Aber außer Thierry Laroche hat niemand ein Wort über Rosine verloren. Du ... du könntest mir etwas über sie sagen, oder fällt dir das schwer?"

Laure hält Augenkontakt zu Gérard. Sie verspürt ein Frösteln, als sie den Namen seiner verstorbenen Frau ausspricht.

„Rosine? Kein Problem, was willst du denn wissen?"

„Vor allem, ob du dich an sie erinnerst, wenn du an den betreffenden Sommer denkst."

Mit ausdruckslosem Blick antwortet Gérard Dorchel: „Ehrlich gesagt, ich erinnere mich nicht sehr gut ... Ich glaube, sie ist einige Wochen lang mit Thierry gegangen und danach haben wir sie noch ein paar Mal gesehen. Aber ich kann mich nicht erinnern, sie im August noch oft gesehen zu haben."

„War sie da schon wieder abgereist?"

„Das glaube ich nicht. Normalerweise blieb sie immer mit ihrer Mutter bis Anfang September."

„Und während eurer Ehe hat sie mit dir niemals über diesen Sommer gesprochen?"

Er gibt sich alle Mühe, seine Gefühle zu verbergen, weicht ihrem Blick aus und nippt, um seine Haltung zu bewahren, an seinem Météor Pils.

„Natürlich hat sie das! Aber nach Möglichkeit ist sie diesem Thema aus dem Weg gegangen."

„Weißt du, warum?"

„Eigentlich nicht. Sie hat ungern darüber gesprochen, so war es eben!"

Das Thema schmeckt dem Straßenmeister offensichtlich nicht.

Laure Saint-Donge fährt aber unbeirrt in der Befragung fort und schwenkt dabei auf das Leben der Frau über ...

„1973 hat es also zwischen Rosine und dir gefunkt?“

Sichtlich erleichtert über die Wendung des Gespräches entgegnet er: „Nein! Ich mochte sie zwar sehr gern, aber sie war für mich so etwas wie ein guter Kumpel. Danach hat man sie hier mehrere Jahre lang nicht mehr wiedergesehen. Ich habe sie zufällig 1977 an einem Strand von Beg-Meil im Süden des Finistère getroffen. Ich habe sie sofort wiedererkannt. Wir haben dann zusammen etwas getrunken. Für den Abend haben wir uns dann verabredet, dann ... dann ... haben wir irgendwann zusammen gewohnt, dann kam unsere Tochter Lauriane zur Welt ... wir waren so glücklich miteinander, so endlos glücklich ... bis zu dieser verfluchten Krabbe. Vor fünf Jahren. Im Oktober letzten Jahres ist sie dann verstorben. Am 21. Oktober um 14 Uhr 17 ...

Seltsamerweise berichtet Gérard Dorchel über diese tragische Zeit ohne sichtliche Gemütsbewegung, ganz anders als noch als am Beginn des Gespräches.

„Gérard, darf ich dir noch eine letzte Frage stellen?“

„Selbstverständlich, bitte sehr!“

„Warst du in dem betreffenden Jahr auf dem *Oastell*?“

„In Guerlesquin?“

„Ja! Erinnerst du dich, ob dort irgendetwas Besonderes vorgefallen ist?“

„Ich erinnere mich vor allem, dass es widerlich war. Da war eine hochschwangere Frau, die von der erregten Menge fast totgetrampelt wurde. Total besoffene Typen sprangen nackt auf die Tische. Manche gossen sich den Apfelschnaps tassenweise hinein.“

„Bretonischer Calvados?“

„Ja, Lambig, tassenweise auf ex. Zwei oder drei Tassen

hintereinander. Die waren total vollgesoffen, ekelhaft war das!“

„Und die Mitglieder der ‚Bande‘ haben da mitgemacht?“

„Nicht alle, da waren einige, ich zum Beispiel, die nur ein paar Gläser getrunken haben, gerade genug um lustig zu sein. Und als wir gesehen haben, wie sich das alles entwickelte, sind wir nach Hause gefahren.“

„Weißt du noch, wer dort geblieben ist?“

„Ich bin mit Marc, Laurence, Catherine und ... Mariette zurückgefahren, wenn ich mich richtig entsinne ...“

„Also ist Rosine bei den anderen geblieben?“

„Soweit ich weiß, ja!“

„War sie betrunken?“

„Die einzige Erinnerung, die ich von ihr an jenem Abend habe, ist, dass sie Honigwein aus der Flasche getrunken hat und Jean-Pat’ hat die Flasche festgehalten, damit sie mehr trinkt ...“

„Wie haben die es denn geschafft, am Ende wieder nach Hause zu kommen, in dem Zustand in dem sie waren?“

„Keine Ahnung. Ich weiß nur, dass alle wiedergekommen sind, sonst nichts.“

„Hast du sie denn danach wiedergesehen? Am nächsten Abend?“

Gérard Dorchel seufzt: „Wie soll ich mich daran nur erinnern? Es ist immerhin über dreißig Jahre her!“

„Da hast du Recht, tut mir leid. Aber trotzdem habe ich das Gefühl, dass hier die Lösung des Rätsels zu finden ist ...“

Ein zweifelnder Blick ist die Antwort.

„Darf ich dir doch noch eine weitere letzte Frage stellen?“

„Das ist dann aber die Allerletzte!“

„Versprochen! Kannst du dich an Rosines Verhalten in der Zeit nach Guerlesquin erinnern?“

Laure versucht, in seinen Augen der geringsten Regung nachzuspüren. Vergeblich. Offensichtlich denkt er intensiv nach, zeigt aber nicht mehr die Unsicherheit, die anfangs bei ihm zu spüren war.

„Es ist komisch, aber jetzt, wo du es sagst ... Ich kann mich nicht daran erinnern, sie im Anschluss an das *Oastell* überhaupt wiedergesehen zu haben! Allerdings fing ich zu der Zeit gerade eine Liebschaft mit Laurence an, also habe ich vielleicht gar nicht mehr auf Rosine geachtet ..."

Nun, da die Fragen zu ihrem Fall besprochen sind, wird ihr Gespräch sehr persönlich. Doch Laure kann sich noch so sehr bemühen, weder ihre bezaubernden Blicke noch der optische Einsatz ihres attraktiven Busens bringen den gewünschten Erfolg. Seitdem sie ihn mit ihrer Hand berührt hat, scheint er auf Distanz zu gehen.

Aus Angst vor seinen Gefühlen?

XII

Sonntag, der 16. Juli 2006

Locquirec ist wie gelähmt. Zur allgemeinen Freude herrschen immer noch die Hundstage mit quälender Hitze. Alle Überlebenden der „Bande" haben beschlossen, den Sonntag und den passenden Verlauf der Gezeiten auszunutzen, um eine Picknicktour auf die Île Molène zu unternehmen. Die Insel ist ein kleines sandiges Paradies, unmittelbar vor dem Hafen von Trébeurden gelegen. Da muss man nur die Bucht überqueren. Eine gute Gelegenheit, das schöne Wetter zu genießen und die Sorgen des Festlandes zu vergessen. Drei Boote sind mit von der Partie: Malifou, ein Segler der Klasse First 22, der den Bellecs gehört, mit einer komplett weiblichen Besatzung, nämlich Mariette an der Steuerpinne, Isabelle Lebech, Laurence Laroche und Martine Guennec. Ein weiteres Segelboot, eine Kelt 18, im Besitz von Gérard Dorchel, wurde in die erfahrenen Hände der Kinder von Mariette und Martine gegeben. Und schlussendlich die Gémini 26 von Jean-Patrick Gosset, die heute ihre Jungfernfahrt mit dem neuen automatischen Steuersystem unternehmen wird.

In Anbetracht der enormen Geschwindig-keitsunterschiede zwischen den beiden Segelbooten und der Red Arrow von Jean-Pat', hat jeder der Skipper entschieden, den Zeitpunkt seiner Abfahrt selbst zu bestimmen. Treffpunkt ist um 13 Uhr am Südstrand der Insel.

Während sich die Frauen noch Zeit lassen können, da ihr Boot erst mit Hilfe eines Krans zu Wasser gebracht werden muss, Zeit die sie im Sonnenschein bei einer Tasse Café nutzen, verlässt die Kelt 18 unter Führung von Skipper Kris, dem Sohn von Martine und Daniel Guennec, ihren Liegeplatz in Keraudren. Vom Kirchturm schlägt es gerade zehn Uhr.

Die Frauen starten eine dreiviertel Stunde später, während der Wind, wie oft in Locquirec, eingeschlafen ist ...

„Mit diesem Wind", sagt Martine, „sind wir zum Abendessen in Molène und nicht zum Mittag."

„Fahren wir trotzdem unter Segel, vielleicht kriegen wir ja etwas Wind, wenn wir aus der Bucht heraus sind ... und wenn das nichts wird, dann nehmen wir eben den Motor. Ist das Okay, Mädels?", schlägt Mariette vor.

„Okay", antwortet die Besatzung im Chor.

Während sich das Leben an Bord langsam einspielt und die Segler ihren Kurs mit der Geschwindigkeit einer Weinbergschnecke mit angezogener Handbremse verfolgen, machen es sich Thierry Laroche, Jean-Patrick Gosset und Gérard Dorchel auf der sonnendurchfluteten Terrasse vom Chez Tilly gemütlich. Kir und Bier fließen reichlich, zur besonderen Freude von Laroche, für den das Leben erst nach dem sechsten Glas lebenswert wird.

„Wir brauchen alles in allem weniger als 20 Minuten von hier bis zur Insel Molène. Lasst uns um Viertel nach zwölf abfahren", schlägt der Skipper der Gémini 20 vor.

„Viertel nach zwölf! Dann sind wir ja viel zu früh da!"

„Ich möchte noch ein paar Speeds zwischen Beg an Fri, Locqémeau und l'Armorique einlegen, die Motoren so richtig hochdrehen, Maximalgeschwindigkeit außer Reichweite der Bullen!"

Und dann lacht er sein überhebliches Angeberlachen.

*

Von ihrer Bank mitten in den Dünen des Strandes Sables Blancs aus betrachtet Laure Saint-Donge das ebbende Meer, in dem sich schillernde Flussläufe zu spiegeln scheinen. Ihre zufälligen Windungen, und ihr undurchschaubares Zusammenfließen faszinieren sie genauso wie diese Untersuchung, die so viele Fragen offen lässt. Der gestrige Abend hat sie wieder ein Stück vorangebracht. Für sie steht nun außer Frage, dass der Dreh- und Angelpunkt dieses Falles in dem großen Besäufnis von Guerlesquin liegt. Dennoch bleiben einige Fragen unbeantwortet. Was ist nach der Abfahrt von Gérard geschehen? Warum ist Rosine im Anschluss an jenen Abend nicht wieder aufgetaucht? Welche Rolle nimmt sie tatsächlich in dieser Geschichte ein? Opfer oder Täterin? Wer genau ist darin verwickelt? Falls alles, was Gérard gesagt hat, wahr ist und falls all diejenigen, die damals in Guerlesquin verblieben sind, mit der Sache zu tun haben, dann könnte die Liste der kommenden Opfer noch recht lang sein ... Gérard verheimlicht mir etwas, aber warum?

Die ganze „Bande" ist heute ausgeflogen und Capitaine Meunier hat seinen freien Tag. Da ist sie nun allein mit der Suche nach Antworten auf ihre drängenden Fragen. Gleich morgen früh wird sie sich nach Morlaix begeben, um das Zeitungsarchiv von Ouest France zu Rate zu ziehen. Auf der Suche nach allem, was sich in der Nacht vom 13. auf den 14. August in der Gegend abgespielt hat.

*

Als die Red Arrow das Einsetzbecken verlässt, navigieren die beiden Segelboote unter Motorkraft ihrer Flautenschieber bereits nebeneinander vor der Insel Millau. Bis

Molène ist es nur noch eine Viertelstunde, und die Besatzungen haben sich jeweils an Bord ausgestreckt, um so viel wie möglich Sonne zu tanken.

An Bord der First 22 sind alle „oben ohne" und handeln sich deswegen bissige Kommentare seitens der jüngeren Generation an Bord der Sweety ein, die um einiges prüder sind als ihre Mütter.

„Wenn man bedenkt, dass Jean-Pat' noch nicht einmal den Hafen verlassen hat!", wundert sich Isabelle.

„Ehrlich gesagt, ich möchte so ein Boot nicht haben", sagt Mariette. „Für mich bedeutet Schifffahrt, mit dem Segel unterwegs sein. Basta. Der Motor wird nur benutzt, wenn man, wie heute, keine andere Wahl hat!"

An Bord der Gémini 26, hält der Steuermann eine ganz andere Rede: „Sterbenslangweilig finde ich es auf einem Segler. Ein Boot muss abgehen, spontan auf das Steuer reagieren, fahren wohin du willst und wann du willst. Segeln ist echt bescheuert! Was mir gefällt ist: Ganz langsam an der Mole vorbeifahren und genießen, wenn alle Leute vor Bewunderung MEINES Bootes platzen, sich vorstellen, was sie dabei sagen, ja, das ist geil!"

„Für dich ist das vielleicht geil", antwortet Gérard Dorchel, „ich stehe eher auf Segeln!"

„Warte ab, du wirst deine Meinung gleich ändern! Nach ein paar Minuten Vollgas bist du ein anderer Mensch, hab ich Recht, Thierry?"

„Ja, ja! Sag mal, hast du im Kühlschrank noch was zu trinken?"

„Bitte bediene dich. Ich habe alles, was man braucht ... Vom Champagner bis zu den Eiswürfeln für den Glenfiddich ..."

Nachdem sich der Werkstattbesitzer von Guimaëc sein

Glas ordentlich gefüllt hat, kommt auch schon die Ankündigung des Skippers: „Wir verlassen gerade die Bucht, also kann es losgehen. Haaaaaltet euch fest!"

Und mit einem Aufheulen, das gut zu einem Rennmotorrad gepasst hätte, hebt der rote Pfeil ab. Die Passagiere werden von der starken Beschleunigung gegen die Lehnen der Bordbestuhlung gepresst, und der Atem bleibt ihnen kurzzeitig weg. Zwanzig, dreißig und bald vierzig Knoten, das Gefühl unbändiger Kraftentfaltung ist überwältigend. Die drei Männer reden jetzt nicht mehr, sie genießen diesen Moment grenzenloser Macht. Auf der ruhigen See macht die Red Arrow eine gute Figur, liegt perfekt im Wasser, zeigt nur minimale Vibrationen, und der Steuerstand bleibt von der Gischt verschont ... Nach fünf Minuten liegt Beg an Fri nur noch einige Kabellängen voraus ..."

„Gut festhalten, ich wende!"

Jean-Pat' fährt einen relativ großen Kurvenradius und nimmt kaum Gas weg. Die in den Sitz gepressten Mitfahrer fühlen, wie die Zentrifugalkraft sie mit aller Macht aus dem Boot herauszerren will. Das sind mulmige Augenblicke, die aber gleichzeitig einen unvergesslich kribbelnden Reiz hinterlassen.

„Dein Teil ist wirklich genial!", entfährt es Gérard Dorchel, der Erfahrungen dieser Art kaum kennt. „Es ist unglaublich!"

Thierry Laroche, der mit diesem „Ungetüm" bereits gut vertraut ist, äußert sich weniger überschwänglich: „Ja, da schau her ... Bei deiner Raserei habe ich mein ganzes Getränk verschüttet. Fahr' mal langsam, damit ich mir ein neues holen kann ..."

Ein kurzer Moment der Ruhe, und wieder schießt der rote Pfeil davon, diesmal in Richtung Pointe d'Armorique, die ebenfalls in Rekordzeit erreicht wird. Der Überschwang des Steuermannes und seiner Passagiere ebbt nicht ab. Abgesehen von Thierry Laroche, der unter dem gleichförmigen Motorgeräusch und den regelmäßigen Bewegungen des Bootes eindösend mit dem Köpfchen nickt ...

„Noch zwei solche Vollgasfahrten und wir nehmen Kurs auf Molène, ist das okay für dich?“

„Willst du denn dein automatisches GPS, oder ich weiß nicht, wie du es nennst, gar nicht ausprobieren?“, regt Gérard Dorchel an.

„Mein SRA 370 F? Ja, ja! Das wollen wir gleich einmal tun. Weckst du bitte Thierry?“

Zwischen zwei Träumen von Bier und Muscadet wird der GPS-Spezialist wieder in die Realität befördert. Mühelos erklärt er in Fachchinesisch die Funktion des Steuergerätes: „Du programmierst deinen Zielpunkt auf dem Bildschirm, du drückst Okay, dann programmierst du die gewünschte Geschwindigkeit und drückst erneut Okay. Der Computer erledigt alles andere von allein. Er berechnet Wind, Strömung, Kursabweichung, Geschwindigkeitsverlust ... Ich habe das Gerät mit einem kollisionswarnenden Radarsystem gekoppelt, so wie es auch auf Fähren üblich ist. Wenn ein Boot in der Nähe ist, das deinen Kurs kreuzen könnte, dann wird das berechnet und der Motor automatisch gedrosselt, beziehungsweise der aktuelle Kurs zeitweise geändert. Bei ganz großen Problemen wird der Motor ganz heruntergefahren, und es ertönt ein Warnsignal. Dann musst du wieder selbst steuern. Weiteres Sicherheitsfeature: Wenn du dich dem programmierten Ziel auf weniger als eine halbe Meile genähert hast, wird ebenfalls automatisch die Geschwindigkeit reduziert und ein Warnton abgegeben. Ähnlich wie bei einem Handy. Wenn du als Ziel einen bestimmten Felsen eingegeben hattest, dann kannst du den jetzt per Handsteuerung umfahren und eine neue Wegmarkierung setzen. Und zwar so: Und er programmiert das Gerät mit einer unglaublichen Leichtigkeit um. Falls dich der Alarm stört, dann kannst du ihn auch abschalten. Hier!“

Gérard Dorchel hat eine Frage: „Was hat denn der Steuermann noch zu tun? Muss er ständig ein Auge auf dem Bildschirm haben?“

„Der Steuermann kann seinen Mittagsschlaf halten, einen trinken, die Landschaft genießen ... Er kann tun, was ihm gefällt, der Computer macht alles ganz allein. Außer Flaschen öffnen. Ach, apropos Flaschen, ich würde mir gern noch einen Drink genehmigen vor dem Mittagessen. Es stört dich doch nicht, wenn ich mich jetzt in die Kabine verziehe ... Ich liebe den großen Spiegel an der Decke! Was ich noch sagen wollte: Wenn du 100% Automatik eingegeben hast, dann wird innerhalb einer Minute automatisch der Gang eingelegt und dann geht die Post ab ... Zeit genug, dich zu setzen, eine Flasche zu öffnen, und dann verlassen die Ratten das sinkende Schiff.“

Nachdem die Besatzung an Deck nur noch aus zwei Personen besteht, gibt Jean-Patrick Gosset den Felsen, der am weitesten östlich des „Plateau de la Méloine“ liegt, als Bezugspunkt ein, bestätigt mit Okay und programmiert dann die irrsinnige Geschwindigkeit von 38 Knoten. Will er unbedingt den schnellsten Rennmakrelen den Rang ablaufen? Im hinteren Teil des Cockpits nimmt er auf einem weichen weißen Ledersessel Platz, an dem eine Relax-Fußstütze ihm quasi Liegekomfort bietet.

Gérard tut es ihm gleich, und die beiden Männer haben kaum Zeit, sich einen Schuss Wasser in ihren Glenfiddich zu gießen, da dreht die Red Arrow wie von Geisterhand den

Motor hoch und schießt davon. Sie werden, gleich Astronauten in einem Raumschiff, in ihre Sessel gedrückt.

„Leck' mich am Arsch, das geht ja ab wie der Blitz!", jubelt der glückliche Bootsbesitzer. „Du flitzt los und brauchst deine Flossen nur noch, um das Glas zu halten."

„Und genießt deinen Whisky ... Was braucht der Mensch mehr zu seinem Glück? Geht's uns nicht gut?"

„Ja! Ich könnte den ganzen Tag so weiterfahren ... Aber wenn wir nicht aufpassen, dann bekommen wir am Ende noch Ärger mit unseren Damen. Was sagt die Uhr?"

„Halb eins ... Wir sollten langsam daran denken, zu ihnen zu stoßen, oder?"

„Wir sind schon fast an den Méloine-Inseln. Ich will erst sehen, wie das Sicherheitssystem arbeitet."

Bereits wenige Sekunden später ertönt die Badinerie von Bach auf dem Steuerstand. Zunächst sehr dezent, dann immer lauter, bis der Skipper den Alarm abschaltet.

„Hast du das gesehen ...? Genial, oder?"

„Genial und eindrucksvoll!"

„Okay, wir nehmen uns einen neuen Bezugspunkt vor L'Armorique und dann Kurs auf Molène!"

„Aye, aye, Captain! Darf ich mal programmieren?", fragt Gérard.

„Bitte sehr ... Dann kann ich mich ja ganz dem Genuss meines Whiskys widmen ..."

Einige Eingaben später überquert das Speedboot erneut mit unerhörter Leichtigkeit die Bucht von Lannion, diesmal in die Gegenrichtung. Als sie vor dem Hafen von Plestin angekommen sind, in Beg Douar, ganz nahe der Landspitze L'Armorique, scheint Jean-Patrick Gosset in einem selbstgefälligen Glücksgefühl gefangen zu sein, das nur Leute kennen, denen ihr Reichtum zu Kopf gestiegen ist. Umgehend schlägt Gérard Dorchel vor, den neuen Kurs Richtung Insel Molène zu programmieren.

„Welchen Punkt soll ich als Passage markieren?“

„Nimm den Eingangspunkt der Einfahrt in den Kanal von Trébeurden. Setze die Markierung westlich davon, damit wir nicht in die Nähe der Felsen von Le Four kommen. Bei der Ebbe, die derzeit herrscht, müssen sie sich jetzt direkt unter der Wasseroberfläche befinden, und ich habe keine Lust, dass wir denen zu nahe kommen ...“

Gérard führt die gewünschte Programmierung auf dem Display aus und nimmt wieder neben seinem Freund Platz. Für ein zweites Glas Glenfiddich sollte die Zeit noch reichen, und die beiden Männer trinken ihn gemeinsam und genießen den herrlichen Ausblick ...

Kaum zwei Minuten sind vergangen, da geht eine rote Lampe auf dem Armaturenbrett an und beginnt zu blinken.

„Was ist das denn?“, fragt der besorgte Matrose Dorchel und weist mit dem Finger auf das Lämpchen.

„Ach das ... das hat nichts zu bedeuten, da ruft mich jemand über Funk. Das müssen die anderen sein, die sich fragen, wo wir bleiben ... Ich geh’ mal rein und antworte ihnen.“

Und er steigt hinab in sein ganz mit Tropenholz ausgeschlagenes und mit nachtblauen Ledersesseln dekoriertes Gemach. Das Funkgerät befindet sich am Fuß der Treppe. Um besser hören zu können, denn der Motorenlärm stört die Kommunikation sehr, schließt er die Kabinentür hinter sich.

„Red Arrow von Rettungskreuzer, Red Arrow von Rettungskreuzer, hören Sie mich?“

„Red Arrow an Rettungskreuzer, ich höre Sie laut und deutlich.“

„Jean-Pat’, hier ist Julie aus der Leitstelle des Rettungskreuzers. Wo bist du? Kommen.“

„Kurs auf die Fahrrinne vor Molène, aus Richtung L'Armorique kommend."

„Gut, dann bist du es also! Ich rufe dich, weil uns ein paar Boote ..."

Bevor der Satz zu Ende gesprochen ist, ertönt ein ohrenbetäubendes, wahnsinniges Krachen an Bord des Speedbootes. Das auf brutale Weise aus der Bahn geworfene Boot macht einen Satz im 90 Grad Winkel nach Backbord und schleudert Jean-Patrick Gosset gegen die Zwischenwand der Kabine. Er hatte mit dem Rücken zum Bug des Bootes gestanden und wird nun zwei Meter nach vorn geschleudert. Dabei schlägt er zunächst gegen die Tischkante. Schultern und Hinterkopf treffen mit aller Wucht auf die Wand, während sich die Bücher vom Regal in Geschosse verwandeln. Von dem Aufschlag betäubt, hält er immer noch das Mikrofon des Funkgerätes in der Hand, dessen abgerissenes Kabel traurig herum baumelt.

In der vorderen Kabine hat Thierry Laroche von all dem nichts mitbekommen. Traumverloren alkoholisiert schlummernd, wird sein Kopf von dem Aufprall und der plötzlichen Drehbewegung des Bootes gegen das Regal geschleudert, das oberhalb des Bettes angebracht ist. Mit aufgeplatzter Stirn geht er nahtlos vom Schlummer in die Bewusstlosigkeit über. Nun ruht er in gekrümmter Fötushaltung auf dem Vorderteil des Bettes. Aus seinem offenen Schädel quillt das Blut in pulsierenden Fontänen und breitet sich langsam auf der Matratze aus.

Der Schiffsrumpf aus Karbon ist von Bug bis Heck aufgerissen und nimmt massenhaft Wasser. In weniger als einer Minute ist der Schwimmkörper überflutet, während der Fußboden der Kabinen und andere Utensilien aufzuschwimmen beginnen. Trotz des Kontaktes mit dem kalten

Wasser reagieren Thierry Laroche und Jean-Patrick Gosset nicht. Sie sind Gefangene ihrer Ohnmacht, ebenso wie auch Gefangene ihrer Kabine.

Das Funksprechgerät bleibt noch für einige Augenblicke von der unbeschreiblichen Überschwemmung verschont und so spuckt der Lautsprecher unablässig die gleichen Worte aus:

„Red Arrow von Leitstelle SNSM, Jean-Pat', könnt ihr mich hören? Red Arrow von Leitstelle SNSM, Jean-Pat', könnt ihr mich hören? Red Arrow ..."

Während der zerbrochene Pfeil in den Fluten versinkt, klammert sich einige Meter weiter Gérard Dorchel an die Boje des Fer à Cheval, die vom Aufprall des Bootes abgerissen ist. Fassungslos und von dem starken Stoß noch ganz benommen, muss er tatenlos zusehen, wie sich die See seine beiden Kameraden holt. In dem Moment, als Jean-Patrick Gosset unter Deck gegangen war, um das Funkgerät zu bedienen, hatte er herausfinden wollen, ob er es schaffen würde, sich während der Fahrt auf dem Sonnendeck sitzend zu halten. Dieser holzgetäfelte Teil des Bootes war normalerweise sonnenhungrigen Damen vorbehalten. Und das hat ihm womöglich das Leben gerettet. Zeitgleich zum Aufprall wurde er mit Wucht von Bord geschleudert, noch hinter die Reichweite der Motoren. Der plötzliche Kontakt mit dem kalten Wasser und die Zeit des Untergetauchtseins und der Luftnot haben bei ihm einen Schock ausgelöst, doch als er dann los geschwommen ist, hat er Glück gehabt, dass er sich an die Boje klammern konnte, während die Red Arrow ihren sinnlosen Lauf fortsetzte, gleich einer Ente, der man den Kopf abgeschlagen hat. So lange, bis auch die Motoren untertauchten.

Er könnte versuchen, das sinkende Wrack wieder zu

erreichen, aber inzwischen ist es etwa 200 Meter von ihm entfernt und er sieht sich nicht in der Lage, jetzt so weit zu schwimmen. Und überhaupt, was könnte er denn tun? Seine beiden unglücklichen Begleiter sind in den Kabinen eingeschlossen und mittlerweile gewiss schon tot ... Wie sollte er ihnen da helfen können?

Die einzige Hoffnung wäre das Eingreifen eines anderen Bootes, aber so sehr er auch um sich späht, innerhalb einer Meile lässt sich kein anderes Wasserfahrzeug ausmachen. Was kann er also anderes tun als seine eigene Haut zu retten?

Vor ihm ist die Red Arrow nun versunken und hat den Werkstattbetreiber aus Guimaëc sowie den BMW-Vertragshändler aus Ploumilliau mit sich genommen. Alte Komplizen seit mehr als dreißig Jahren ... Seine Freunde ...

Von ihrem Beobachtungspunkt ganz vorn an der „Pointe du Corbeau“ hat SIE nichts von dem Schauspiel verpasst.

Und während sie den Feldstecher in ihrem Rucksack verstaut, lächelt SIE, nimmt ihr Funkgerät wieder zur Hand und murmelt: Red Arrow, könnt ihr mich hören? Red Arrow, könnt ihr mich hören?“

Ihr Lächeln aber überdeckt nur ihre große Besorgnis.

*

Als die Retter, benachrichtigt von den Besatzungen der Mafilou und der Sweety, schließlich an der Unglücksstelle anlangen, ist Gérard Dorchel am Ende seiner Kräfte. Die Seenotretter des SNSM aus Trébeurden hieven den Schiffbrüchigen an Bord, während der Rettungskreuzer aus Locquirec, die Enez Glaz, das Meer in der Umgebung nach Spuren von Überlebenden absucht.

Trotz seiner Verstörung findet der ehemalige Passagier der Red Arrow die Kraft, von den Geschehnissen zu berichten. Die Polizei von Lannion und die Feuerwehr sind in Alarmbereitschaft versetzt worden, und während man ihn ins Krankenhaus transportiert, läuft die Rettungsmaschinerie auf Hochtouren. In der vagen Hoffnung, die beiden anderen Bordmitglieder hätten womöglich überlebt.

Im Bootsrumpf, zwanzig Meter unter Wasser, finden die Feuerwehrtaucher aber nur die beiden leblosen Leichen vor, während das Boot der Gendarmerie sich bemüht, so viele der oben treibenden Utensilien wie möglich für eine anschließende Untersuchung zu bergen.

Zwischen der Île Millau und dem Strand von Tesmeur in Trébeurden ist das Meer aufgewühlt von den unterschiedlichsten Wasserfahrzeugen: Da sind die Ermittler, die Seenotretter und nicht zuletzt die Boote der Freizeitkapitäne, die sich daran ergötzen, dass hier endlich mal wieder etwas passiert ...

An Bord der Mafilou verbirgt Laurence Laroche ihren Kopf in den Händen, unfähig, eine Träne zu vergießen. Neben ihr sitzt Isabelle, mit vor Schluchzen geröteten Wangen und hält sie bei den Schultern, versucht sie zu wiegen, so sanft wie möglich.

Mariette Bellec und Martine Guennec, die sich gegenüber sitzen, sind völlig regungslos, wie versteinert. Die Feuerwehrleute haben ihnen gerade jene schreckliche Nachricht überbracht, und dieser erneute Fluch, der nun ihre Freunde trifft, macht sie stumm.

Im Departement Côtes d'Armor herrscht Aufregung pur. Der stellvertretende Staatsanwalt von Guingamp ist sofort in Kenntnis gesetzt worden, und die Ermittlungen werden, nach langen Palavern zwischen den Verantwortlichen des Finistère und denen der Côtes d'Armor, in den Verantwortungsbereich der Behörde von Rennes übertragen. Commissaire Legrand ist bereits auf dem Weg.

*

Während die offiziellen Ermittlungen Fahrt aufnehmen, erholt sich Gérard Dorchel in Zimmer 312 des Krankenhauses von Lannion. Zur großen Erleichterung seiner Tochter Lauriane, die an sein Bett geeilt ist, sobald sie von dem Unfall erfuhr, hat er lediglich eine Unterkühlung und einige Schrammen davongetragen. Mit einem von der Wirkung seiner Infusion getrübten Blick hält der Gerettete zärtlich die Hand seiner einzigen Tochter.

„Mach' dir keine Sorgen ... Das wird schon wieder. Falls meine Körpertemperatur gegen Ende des Nachmittags normal ist, dann komme ich heute Abend schon 'raus, hat der Doktor gesagt."

„Bist du sicher, dass du bis dahin schon wieder einigermaßen auf dem Damm bist?"

„Es wird schon gehen, sag' ich dir. Es wird schon gehen."

Ein leises Klopfen an der Tür, und die Oberschwester tritt herein.

„Nun, Herr Dorchel, wie fühlen wir uns denn?"

„Körperlich geht es mir schon viel besser ... Mir ist warm, und ich kann Ihnen versichern, dass dies ein herrliches Gefühl ist ... Wenn das Wasser 16 Grad hat, dann reicht das wohl, wenn man zum Vergnügen ein kurzes Bad nimmt. Aber wenn man eine halbe Stunde lang drinnen sein muss, dann kann ich Ihnen nur sagen, dass es sich kalt anfühlt, sehr kalt!"

„Monsieur Dorchel, ich muss Sie etwas fragen ... Ich habe da draußen, sagt sie und weist dabei mit dem Kopf auf den Flur, den Commissaire Legrand, der Ihnen ein paar Fragen stellen möchte ... Aber wenn Sie zu müde sind, sage ich ihm, er soll ein anderes Mal wiederkommen."

„Nein, nein, das geht schon, sagen Sie ihm, er möchte hereinkommen!"

Ein wohlgenährter Herr mit schütterem Haar und einem schwarz-weißen Bart, Pfeffer und Salz, wie die Franzosen sagen, betritt den Raum. Hinter seinen kleinen runden Brillengläsern blickt ein Augenpaar, dem man die Erfahrung aller Spielarten der menschlichen Seele, gesammelt im Laufe bisher geführter Ermittlungen, abspürt.

„Monsieur Dorchel? Commissaire Legrand! Wie fühlen Sie sich?"

„Guten Tag, Commissaire. Gar nicht so schlecht. Danke ..."

„Wenn es sie nicht stört, dann hätte ich einige kleine Fragen an Sie."

„Natürlich! Das verstehe ich ... Kann meine Tochter hier bleiben? Sie ist selbst auch Polizistin."

„Ich wüsste nicht, was dagegen einzuwenden wäre. Es handelt sich lediglich um einige ganz einfache Fragen."

Der Gerettete kann nur das wenige berichten, das er vom Untergang von Jean-Patrick Gossets Boot mitbekommen hat.

Mit diesen mageren Informationen ausgestattet erreicht der Ermittler sein neues Hauptquartier, die Polizeistation in Plouégat.

*

Die Nachricht vom Untergang der Red Arrow schlägt in Locquirec ein wie eine Bombe. Wasserstoffbombe. Zwei weitere Opfer und, was das Schlimmste ist, bei allen

Bewohnern des Badeortes wohlbekannt. Das ist einfach zu viel!

Es ist zu viel für die Einwohner des Ortes. Es ist zu viel für die regelmäßig kommenden Gäste und auch für die Touristen. Schon haben einige von ihnen an den Rezeptionen der Campingplätze und der Hotels ihre Abfahrt angekündigt, verängstigt von der Epidemie tragischer Ereignisse, die hier seit April wütet.

Sogar in den Kneipen bleiben die Witze, die gern am Tresen gemacht werden, den Besuchern im Halse stecken. Das Leben geht seinen vorgesehenen Gang, aber in die Seele der Menschen schleicht sich eine unterschwellige Angst. Und es ist keine psychologische Hilfe in Sicht ...

Bei Laure Saint-Donge sitzt der Schrecken ebenfalls tief. Es war ihr wohl bewusst, dass die anderen Mitglieder der „Bande" gefährdet waren, aber zwei Opfer gleichzeitig und fast noch ein drittes! Derzeit scheinen ihr mehrere Hypothesen möglich.

Nach allem, was sie gehört hat, ist der Rumpf der Red Arrow mit sehr hoher Geschwindigkeit auf einen Felsen getroffen, der knapp unter der Oberfläche des Meeres lag. Danach ist das Boot innerhalb weniger Minuten gesunken und hat die beiden Männer in den Kabinen mit in den Tod gerissen.

Sie kann sich nicht von dem Gedanken frei machen, das Schicksal von Gérard Dorchel, von IHREM Gérard, merkwürdig zu finden.

Hypothese 1 von Zweien: Der Mörder wollte auch ihn beseitigen. Dann hält die Aussage mit dem ausgeuferten Trinkgelage in Guerlesquin nicht mehr. Wäre Gérard am Abend des 13. August 1973 vorzeitig nach Hause gefahren, dann hätte er auch an nichts Schlimmem teilnehmen können. Dann wäre also nach dem *Oastell* nichts Schlimmes passiert, sondern vorher. Das widerspricht jedoch allen Indizien.

Hypothese 2: Gérard ist wirklich nach Hause gefahren und ist frei von Schuld. Warum hat der Mörder ihn dann mit auf seine Liste gesetzt? Alle anderen Opfer wurden sorgfältig ausgewählt, und ihr Mordunfall wurde akribisch geplant. Warum jetzt ein Unschuldiger? Das ergibt keinen Sinn.

Dann bliebe also noch Hypothese 3: Gérard Dorchel steckt selbst hinter der Sache, und der Unfall von heute Morgen hatte unter anderem den Zweck, sich selbst von der Liste der Verdächtigen zu streichen!

Zu ihrem eigenen großen Bedauern muss Laure Saint-Donge zugeben, dass diese letzte Vermutung am schlüssigsten erscheint. Sie würde fast alles erklären ...

Es hilft alles nichts, sie muss ihren „Liebling" so schnell wie möglich sehen. Es gilt, die Verbindung zu finden zwischen dem Abend in Guerlesquin und einem derartig brutalen Rachefeldzug.

Und indem sie über ihre Theorie nachdenkt, kommt ihr wie von selbst ein Name auf die Lippen ... Rosine ... Rosine ... Aber damals ging er doch noch gar nicht mit ihr: Also, wie soll man sich diese fürchterliche Rache erklären? Sie muss ihn treffen! Unbedingt!

Und aufpassen muss sie, denn sollte er tatsächlich der Mörder sein, dann käme es ihm sicherlich auf einen „Unfall" mehr nicht an ...

Ich muss unbedingt Meunier verständigen. Er allein kann mir helfen und nur er kann die anderen potentiellen Opfer schützen.

Und da steht an erster Stelle Françoise Chevret. Aber was

ist mit Gérard Dorchel? Ja, auch der, sollte er denn, was ihr sehr unwahrscheinlich vorkommt, unschuldig sein.

Unwahrscheinlich ... Ja! Unmöglich? Wer weiß?

Sie versucht vergeblich, ihn zu Hause zu erreichen, auf seinem Handy, und sogar dem seiner Tochter. Sie erreicht nur die Mailbox. Und bezüglich des Capitaine Meunier, hat sie den gleichen Misserfolg. *Was für ein bescheuerter Nachmittag*, seufzt sie.

*

Die Sonne versinkt in den Wasserwirbeln von La Charrue, dem Nachbarfelsen von Beg an Fry. Oberhalb der Sables Blancs schauen ER und SIE sich das Schauspiel an und genießen es. Sie haben sich gegenseitig die Arme um die Schultern gelegt. In ihren Augen spiegelt sich ein seltsames Leuchten.

„Wir sind nicht mehr weit von unserem Ziel entfernt", murmelt er leise, „nur noch ein paar Tage, und es ist vollbracht."

„Wir müssen jetzt sehr vorsichtig sein ... Überall sind Polizisten."

„Jede Wette, davon werden hier mehr und mehr aufkreuzen ..."

„Trotzdem heute Abend das Kreuz von Pen Enez?"

„Jetzt erst recht ... Sie wird begeistert sein", sagt SIE mit geheimnisvoller Stimme ...

„Schau dir das an, wie schön das ist!"

XIII

Montag, der 16. Juli 2006

Die Woche beginnt für die Polizeibrigade von Plouégat mit einem Knaller, wegen der starken und unvorhersehbaren Blutung des Kreuzes von Pen Enez. Das obere Viertel Locquirecs wird für den Straßenverkehr gesperrt. Nachdem alle Umleitungen eingerichtet sind, können die Spurensicherer, die von Commissaire Legrand alarmiert wurden, endlich mit ihrer Arbeit beginnen. Erste Feststellung: Der Scherzkeks, der dies zu verantworten hat, wollte wohl einen Angst einflößenden Gothic-Effekt erzielen. Von dem Steingrau des Kreuzes ist nur noch ein winziger Teil zu erkennen, alles andere ist über und über mit Blut besudelt. Die Farbe dieses bereits geronnenen Blutes vermischt sich mit derjenigen der Geranien, die normalerweise der einzige Schmuck dieser religiösen Gedenkstätte sind, die an einer der Hauptkreuzungen des Badeortes liegt.

Nachdem die genommenen Proben ihren Weg ins Labor gefunden haben und die Straßen wieder für den Verkehr freigegeben sind, finden Commissaire Legrand und Capitaine Meunier endlich Zeit zu einem Gedankenaustausch, den die Journalisten mit den Attributen „herzlich“ und „konstruktiv“ umschreiben würden. In Wirklichkeit aber hütet sich der Capitaine, den es ärgert, von dem Fall entbunden zu sein und nur dann und wann einen mageren Knochen zugeschoben zu bekommen, seine Verbindung zu Laure Saint-Donge zu erwähnen ...

„Und was den Schiffsuntergang von gestern anbelangt, Commissaire, irgendwelche Neuigkeiten?“

„Ich hatte gerade den stellvertretenden Staatsanwalt von Guingamp am Apparat. Er hat beschlossen, das gesamte Wrack bergen zu lassen!“

„Bergung! Na, wenigstens sind sie diesmal nicht so geizig wie sonst ... Und wann soll das sein?“

„Möglichst Ende dieser Woche, spätestens aber ... Anfang nächster Woche.“

„Und die Leichen?“

„Die Marinetaucher werden sie mit der Ebbe von heute Nachmittag heraufholen ... und die Autopsie soll am Mittwoch früh im Krankenhaus von Saint-Brieuc vorgenommen werden.“

„Wie denken Sie denn über diesen ‚Unfall‘?“

„Passen Sie auf, Meunier, ich will ehrlich zu Ihnen sein, ich habe meine Nase eben erst in den Fall gesteckt, und bis jetzt habe ich absolut keine Erkenntnisse. Also, was das Bootsunglück angeht, da habe ich wohl gesucht, aber nichts gefunden. Sollte es kein Unfall gewesen sein, dann stellt sich die Frage: Wer hat einen derartig heftigen Aufprall herbeigeführt? Außer einer elektronischen Fernmanipulation, und das können uns nur die Informatikexperten für maritime Navigation mitteilen, wenn das Boot geborgen ist, kann ich mir nichts vorstellen. Ich habe Dorchel befragt und seine Aussage scheint stichhaltig. Wenn das, was er sagt, wahr ist, dann muss da ein Fehler innerhalb des Programmierungssystems gewesen sein. In dem Falle müssten wir einen Unfall feststellen, und ich hätte hier nichts mehr verloren! Es gäbe da noch eine andere Variante, die aber sehr unwahrscheinlich ist: Dorchel könnte alles selbst manipuliert haben und uns Lügen über das Geschehen an Bord aufgetischt haben ..."

„Was gedenken Sie denn jetzt zu tun?"

„Ich werde Dorchel noch einmal verhören. Ich möchte sein Alibi mit den Terminen der anderen Unfälle abgleichen. Haben Sie seine Telefonnummer?"

*

Da er für eine Woche krankgeschrieben ist, befolgt Gérard Dorchel den Rat, während der folgenden zwei Tage das Haus zu hüten. Also begibt sich Commissaire Legrand am Nachmittag zu dessen Heim im Hinterland von Lanmeur.

„Monsieur Dorchel! Wie geht es Ihnen?"

„Körperlich geht es. Psychisch ist es viel schlimmer. Ich habe ... praktisch vor meinen Augen ... zwei meiner besten Kameraden sterben sehen. Und ich selbst bin gerade mal so davongekommen! Ich hatte wahnsinniges Glück!"

„Sie haben mir gestern gesagt, dass sie selbst das GPS programmiert hatten, den automatischen Kurshalter oder wie immer Sie das Ding nennen."

„Jean-Pat' und Thierry haben es SRA irgendwas, tut mir leid, ich habe die Nummer vergessen, genannt ... Ja, ich habe es selbst programmiert, weil Jean-Pat' mich darum gebeten hatte. Bezugspunkt war die Westeinfahrt zur Fahrrinne des Hafens von Trébeurden. Der Felsen Le Four lag dabei eine Viertelmeile weit Steuerbord."

„Was ist denn Ihrer Meinung nach passiert?"

„Ich habe dafür nur eine einzige Erklärung: Der Rechner hat die eingegebenen Koordinaten nicht korrekt verarbeitet oder aber er hat den Kurs falsch korrigiert. Er hat uns viel weiter nach Norden geführt, als wir wollten, direkt auf den Felsen von Le Four, der bei Ebbe fast die Wasseroberfläche erreicht."

„Und Sie konnten den Felsen, Boot voraus, nicht ausmachen und manuell gegensteuern?“

Mitleidig lächelnd blickt Gérard Dorchel seinen Gesprächspartner an: „Fahren Sie Boot, Commissaire?“

„Ehrlich gesagt ist das nicht so mein Ding ...“

„Ja, dann verstehe ich das. Wenn Sie keinerlei Dünung haben, also ein Meer, glatt wie ein See, dann sehen Sie solche Felsen nicht. Besonders, wenn Sie hinten im Boot sitzen!“

Er dreht leicht den Kopf zur Seite und sein Blick verklärt sich.

„Und wir sind mit 38 Knoten draufgefahren. Mit 38 Knoten!“

„Es tut mir leid, Monsieur Dorchel, dass ich diese Erinnerungen in Ihnen wieder wachrufe ... aber, falls Sie Recht haben ...“

„Aber natürlich HABE ich Recht!“

„Sobald das Boot geborgen sein wird, werden sich unsere Spezialisten an die Arbeit machen und uns bestätigen, was sich tatsächlich zugetragen hat.“

„Können die denn überhaupt noch etwas finden, nachdem das Boot mehrere Tage unter Wasser gelegen hat?“

„Man wird sehen, Monsieur Dorchel. Warten wir mal ab ... Wenn Sie nichts dagegen haben, würde ich Ihnen jetzt gern ein paar andere Fragen stellen ... In Zusammenhang mit dem Tod Ihrer anderen Freunde.“

„Aber selbstverständlich, machen Sie nur.“

„Sehen Sie, ich rolle das Ganze wieder von vorn auf und wir überprüfen gerade die Terminkalender aller Mitglieder Ihrer ... ‚Bande‘.“

„Ich habe heute Morgen Mariette getroffen, die hat mir gar nichts davon erzählt.“

Der Commissaire antwortet konsterniert: „Wir fangen gerade erst an ... Sie sind der Erste."

„Okay. Ich habe nichts zu verbergen. Was genau wollen Sie denn wissen?"

„Was genau Sie taten zum Zeitpunkt des Todes Ihrer Kameraden?"

Mit zweifelndem Blick sagt der Überlebende der Red Arrow: „Ich dachte, die Untersuchungen hätten ergeben, dass es Unfälle waren ..."

„Ich habe es Ihnen doch gesagt, ich rolle alles noch einmal auf ... Am Tage – er schaut in seine Notizen – am Tage als Philippe Bellec umkam, wo waren Sie da?"

„Das war ein Samstagmorgen, sehr früh. Ich erinnere mich, als sei es gestern gewesen. Wenn ich am Samstagmorgen nicht mit dem Boot 'rausfahre, dann mache ich mir einen faulen Tag. Ich war also in meinem Bett, als er starb. Der arme Philippe ..."

„Und Sie ... waren allein?"

Wieder überzieht ein bitteres Lächeln sein Gesicht.

„Seit dem Tod meiner Frau lebe ich allein, Commissaire ..."

„Entschuldigen Sie bitte."

„François ist an einem Freitagabend gestorben ... Ich hatte ihn zum Essen eingeladen, aber er hatte abgesagt, aus irgendeinem Grund. An jenem Abend habe ich zusammen mit meiner Tochter Lauriane, die Sie ja gestern gesehen haben, und deren Freund gegessen. Gegen Ende des Abends sind sie wieder abgefahren, tut mir leid, ich weiß die genaue Uhrzeit nicht mehr."

Immer noch in seine Notizen vertieft, fährt der Polizeibeamte fort: „Also kann niemand bezeugen, wo Sie sich zum Zeitpunkt seines Todes aufhielten?"

„Was wollen Sie mir unterstellen? Dass ich, nur weil ich kein Alibi habe, etwas mit dem Tode François' zu tun hätte? Zwei Dinge können Sie sich merken, Commissaire ... Erstens, ich werde meine Zeit ganz bestimmt nicht damit vergeuden, nach einem Alibi zu suchen, nur weil ich Angst hätte, wegen irgendetwas angeklagt zu werden. Im Leben nicht! Und zweitens, da er ja nachweislich durch einen Verkehrsunfall ums Leben kam, welche Rolle sollte ich dabei gespielt haben?"

„Bitte fühlen Sie sich nicht persönlich angegriffen, Monsieur Dorchel, das sind alles reine Routinefragen! Und was das Verschwinden von Jean-Pierre Jégaden anbelangt, wo waren Sie in der Nacht vom Freitag, den 25. auf Samstag, den 26. Mai?"

„Daran erinnere ich mich noch sehr gut: Ich habe mir in Conquet ein Schnellboot gemietet, habe damit in der Nacht die Fähre eingeholt, bin an Bord geklettert, habe dann Jean-Pierre aus seinem Bett gerissen und ihn danach über Bord geworfen."

Dann streckt er dem fassungslosen Commissaire mit flehender Geste seine Handgelenke entgegen: „Verhaften Sie mich, Herr Commissaire, ich bin es gewesen!"

„Hören Sie zu, Dorchel, ich kann Ihre Reaktion verstehen, aber ich werde mich jetzt nicht von Ihnen auf den Arm nehmen lassen. Ich mache hier meinen Job, basta. Und ich verlange von Ihnen, dass Sie mir vernünftig antworten, ist das klar?"

„Aber was soll ich Ihnen denn sagen? Es war Nacht und ich habe geschlafen. In meinem Bett. Allein. Wieder einmal kein Alibi ..."

„Als Doktor Guennec ums Leben kam, war es auch Nacht. Ich schätze, da werden Sie mir das gleiche erzählen."

„Nein, Commissaire. In diesem Falle werde ich der Guillotine, dem elektrischen Stuhl und dem Galgen entkommen. Für diese Nacht habe ich EIN ALIBI. Ich hatte einen Telefonanruf von Martine Guennec um drei Uhr morgens. Ich habe auf die Uhr geschaut!"

„Drei Uhr, prima. Ich habe es mir notiert, wir werden das überprüfen. Und was war vor drei Uhr?"

„Fragen Sie mein Bettzeug!"

Der Polizist zuckt mit den Achseln.

„Noch eine letzte Frage, bevor ich gehe: Was haben Sie am Dienstag, dem 11. Juli im Morgengrauen gemacht?"

„Wochentags stehe ich zwischen sechs Uhr dreißig und sieben Uhr auf. Und an dem betreffenden Tag auch."

„Und auch diesmal kein Zeuge?"

„Und auch diesmal nicht, Commissaire. Nie habe ich Zeugen. Ist das schlimm?"

„Schön, dass Sie Ihren Humor nicht verloren haben, Dorchel. Machen Sie nur so weiter ... In der Zwischenzeit möchte ich Sie bitten, unsere Gegend nicht zu verlassen. Ich werde jemanden zu Ihrer Bewachung abstellen. Sollten die Geschehnisse keine Unfälle gewesen sein, könnten Sie immer noch in Gefahr sein. Da möchte ich kein Risiko eingehen."

*

Die Blutanalyse des Kreuzes von Pen Enez erreicht die Polizeistation von Plouégat am späten Nachmittag.

Es ist keine Überraschung, dass es sich hier, wie auch vorher am Felsen La Roche Tombée um Kaninchenblut handelt. Die Proben, die bei Beg an Fry und im Trou du Diable genommen wurden, waren leider nicht mehr auswertbar.

Für Commissaire Legrand und Capitaine Meunier ändert das nicht viel an der Sache. Die beiden Männer sind übereingekommen, alle Mitglieder der „Bande“ beschatten zu lassen, insbesondere Françoise Chevret und Isabelle Lebech, die ganz oben auf der Liste zukünftiger Opfer stehen.

In der Lokalpresse sorgt die Häufung an ungewöhnlichen Todesfällen in Locquirec für Schlagzeilen. Die Journalisten stürzen sich auf den Verlauf der Ermittlungen und fragen sich, wie zum Teufel die Red Arrow mitten auf dem Meer hat havarieren können, da sie schließlich von einem hoch gepriesenen elektronischen System navigiert wurde.

Laure Saint-Donge verfolgt aufmerksam die Artikel ihrer Kollegen. Sie verfügt über detailliertere Informationen zum gestrigen Bootsunglück. Sie weiß vor allem, dass ihre dritte Hypothese, Gérard Dorchel habe seine Hände dabei im Spiel gehabt, noch lange nicht vom Tisch ist. Und das macht ihr sehr zu schaffen.

*

Nachdem am anderen Ende das Telefon nicht abgenommen wird, entschließt sich die Detektivin, den Stier bei den Hörnern zu packen und unangemeldet bei dem Straßenmeister aufzulaufen. Dass ein Polizeifahrzeug vor seinem Gebäude parkt, überrascht sie nicht, hatte Capitaine Meunier es doch angekündigt.

Sie trifft Gérard Dorchel im Schatten eines Baumes an. Auf dem Gartentisch hat er eine Seekarte ausgebreitet, hält sein Navigationsbesteck in der Hand und macht einen sehr konzentrierten Eindruck, derweil er Notizen in ein kleines Heft schreibt. Komischerweise zuckt er kaum zusammen, als sie so unerwartet in sein Gesichtsfeld tritt.

„Oh, Laure! Wie freue ich mich, dich zu sehen. Wie geht es dir?“

Die junge Frau, die nun weniger aufreizend gekleidet ist, Caprihose und türkisfarbenes, nicht ausgeschnittenes Trägertop, antwortet ihm mit einnehmendem Lächeln:

„Diese Frage sollte man eher dir stellen, nach all dem, was gestern passiert ist ...“

Und dann muss er noch einmal von den dramatischen Augenblicken erzählen, die dem Untergang der Red Arrow vorausgegangen waren. Als er bei einem gemeinsamen Glas Cidre zum Ende kommt, stellt er ihr die Frage: „Und du, was ist mit deinen Ermittlungen? Jetzt, da sich die Polizei des Falles angenommen hat, ermittelst du trotzdem weiter?“

„Jetzt erst recht, Gérard, jetzt erst recht ...“

„Und hast du etwas herausbekommen?“

Wieder treffen sich ihre Blicke für eine Weile, voller widersprüchlicher Gefühle: Zärtlichkeit, Misstrauen, Beunruhigung, Bedrohung, Liebe? Sie löst als Erste den Blick, seufzt und antwortet ihm mit süßlicher Stimme:

„Ja, ich habe etwas herausbekommen, Gérard ...“

„Das scheint dir aber gar nicht zu gefallen.“

„Ja, das stimmt“, antwortet sie und schaut ihm wieder in die Augen. „Ich bin zu einigen Schlussfolgerungen gelangt, die mir gar keine Freude bereiten ...“

„Und das heißt ... ?“

Ihre Augen sind ganz in seinen versunken, als sie nach langem Schweigen antwortet: „Ich glaube, ich weiß jetzt alles, Gérard ... Mir fehlen noch einige kleine Details, aber im Groben weiß ich Bescheid.“

Ganz langsam, so wie in der Zeitlupe eines Kinofilmes legt sie zärtlich ihre beiden Hände auf die Seinen.

„Du hast das alles für Rosine getan ... Ich weiß nicht, was

an jenem Abend in Guerlesquin passiert ist, aber du hast das alles für sie getan, oder?“

Er rührt sich nicht. Seine Hände zittern noch nicht einmal, als er antwortet: „Wie hast du das herausgefunden?“

„Damals im Caplan, da habe ich es dir an den Augen angesehen. Eine Frau kann in den Augen lesen, und deine Augen sind sehr ausdrucksvoll!“

„Und was liest du jetzt in meinen Augen?“

„Eine ganze Menge. Deine Iris ist wie ein Kaleidoskop voller mosaikartiger Facetten. Schön sieht das aus, sehr schön.“

„Und was sagt dir das?“

„Das sagt mir, dass du in sehr widersprüchliche Gefühle verstrickt bist. Dass du nicht genau weißt, was du tun wirst oder was du tun MUSST.“

„Weißt du es denn?“

„Ich weiß, was ich für dich empfinde. Und ich weiß, was du für Rosine getan hast.“

Er dreht plötzlich den Kopf zur Seite und entzieht ihr seine Hände. Dann steht er auf und wendet ihr den Rücken zu.

„Du kannst dir ja nicht vorstellen, wie das Leben für uns vier war.“

„Wieso vier?“

„Rosine, Lauriane, Morgane und ich.“

„Morgane?“

„Morgane, die Tochter von Rosine. Geboren am 12. Mai 1974. Rosine war noch nicht einmal 19 Jahre alt ...“

„Und ... der Vater?“

Im Augenblick der Fragestellung hat Laure Saint-Donge bereits die Antwort erraten. Der 12. Mai 1974, neun Monate nach dem Fest in Guerlesquin ...

„Unbekannt. Oder eher ... wohlbekannt. Tatsächlich

waren es sechs Wohlbekannte! Philippe Bellec, François Lebault, Jean-Pierre Jégaden, Daniel Guennec, Thierry Laroche und, der Schlimmste von allen, Jean-Patrick Gosset ... Als sie Guerlesquin verlassen haben, waren sie alle besoffen und ... heiß. Als sie dann den Abend bei Jean-Pat' haben ausklingen lassen, war Rosine ebenfalls total betrunken. Sie war gut drauf und wollte Spaß haben und tanzen. Aber die anderen hatten nur eins im Kopf: Vögeln, vögeln, vögeln. Sie wollte nicht. Sie haben versucht, sie zu erregen, aber sie wollte nicht. Dann haben sie Rosine gezwungen. Einer nach dem anderen haben sie sie vergewaltigt. Sie haben mit ihr die größten Schweinereien angestellt, die man sich vorstellen kann und sie hatte nicht die Kraft, ihnen zu entkommen ... Anfangs hat sie geschrien, aber das Haus von Jean-Pat' liegt so einsam, da konnte sie niemand hören ... Als ihr klar wurde, dass alle Gegenwehr keinen Sinn machte, hat sie alles weinend über sich ergehen lassen, während die Schweine über sie lachten. Sie waren wie von Sinnen und hatten ein Level an Perversität erreicht, das man nicht einmal in den abartigsten Pornofilmen finden kann. Sie haben sie beschmutzt, erniedrigt und zu einem Sexualobjekt gemacht. Sie haben sie zerstört ... Davon hat sie sich nie wieder erholt. Sie haben ihr Leben ruiniert ..."

„Hat sie die Jungen denn nicht angezeigt?"

„Sie hat sich so sehr geschämt! Die ganze Nacht über haben sie ihr Alkohol eingeflößt, Whisky, Bourbon, Wodka. Erst im Morgengrauen haben sie von ihr abgelassen. Sturzbetrunken in einem Schlafzimmer. Unmöglich, in diesem Zustand zur Polizei zu gehen. Die hätten gesagt, sie sei erwachsen und alles sei mit ihrer Zustimmung geschehen. Was wäre ihr Wort gegen das der Jungen wert gewesen? Und weil das alles Söhne aus renommierten Familien waren, hätte man sie am Ende als Nutte hingestellt ... Also ist sie nach Hause gegangen, hat zu niemandem ein Wort gesagt, noch nicht einmal zu ihrer Mutter! Sie hat sich total zurückgezogen, ihr Schmerz hat sie praktisch gefangen genommen ..."

„Haben denn die Jungen nicht reagiert?"

„Die waren so besoffen, dass sie sich kaum an etwas erinnern konnten. Als ihnen später klar geworden war, was sie getan hatten, haben sie Panik bekommen. Statt zu versuchen, die Sache auf irgendeine Weise zu bereinigen, haben sie sich entschieden, die Schnauze zu halten. Das ist dann ihr GROßES GEHEIMNIS geworden. Glaub nur, falls jemand dahinter gekommen wäre, dann wäre es vorbei gewesen mit ihrer goldenen Zukunft, mit ihrem feinen Leben als Papasöhnchen!"

„Welche Rolle hat denn aber Marie-Annick in der Sache gespielt?"

„Sie war die Dirigentin der Orgie. Normalerweise konnte sie kein Wässerchen trüben, aber wenn sie betrunken war, dann war sie zu allem fähig. In jener Nacht wollte sie sich mit einem Mädchen vergnügen, wollte, dass es dabei litt, so sehr, wie sie selbst niemals hätte leiden wollen ... Und je mehr Rosine weinte, umso intensiver hat Marie-Annick die Jungen angestachelt, immer härtere sexuelle Praktiken anzuwenden ..."

„Das ist ja abstoßend, ungeheuerlich! Wie kann eine Frau denn so etwas tun?"

„Sie war ein Monster, ein Monster! Und das einzige, was ich in dieser Angelegenheit bedauere ist, dass sie mit ihrem Schädelbruch nicht länger hat leiden müssen. Was sind schon ein paar Sekundenbruchteile des Leidens angesichts der furchtbaren Stunden, die Rosine durchleben musste? Der Tod von Marie-Annick war zu sanft, viel zu sanft ..."

„Und das Kind? Wie ist das denn abgelaufen?"

„Als ihr bewusst wurde, dass sie schwanger war, ist Rosine innerlich zusammengebrochen. Es gab damals noch nicht die Möglichkeit einer legalen Abtreibung. Und ihr fehlte der Mut, ins Ausland zu gehen, oder sich einer ‚Engelmacherin' anzuvertrauen ... Es war das Jahr, in dem sie ihr Abitur ablegen wollte ... ihr Abitur. Sie hat dann die Schule abgebrochen und ganz allein ihr Kind geboren. Ihre Mutter hat ihr die Geschichte mit der Vergewaltigung nie abgenommen und sie wie ein unerwünschtes Kind verstoßen, hat sie als Herumtreiberin bezeichnet, die nun das bekäme, was sie verdient hätte. Da hat sie ihre Mutter verlassen und ist mit ihrer Tochter Morgane in den Süd-Westen gezogen."

Für einen kurzen Moment wendet er sich Laure zu und lächelt traurig: „Klingt irgendwie nach *Les Misérables* oder nach Zola, nicht? Und dennoch spielte sich das im zwanzigsten Jahrhundert ab und nicht im Neunzehnten! *Étonnant, non?*"

Die Anspielung auf den Humoristen Pierre Desproges berührt die Detektivin weiter nicht, so sehr ist sie schockiert von den schrecklichen Enthüllungen.

„Und Morgane? Was ist aus ihr geworden?"

„Ich habe Rosine, ich sagte es ja bereits, im Jahre 1977 wieder getroffen. Da war Morgane drei Jahre alt. Sie war ein liebenswertes Kind, aber ... sie lächelte kaum. Gegen Ende 1975 hatte Rosine jemanden gefunden, der das Kind offiziell als sein eigenes anerkannt hat. Der dem Kind seinen Namen gegeben hat ... und der ein halbes Jahr später, von Drogen und Alkohol zerstört, den Abgang gemacht hat. Damit hat er sowohl der Mutter als auch dem kleinen Mädchen noch mehr Leid zugefügt. Du kannst dir nicht vorstellen, was dann in Beg-Meil mit uns passiert ist, was wir füreinander empfunden haben ... Das kannst du dir nicht vorstellen! Ich war glücklich, sie zu sehen, aber für sie war ich, wie soll ich es ausdrücken, ich war ... wie ein Vergebungsengel, ein Mittel, sich von ihrer Schuld zu befreien. Von einer Schuld, die sie empfand, obwohl sie ja lediglich das Opfer gewesen war ... Wir haben unglaubliche Wochen und Monate in sorglosem Glück verlebt. Sie schien die Vergangenheit abgestreift zu haben, lachte mit Morgane und ließ sie auf ihren Knien hopsen."

Sein Blick schweift noch weiter in die Ferne, als er wiederholt: „Sie ließ das Kind auf ihren Knien hopsen! Wir waren glücklich. Zusammen. Damals arbeitete ich in Vannes und sie war Schwesternhelferin im Krankenhaus von Auray. Wir wünschten uns ein gemeinsames Kind und Morgane freute sich auf eine kleine Schwester ... Lauriane wurde 1982 geboren ... Wir waren glücklich, restlos glücklich! Das war unbeschreiblich! Eines Tages sind wir nach Sarzeau gefahren. Das Wetter war so herrlich, dass wir eine nette Zeit am Strand verbringen konnten ... und als krönenden Abschluss des Nachmittags habe ich meine drei Damen in die Crêperie du Menhir eingeladen ... Es war Sonnabend, der 12. Juni 1984. Morgane war gerade zehn Jahre alt. Ich goss der Kleinen gerade ein Glas Limonade ein, da tauchten plötzlich *‚sie'* auf, hatten sich untergehakt und lachten über irgendeine Nichtigkeit, wie alle Verliebten es tun. Jean-Pat' und Cathérine ... Ich habe mich gefreut, sie zu sehen, war ich doch seit dem Sommer 1975 nicht mehr in Locquirec gewesen ... Und ich hatte bis dahin keine Ahnung von der Geschichte ... Ich habe sie umarmt, Küsschen rechts, Küsschen links und großes Hallo! Als Rosine aber die beiden sah, begann sie zu weinen und flüchtete sich mit beiden Kindern in unser Auto. Ich habe nichts verstanden, überhaupt nichts... Und den beiden ging es offensichtlich ebenso."

Wieder wendet er sich Laure Saint-Donge zu, blickt ihr für einige Sekunden offen in die Augen, dann verliert sich sein Blick wieder in dem ländlichen Hinterland von Locquirec. Die Augen in der Vergangenheit. Die Augen im Glück ... Die Augen im Unheil ...

„Nach diesem Tag hat sie etwa drei Wochen lang nicht mehr mit mir gesprochen. Abgesehen vom Allernötigsten, um das tägliche Leben aufrecht zu erhalten, aber sonst nichts ... Lauriane war noch ganz klein und konnte das noch nicht einordnen. Aber Morgane verstand nicht, was los war. Und ich auch nicht. Dann begann sie schließlich zu reden, anfangs noch sehr zögerlich ... Und am 13. August 1984, dem ‚Jahrestag' ihrer Folter, hat sie mir alles gesagt ... Alles ... Jedes Detail. Ich habe gesagt: ‚Hör' auf, hör' auf!' Sie hat weiter geredet. Selbst von den schrecklichsten Dingen hat sie mir erzählt, als wolle sie sich damit entlasten oder einen Exorzismus praktizieren ... Es war schrecklich, unerträglich, aber ich weiß heute, dass es ihr gut tat, darüber zu reden ... Also habe ich mich gezwungen, ihr zuzuhören. Ich habe alles, was sie mir sagte, abgespeichert. Und an jenem Tage habe ich mir eines geschworen ... Dass alle, die daran beteiligt waren, dafür bezahlen sollten ... Und zwar MIT DEM LEBEN, weil sie das Leben von Rosine zerstört hatten. Ich habe es mir damals geschworen ... und habe meinen Schwur gehalten. Diese Säue sind tot. Tot!"

„Und danach?"

„Nach was?"

„Nach dieser Aussprache?"

„Danach begann ein langer Leidensweg für uns alle. Nach jenem Tage war nichts mehr wie vorher. Und für Morgane begann ein langer Abstieg in die Hölle. Ihre Mutter fing an, sie zu vernachlässigen und das Interesse an der Tochter zu verlieren. Ich habe alles versucht, das auszugleichen so gut ich es eben konnte, aber ein Stiefvater kann einfach keine Mutter ersetzen, besonders, wenn die Mutter ja anwesend ist! An ihrem dreizehnten Geburtstag hat Morgane die Wahrheit über ihre Geburt und die Vergewaltigungen von ihrer Mutter erfahren. Warum Rosine das getan hat, da sie doch wissen musste, dass ihr Kind daran zerbrechen würde, habe ich niemals erfahren und auch nicht verstanden ... Nachdem sie nur noch Ablehnung von ihrer Mutter erfuhr, geriet die schöne Jugendzeit für Morgane zu einer Folge stetiger Desaster. Es gab Probleme in der Schule, Alkoholprobleme, Drogen, dann ist sie weggelaufen. Ich habe zu jedem ihrer Ausfälle gestanden. Zu jedem. Rosine hat auf nichts reagiert. Sie lebte in ihrer eigenen Welt, nahm den normalen Alltag überhaupt nicht mehr wahr. Wenn sie jemals einem Menschen zulächelte, dann war das Lauriane ... Sie wollte auch niemals einen Psychologen konsultieren, geschweige denn einen Psychiater. Und ich, angesichts ihrer Depressionen, ich wusste nicht mehr, was ich tun sollte ... 1996 wollte ich es dann ‚mit der Brechstange' versuchen. Ich dachte mir, wenn wir uns Locquirec näherten, dann könnte ihr das vielleicht dabei helfen, ihre ‚Trauerarbeit' zu leisten. Eine örtliche Nähe zu ihrem Golgatha könnte vielleicht den inneren Knoten lösen. Ich wollte, dass sie endlich aus ihrer Lethargie erwacht ... Und was mich selbst anbelangt, so wollte ich gern vor Ort sein, um meinen Rachefeldzug vorzubereiten. IHREN Rachefeldzug. Dauernd dachte ich daran, nun schon seit zwölf Jahren.

Ich dachte, ihr würden meine Pläne gefallen ... aber ganz im Gegenteil. Ich musste ihr schwören, nichts Derartiges zu unternehmen, so lange sie lebe, weil sie mich nicht verlieren wollte. Da konnte ich noch so viel Überzeugungsarbeit leisten und ihr sagen, dass wir doch sowieso nichts mehr zu verlieren hätten, sie wollte nicht, dass ich ins Gefängnis käme. Der Gedanke, ich würde sie allein lassen, war ihr unerträglich. Und sie wollte die Zukunft von Lauriane nicht gefährden ..."

„Wenn Rosine derart depressiv war, hat sie denn niemals mit dem Gedanken an Selbstmord gespielt?"

„Doch, manchmal schon. Aber der Gedanke an Lauriane hat sie davon abgehalten! Sie war solch ein liebenswertes kleines Mädchen ..."

„Und wie ist die Sache für Morgane ausgegangen?"

Gérard Dorchel nimmt Platz und legt seine Hände auf Laures.

„Arme Morgane! 1992 hat sie endgültig unser Haus verlassen, sie war damals gerade 18 Jahre alt. Ich habe versucht, sie zurückzuhalten, später dann sie aus der Ferne zu schützen, so gut ich konnte. Ich habe in Erfahrung gebracht, wie es ihr ging und habe ihr Geld geschickt ... Aber das hat alles zu nichts geführt. Sie wollte ihre Probleme offenbar behalten. Jedes Mal, wenn sich ihre Lebenssituation ein wenig stabilisierte, wenn sie eine kleine Arbeit oder einen Freund gefunden hatte, dann hat sie bald darauf wieder alles zerstört und ist in eine neue missliche Lage hineingeschlittert. Als ob sie sich selbst jegliche Hoffnung und Glück versagen wollte. 1998 hat sie sich dann vor die Métro gestürzt ... U-Bahnhof Montparnasse ... Wie als letzte Botschaft an ihre Mutter ... Schau einmal, ist meine Geschichte nicht schön?"

„Nein! Ganz und gar nicht! Wie hat Rosine denn auf den Tod ihrer Tochter reagiert?"

„Sie hat überhaupt nicht reagiert. Ich habe mich allein um

die Beerdigung gekümmert und sie ist nicht einmal hingegangen. Es war, als wollte sie ihre erste Tochter aus ihrer Erinnerung streichen ...“

„Und ... nach dem Tode Morganes, hat sie da ihr Verhalten geändert?“

„Ach was! Morgane existierte für sie schon lange nicht mehr. Nur Lauriane zählte noch für sie. Lauriane war der Dreh- und Angelpunkt ihres Lebens, ihr einziger Lebensinhalt ... Lauriane wuchs heran und hat unser Haus verlassen ... Etwa zeitgleich hielt der Krebs Einzug. Rosines Depressionen verschlimmerten sich von Tag zu Tag ... Ich konnte sie einfach nicht mehr leiden sehen und meine Ohnmacht, ihr zu helfen, erdrückte mich ... Da habe ich vor zwei Jahren damit begonnen, meine Pläne auszuarbeiten und den Boden für meine Handlungen vorzubereiten. Ich habe mich darum bemüht, neue Bindungen zu der ‚Bande‘ zu knüpfen und wieder einer von ihnen zu werden. Dadurch lernte ich ihre Gewohnheiten, ihre Zeitplanung und ihr Verhalten besser kennen.“

„Hat es denn Rosine nichts ausgemacht, dich unter ihnen zu wissen?“

„Sie wollte gar nicht wissen, was ich tat. Ob ich da war oder ob ich weg war, sie saß in ihrem Sessel neben dem Fenster, oft stundenlang, den Blick ins Leere gerichtet. Manchmal murmelte oder sang sie ganz leise vor sich hin, ohne dass man etwas hätte verstehen können. Als sie dann verstorben ist, habe ich es als Erleichterung empfunden. In erster Linie für Rosine. In der Zeit davor war ihre fleischliche Hülle zwar auf der Erde, ihr Geist aber weilte bereits anderswo, in einer viel ... reineren Welt. Und in zweiter Linie für mich, denn jetzt hatte ich niemanden mehr, der mich davon abhalten konnte, endlich Rache zu üben!“

„Und nun, da du am Ende deines Feldzuges angelangt bist, was gedenkst du nun zu tun?"

In die Augen des Mörders tritt ein qualvolles Flackern. Ein stummes Flehen.

„Und du, nachdem du nun mein Geständnis gehört hast, was gedenkst DU denn zu tun?"

Die Detektivin erhebt sich, tritt an das Ende der Terrasse und schaut weit in die Ferne.

„Gérard, glaubst du wirklich, dass ich eine Wahl hätte? Ich verstehe deine Gründe ... und ich weiß nicht, wie ich an deiner Stelle gehandelt hätte ... aber ..."

„Aber du wirst mir einen Vortrag halten nach dem Motto: ‚Man darf doch keine Selbstjustiz üben, was wird denn aus unserer Gesellschaft, wenn wir zu Wild-West Manieren greifen?' und anderen Allgemeinplätzen, die moralisch akzeptabel und politisch korrekt sind. Ich sage, sie haben meine Frau getötet und sie haben ihre Tochter getötet. Unsere Tochter! Sie haben sich ihr gegenüber wie wilde Tiere benommen! Was ich getan habe, war nachträgliche Notwehr und sonst nichts, klar?"

„Wir leben im Jahr 2006, Gérard, und die Todesstrafe ist längst abgeschafft!"

„Nicht für mich! Wenn man jemanden tötet, an dem ich hänge, dann habe ich das Recht, seinen Mörder umzubringen!"

„So darfst du einfach nicht argumentieren, das ist doch alles viel zu kurz gegriffen!"

„Du wirst mich also anzeigen?"

„Selbstverständlich, Gérard, es bleibt mir ja keine andere Wahl!"

„Man hat immer eine Wahl!"

„Wenn ich nichts unternehme, mache ich mich zu

deiner Komplizin ... Das war deine Rache und nicht meine ..."

„Okay, ich verstehe. Du wirst mir also nicht helfen?"

„Ich kann nicht! Und du wirst deinem Schicksal nicht entgehen ... Falls du dich nicht freiwillig stellst, wird die Polizei herkommen und dich verhaften. Das perfekte Verbrechen gibt es nicht. Und über kurz oder lang werden sie dich finden."

„Und dann stecken sie mich ins Loch bis ans Ende meiner Tage?"

„Mit Hilfe eines guten Anwalts wird man dir sicherlich mildernde Umstände zubilligen ..."

„Ich habe nicht die Absicht, ins Gefängnis zu gehen."

Und mit fester Stimme fügt er hinzu: „Ich weiß, was ich zu tun habe ..."

„Du willst fliehen?"

„Nenn' es, wie du willst ... Es gibt da eine andere Welt ... Anderswo, wie es in dem *Chanson* von Jean-Louis Aubert heißt ... Aber bevor ich gehe, möchte ich noch einiges für Lauriane regeln, damit sie später keinen Ärger hat. Ich muss dafür einige Maßnahmen ergreifen und einige persönliche Dinge ordnen ... Darf ich dich um etwas bitten?"

„Ja, sicher ..."

„Gib mir Zeit bis Freitagabend, dann tu, was du für richtig hältst und ich verspreche dir etwas dafür ..."

„Was denn?"

„Im Gegenzug schreibe ich dir haarklein auf, wie ich all diese Taten begangen habe. Du bekommst von mir ein komplettes Geständnis, exklusiv und punktgenau! Denke einmal darüber nach!"

„Was du da von mir verlangst ist nicht besonders moralisch ..."

„Was ist an dieser Welt schon moralisch, Laure? Ich bitte dich doch nur um ein paar Tage Aufschub. Ein paar Tage für ein Leben! Das ist doch nicht zu viel!"

„Und wenn die Bullen alles vorher entdecken?"

„Was sollten die denn schon entdecken? Wenn sie das Wrack bergen, dann glaube ich nicht, dass der Computer von den Experten noch ausgewertet werden kann, nach seinem Aufenthalt im Salzwasser ... Sollten sie dennoch herausfinden, dass ich es war, der das Boot auf den Felsen gelenkt hat, wie viel Zeit würden sie dazu wohl benötigen? Wenn man die Verzögerungen innerhalb der Justiz bedenkt, die Ferientage, die Zeit, bis eine Expertise verfasst ist, dann läuft da gar nichts vor nächster Woche. Und nächste Woche ... da bin ich ... weit, weit weg!"

Gérard Dorchel folgt Laure an den Rand der Terrasse. Da stehen sie nun nebeneinander und schweigen. Beider Augenpaare sind in die gleiche Richtung gewandt.

Die Journalistin unterbricht als Erste die Stille: „Einverstanden. Ich werde bis Samstagmorgen den Mund halten."

Und ohne ihn noch einmal anzuschauen macht sie kehrt und geht auf das Haus zu. Er regt sich nicht. Seine Augen blicken immer noch in weite Ferne.

Als sie die Giebelseite des Hauses erreicht hat, hält sie plötzlich an, zögert und wendet sich ihm zu. Mit trauriger Stimme fragt sie: „Und werde ich dich noch einmal sehen ... vorher?"

Er löst sich aus seiner offensichtlichen Erstarrung, dreht sich ebenfalls um und geht langsamen Schrittes auf sie zu. Er sucht ihren Blick, kommt ganz nahe, drückt einen flüchtigen Kuss auf ihre Lippen und sagt: „Lieber nicht. Adieu, Laure ..."

„Adieu ..."

Als sie in ihren Wagen steigt, hat sie Tränen in den Augen. Ein Polizist döst am Steuer seines blauen Clio vor sich hin.

*

Commissaire Legrand ist in seinen Ermittlungen stecken geblieben. Er schaut auf das Morgengrauen eines Sonne versprechenden Freitags. Es ist der 21. Juli.

Gérard Dorchel scheint noch immer der Verdächtige Nummer eins zu sein, es gibt allerdings keine schlüssigen Beweise gegen ihn.

Die anderen Mitglieder der „Bande“ wurden ebenfalls befragt und einige von ihnen besitzen ebenso fadenscheinige Alibis wie der Chef der Straßenmeisterei.

Untersuchungsrichter Menard, der mit der Akte „Schiffbruch der Red Arrow“ befasst ist, hat Haussuchungen bei allen Überlebenden der „Bande“ veranlasst, auf der Suche nach Kaninchen oder Kaninchenblut. Zum erneuten Male führen Spuren in Richtung Gérard Dorchel: In einem Nebengebäude seines Resthofes befinden sich etwa 20 Kaninchen in einem größeren Verschlag ...

Als Dorchel hierauf angesprochen wurde, fiel dem Verdächtigen weiter nichts ein als: „Aber Herr Commissaire, ich wusste gar nicht, dass Kaninchenhaltung verboten ist ...“

Was soll man darauf antworten? Und außerdem hat man auch Kaninchenställe bei Laroche gefunden.

Allerdings keine Spur von Kaninchenblut, in keiner der untersuchten Kühltruhen ...

Die Polizei sieht sich auch noch mit einem ganz anderen Problem konfrontiert: Ihre verfügbaren Einsatzkräfte reichen nicht aus, um eine umfassende Überwachung aller möglichen

Opfer gewährleisten zu können. Es ist schließlich Sommer, und etliche Beamte befinden sich im Urlaub.

Wie soll man auf Verstärkung „von oben“ hoffen, ohne belastbare Anhaltspunkte in dieser Angelegenheit vorweisen zu können?

Ein Gérard Dorchel, der sich vollkommen frei bewegen kann, erreicht sein Segelboot „Sweety“. Um auf eine letzte Reise zu gehen.

EPILOG

Am Strandabschnitt Plage des Curés auf der Seite der Bucht von Locquirec, die zu Plestin gehört, warten etwa 40 Wettkämpfer, bekleidet mit Neoprenanzügen oder einfach in Badehosen, auf den Start zum diesjährigen traditionellen Schwimmwettbewerb Traversée de la Baie. Dieser Wettkampf ist der bekannteste in der weiteren Umgebung.

14 Uhr 20. Keine zehn Minuten mehr bis zum Start. Alle Rettungsboote sind vor Ort: Der Zodiac des Spezialkommandos der Polizei CRS aus Plestin mit einem Arzt; die Enez Glaz, ein Rettungskreuzer der SNSM von Locquirec mit einem weiteren Mediziner an Bord und diversem Material zur Reanimation; die Gouliat, das zweite schnelle Einsatzschiff der SNSM aus Locquirec und die Christiansen, das Boot der Tauchgruppe Locquirecs.

Alle sind bereit, oder fast alle.

„Leitstelle SNSM an Rettungskreuzer! Leitstelle SNSM an Rettungskreuzer!"

„Rettungskreuzer an Leitstelle, ich empfange Sie laut und deutlich. Signalstärke fünf."

„Gut. Wir haben soeben einen Notruf der CROSS erhalten, ich wiederhole, Meldung der CROSS, Ihr habt einen Einsatz vor der Pointe de Primel, Pointe de Primel, ein Kind ist von den Felsen gefallen, von den Felsen gefallen. Begebt euch sofort dorthin."

„Verstanden, Leitstelle, verstanden. Wir übergeben Reanimationsmaterial und Arzt an die Christiansen und fahren zur Pointe de Primel."

Fünf Minuten später am Strand von Plestin: Der Motor des plestin'schen Zodiacs gibt keinen Mucks von sich.

„Was geht hier vor?", fragt Philippe Le Braz, der stellvertretende Bürgermeister aus Plestin, der für den Start des Rennens zuständig ist.

„Ich habe keine Ahnung, der Motor will einfach nicht anspringen."

„Können Sie das in Ordnung bringen?"

„Das glaube ich nicht. Ich muss den Mechaniker anrufen."

„Wo soll Doktor Terrouche jetzt mitfahren?"

„Soll die Gouliat ihn doch aufnehmen."

*

Auf der anderen Seite der Bucht, am Strandabschnitt La Palud, legt eine Taucherin ihren Neoprenanzug an, überprüft ihren Bleigürtel und die Funktion der Pressluftflaschen. Mit behandschuhten Händen ergreift sie die Taucherbrille und spuckt hinein, damit diese nicht so schnell beschlägt. Im Entengang watschelt sie mit ihren langen Taucherflossen dem Meer entgegen und versichert sich dabei, dass der kleine Beutel aus wasserdichtem Gewebe ordentlich an ihrem Gürtel befestigt ist. Mit ihrer kleinen Signalboje im Schlepptau, so wie es sich für einen verantwortungsbewussten Taucher gehört, schwimmt sie ruhig bis vor Le Bilou, dem kleinen Felseninselchen zwischen La Roche Tombée und L'Île-Verte, wo sich ein besonderer, äußerst artenreicher Fischgrund befindet. Neben ihrer Boje taucht die junge Frau ab, und niemand nimmt davon Notiz.

*

Die „Sweety“ navigiert mit Motorkraft. Sie befindet sich nun etwa zweihundert Meter vom Strand Plage des Curés entfernt, in gehörigem Abstand zu den Sicherungsbooten ... Durch ein Fernglas schaut sich Gérard Dorchel genau alle Schwimmer an, die nun an der Wasserlinie auf den Start warten und letzte Instruktionen erhalten.

Françoise Chevret ist unter ihnen, gut zu erkennen an ihrem leuchtend fluoreszierenden roséfarbenen Schwimmanzug, der mit blauen Applikationen an Armen und Schultern verstärkt ist.

Soweit ist er mit seinen Beobachtungen gekommen, als er von Steuerbord her ein leises Klopfen hört, das von unterhalb des Rumpfes herkommt. Er befestigt ein Tauende an einer Klampe und lässt es ins Meer gleiten. Sich an dem Tau emporziehend hebt die Taucherin vom Bilou ganz vorsichtig den maskierten Kopf aus dem Wasser.

„Alles klar?“

„Alles klar! In zwei Minuten ist der Start. Sie hat Startnummer 26, roséfarbener Schwimmanzug mit blauen Besätzen. Und ... einen Puma auf dem Herzen. Bist du sicher, dass du es schaffst?“

„Aber Papa, als ich meinen Tauchkurs hatte, dachte ich immer nur an diesen einen Moment. Mach dir also keine Sorge, das klappt schon!“

„Da, jetzt sind sie im Wasser! Nun bist du dran, mein Schätzchen. Ich hab’ dich lieb!“

Und Lauriane verschwindet wieder in den Fluten.

*

Françoise Chevret ist voll auf das Schwimmen konzentriert. Sie muss einen optimalen Rhythmus halten und ihre Kräfte einteilen. Monatelang trainiert sie bereits, nur auf diesen einen Tag hin. Ihr vorrangiges Ziel ist es, das andere Ufer schwimmend zu erreichen. Dies in weniger als 45 Minuten zu schaffen wäre das Sahnehäubchen auf ihrer Torte.

SIE hat inzwischen eine Stelle erreicht, die von allen Schwimmern passiert wird. Ihr Körper schwebt regungslos drei Meter unter der Wasseroberfläche. Sie atmet so ruhig wie möglich und lässt die ersten Schwimmer über sich vorüberziehen. In der Hand hält sie die Spritze, die dem Tierarzt aus Guimaëc vor einigen Monaten gestohlen worden war. Sie enthält zwanzig Milliliter einer farblosen Flüssigkeit. T 61. Ein Medikament, mit dem man Tiere einschläfert.

SIE nimmt völlig emotionslos die Schwimmer der Spitzengruppe wahr.

Ein lässiger Flossenschlag und SIE befindet sich unmittelbar unter ihnen. Eine weitere Bewegung der Schwimmflossen dreht ihren Körper auf den Rücken. Sie bringt sich in optimale Tauchtiefe und verlangsamt den Vortrieb, damit ihr Opfer langsam zu ihr aufschließt.

Endlich gelangt die roséfarbene Gestalt in ihr Blickfeld. Françoise Chevret schwimmt, wie sie es geplant hatte, in regelmäßigen Zügen.

Sie bemerkt nicht, wie sich die Taucherin ihr nähert. Mit einem beherzten Stoß und ohne jegliches Zögern versenkt Lauriane Dorchel die Nadel bis zum Anschlag mitten im Puma, der auf ihrer Brust prangt. Françoise Chevret stößt einen schrillen, fast unmenschlichen Schrei aus, der aber nach einigen Sekundenbruchteilen verstummt, als die cyanidhaltige Flüssigkeit, die ihr mitten ins Herz gespritzt wurde, ihren Herzmuskel lähmt.

Der Tod tritt umgehend ein und daran kann auch die panische Geschäftigkeit der Rettungskräfte nichts ändern.

Da kann Doktor Marchand sich mit Reanimationsversuchen noch so abmühen, Françoise Chevret ist tot. Mausetot.

Die anschließende Panik, die nun auf dem Wasser entsteht, hilft IHR, problemlos und unerkannt, aber immer noch tauchend, die Sweety zu erreichen, die brav vor der Pointe Armorique auf sie wartet.

Als er seiner Tochter an Bord hilft, will Gérard Dorchel nur das eine wissen: „Hat alles geklappt?

„Ja, Papa, diese Schlampe ist auch verreckt."

Dann fallen sie sich in die Arme und drücken sich sehr lange. Mit Tränen überströmten Gesichtern blicken sie schließlich zum Himmel auf und murmeln gemeinsam: „Ihr seid gerächt, gerächt ..."

*

Hôtel du Bel Air, Samstag der 22. Juli, 08 Uhr

„Madame Saint-Donge!"

„Ja?"

„Ich bin's, Jennifer! Ich habe Sie doch nicht geweckt?"

„Nein, nein, kommen Sie rein, die Tür ist offen!"

Die Hotelbesitzerin betritt den Raum. In ihrer Hand hält sie einen großen weißen Umschlag.

„Guten Morgen, Laure, wie geht es Ihnen?"

„Ich habe die ganze Nacht kein Auge zugemacht ... Nach all dem, was gestern passiert ist."

„Das wundert mich gar nicht ... Ich habe eine Schlaftablette genommen! Dieser Brief hier wurde für Sie abgegeben. Gestern Mittag. Aber ich musste versprechen, ihn Ihnen erst heute Punkt acht Uhr auszuhändigen."

„Hmm, wer hat ihn denn vorbeigebracht?“

„Die Tochter von Gérard, Lauriane.“

„Lauriane! Danke, Jennifer! Und einen schönen Tag noch!“

Laure Saint-Donge ist nun allein in ihrem Zimmer. Langsam öffnet sie den Umschlag. Ihr Hals ist wie zugeschnürt, als sie zu lesen beginnt:

Meine liebe Laure,

Ich habe mir viele Male den Film von Claude Chabrol Das Biest muss sterben *angeschaut, besonders dessen Schluss, als nämlich der Mann, der alles dafür getan hat, den Tod seines Sohnes zu rächen, im Film ist das Michel Duchaussoy, als also dieser Mann in einem Boot hinausfährt und der Frau, die er hätte lieben können, einen Brief hinterlässt: „Man wird mein Boot finden, aber mich nicht ...“*

Ich mag dieses Ende sehr.

Aber ich ziehe mein eigenes vor. Wir fahren zu zweit, Lauriane und ich.

Wir fahren mit dem Boot, weit, sehr weit weg. Ihr werdet das Boot finden, aber uns sicher nicht.

Da, wo wir hinfahren, werdet ihr uns nicht finden. Nein! Ihr werdet uns nicht finden ...

Du bist sicherlich sauer auf mich, wegen Françoise. Aber es ging nicht anders. Nach Rosines Worten war Françoise die Schlimmste von allen, noch weitaus sadistischer als Marie-Annick oder Jean-Pat'! Sie musste weg, oder unsere Rache wäre unvollständig geblieben ...

Was Lauriane anbelangt, die mir vom ersten Tag an zur Seite stand, so wollte ich nicht, dass sie am Ende für unsere

Taten belangt würde. Wir müssen also gemeinsam verschwinden. Gemeinsam. Bis ans Ende.

Ich habe diesem Brief eine genaue Schilderung aller „Unfälle" beigefügt. Ich weiß, dass Du daraus einen wunderbaren Zeitungsbericht erstellen kannst, ja, vielleicht wird es sogar ein Roman. Ich habe vollstes Vertrauen in Dich und hoffe, Du wirst deinen Lesern mitteilen, dass alles, was wir getan haben, aus reiner Liebe geschah.

Und um Gerechtigkeit herzustellen.

Was das Recht, das in unserer Gesellschaft gesprochen wird, nicht vermochte.

Pass' gut auf dich auf.

In einem anderen Leben, vielleicht ...

Gérard

PS: Eine Sache noch: Du fragst dich gewiss, was das Kaninchenblut in unserer Geschichte zu suchen hat ... Im Sommer 2005 hatte Rosine eine fürchterliche Schmerzphase. Jede Sekunde bedeutete für sie eine schlimme Qual. Dann hat sie die Serie „Dolmen" im Fernsehen angeschaut. Niemand kann sagen, warum, aber diese Geschichte mit den blutenden Hinkelsteinen ließ sie ihre Schmerzen vergessen. Es war wie eine rettende Insel in einem Meer des Leidens.

Das war nun unsere Art und Weise, uns der wenigen „guten" Momente zu entsinnen. Einige Tropfen Blut für einige Tropfen Glück.

Laure Saint-Donge spürt, wie sich eine Träne ihren Weg in die tiefe Furche ihrer Narbe bahnt und langsam bis zu ihrem Mundwinkel hinabrinnt.

Sie schließt ihre Augen, aber im Grunde ihres Herzens ist sie nicht wirklich traurig.

Man wird das Boot finden. Nicht den Vater und auch nicht die Tochter.

Woanders? Vielleicht ...

ENDE

Pont-Menou, der 3. August 2006

125, Vieille Route de Rosporden - 29000 Quimper
E-mail : contact@editionsalainbargain.fr
Internetseite : www.editionsalainbargain.fr

ÉDITEURS DE BRETAGNE

Dépôt légal n°28 - 2e trimestre 2022
ISBN 978-2-35550-276-7 - ISSN 1281-7813
N° d'impression : 205617
Imprimé en France